Oetinger

Elfie Donnelly, in England geboren und in Wien aufgewachsen, ist Journalistin, Schriftstellerin und Drehbuchautorin. 1978 erschien ihr Erstlingswerk »Servus Opa, sagte ich leise«, das mit dem Deutschen Jugendliteraturpreis ausgezeichnet wurde. Es folgten zahlreiche weitere Kinder- und Jugendbücher sowie Kriminalromane und Reiseführer. Die größten Erfolge feierte Elfie Donnelly mit ihren millionenfach bekannten Charakteren Bibi Blocksberg und Benjamin Blümchen. Die Autorin lebt mit ihrem Mann auf Ibiza.

Elfie Donnelly

Emma Panther

und die Sache mit dem Größenwahn

Zeichnungen von Monika Parciak

Verlag Friedrich Oetinger · Hamburg

Einband und Illustrationen von Monika Parciak
Satz: Dörlemann Satz GmbH, Lemförde
Druck und Bindung: CPI – Clausen & Bosse, Leck
Printed 2011 / II
ISBN 978-3-7891-3321-3

www.oetinger.de

Für Lilith Pinktrouble Sadil, die süßeste
Geheimagentin Kaliforniens, und für Patrick
The Brain Sadil, Codename Awesome.
Weil ich euch liebe, Kiddies.

Eine Art Vorwort, oder …
Von mir, Emma Panther

Ich habe gelernt, dass man keine Geschichte mit *Ich* beginnt. Aber wie anders soll ich anfangen, wo es doch um *mich* geht? Dieses Buch hat natürlich auch mit vielen anderen zu tun. Sogar Berta kommt darin vor, obwohl ich sie gerne weglassen würde. Aber leider spielt sie eine extrem wichtige Rolle. Sogar fast die Hauptrolle.

Meine Nase juckt wie verrückt! Das tut sie immer, wenn ich kurz davor bin, etwas Wichtiges zu vergessen. Etwas, das ich gerade unbedingt erwähnen sollte. Damit klar ist, um was für eine Art Geschichte es sich handelt. Mist! Es will mir nicht einfallen!

Vielleicht erinnere ich mich, wenn ich die Augen schließe, langsam ein- und ausatme und meine rechte Hand auf den Bauchnabel lege. So, wie ich es von Meister Kim Yong Fu gelernt habe.

Einatmen. Ausatmen. Ein…

Es funktioniert! Jetzt weiß ich, was die winzige Kleinigkeit ist, die ich beinahe vergessen hätte. Nämlich, dass es in dieser Geschichte vor allem um eines geht – um:

Und darum, was ich, Emma Panther, elf Jahre alt, damit zu tun habe.
Mit Weltrettung hatte ich mich vorher noch nie beschäftigt. Wer denkt schon an so etwas Gewaltiges, wenn die größten Bedrohungen der eigenen Welt ein leerer Kühlschrank, Berta und eine Vogelspinne neben dem Bett sind? Ich hätte nicht im Traum vermutet, dass ausgerechnet ich eines Tages den *guten alten Planeten* retten soll. So nennt mein Papa, Brandmeister Martin Panther, unsere Erde immer: den guten alten Planeten.
Der gute alte Papa.
Aber der Reihe nach. Ich weiß bloß nicht, womit ich anfangen soll. Viele der aufregenden Ereignisse des vergangenen halben Jahres haben gleichzeitig stattgefunden. Bei einigen war ich dabei. Andere habe ich mir berichten lassen. Wieder andere musste ich mir später mühsam zusammenpuzzeln.
Am besten beginne ich mit dem Tag, an dem Berta das neue Haustier in unser Zimmer brachte. Oder eine Stunde davor? Ich könnte auch im November vor zwei Jahren einsteigen, als wir Berta erbten. Aber das erzähle ich später. Außerdem werde ich davon berichten, wie Mama sich im Jahr davor in Luft aufgelöst hat. Übrigens sollte ich schon mal erwähnen, dass in dieser Geschichte extrem viel geheult wird. Vor allem von mir. Hoffentlich liest Ypsilon diese wirren Zeilen nie. Das wäre der Anfang vom Ende. Ich wäre meinen Job schon nach dem ersten Fall los. Und das darf nicht passieren.

An jenem Tag im Mai (ich habe gerade beschlossen, dass der Besuch bei meiner Kinderärztin Frau Dr. Mullmann der beste Einstieg ist) kannte ich Ypsilon noch gar nicht.
Achtung, es geht los!

Kapitel 1
Von der Panthermütze, Mamas Dimension und der Entwicklungsstörung von Dr. Mullmann

An diesem Mainachmittag kauerte ich auf einem roten Sitzsack im stickigen Wartezimmer der Kinderärztin Dr. Mullmann, unter dem voll bepackten Garderobenständer.

Im Gegensatz zu mir wirkten die anderen Kinder richtig krank. Sie husteten, hatten Röteln oder litten unter irgendeiner heftigen Allergie. Mir dagegen fehlte fast gar nichts. Nur dass das leider niemand begreifen wollte. Stattdessen musste ich seit der Sache auf dem Feuerwehrfest regelmäßig bei Dr. Agnete Mullmann, *Kinderärztin, Spezialistin für Allergien und Entwicklungsstörungen*, auftauchen.

Die meisten Menschen werden ungeduldig, wenn sie warten müssen. Ich nicht. Ich warte gerne. Dann habe ich Gelegenheit, meine Gedanken zu sortieren. Ich stelle mir vor, dass es in meinem Gehirn bunte Ordner für die Ablage gibt wie in einem Computer. Der blaue ist für Wichtiges, der grüne für Interessantes und der rote für alles, was dringend erledigt werden muss. Ich grübelte darüber nach, was ich abends kochen könnte, dachte an meinen armen Papa, der Doppelschicht arbeitete, überlegte, was Berta wohl gerade ausheckte und ob ich

die Mathearbeit von meinem Sitznachbarn abschreiben oder mich doch besser selbst anstrengen sollte. Ach, und so nebenbei spielte ich mit der Panthermütze, die auf meinen Knien lag. Ohne sie gehe ich nirgendwohin. Wäre meine Panthermütze lebendig, wäre sie mein Haustier. Sie ist hellgrau gefleckt und vorne über dem Schirm ist ein schwarzer springender Panther eingestickt.
Die Mütze macht mich stark. Sobald ich sie aufsetze, durchfährt mich ein Schauer, und die Eigenschaften eines Panthers gehen auf mich über. *Schwupp*, schon bin ich clever, geschmeidig, schnell und unbesiegbar.
Unter dem Schirm klebt ein Schild, auf dem *Made in* … steht. Wo die Mütze hergestellt wurde, kann man aber nicht mehr erkennen, seit Berta sie angeblich versehentlich in die Waschmaschine gestopft hat. Ehrlich gesagt, glaube ich nicht wirklich an ein Versehen. Berta hat es mit Absicht gemacht. Sie hasst alles, was in unserem Haushalt an meine Mutter erinnert. Am meisten mich.
Mama liebte Katzen, in allen Arten und Größen. Vor allem die jungen mit ihren riesigen Tatzen.
Als Baby besaß ich große fette Hände und riesige grüne Augen. Auf den Fotos, auf denen meine Eltern in die Kamera lächeln und mich auf dem Schoß halten, kann man das gut erkennen.
»Emma sieht aus wie ein Leopardenjunges! Wie ein Minipanther!«, soll Mama gleich nach meiner Geburt gerufen haben.
Die Mütze hat sie mir zu meinem vierten Geburtstag geschenkt. Damals rutschte sie mir noch über die Augen, aber jetzt passt

sie wie angegossen. Ich bekam sie nicht nur, weil Mama Katzen so liebte und ich besonders gut im Anschleichen und Um-die-Ecke-Flitzen war. Der Hauptgrund war unser Nachname: Panther. Papa, Berta und ich heißen immer noch so.
Nur Mama nicht mehr.
Sie hat ihren Namen auf einem Grabstein zurückgelassen.
Unser Religionslehrer behauptet, meine Mutter sei im Himmel.
Berta sagt – wenn Papa nicht da ist –, dass meine Mutter in der Hölle schmort, denn sie hätte es nicht anders verdient. Weil Mama Bertas Mutter meinen Papa ausgespannt hätte. Wovon überhaupt keine Rede sein kann.
Berta ist übrigens meine Schwester. Genauer gesagt meine Halbschwester. Davon abgesehen, dass wir einander *wirklich-wirklich-wirklich* nicht ausstehen können, kann Berta sich nicht entscheiden, ob sie ein Junge oder ein Mädchen sein will. Sie hat stachelige Haare an den Beinen und einen Rücken wie ein Schlachtross.
Aber zurück zu Mama. Ich weiß mit hundertprozentiger Sicherheit, dass sie sich weder im Himmel noch in der Hölle befindet. Ich habe mit eigenen Augen gesehen, wie Mama vom Drahtseil gefallen ist.
Ich kann bezeugen, dass sie spurlos verschwand, noch bevor sie unten angekommen sein konnte. Mitsamt ihrem rosa Ballerinengewand und dem hellblauen Spitzenschirm, den sie beim Balancieren immer in der rechten Hand trug.
Sie war nur eine Zehntelsekunde lang abgelenkt gewesen. Sie hatte zum Himmel hochgeblickt, wo ein Kampfflugzeug die Schallgrenze durchbrach – *kawumm!*

Als Mama fiel – nach unten, nicht nach oben, schon deshalb scheidet die Himmelstheorie aus –, habe ich geschrien. Ich habe mir beide Hände fest vor die Augen gepresst, bis jemand sie mir mit Gewalt abpflückte. Als ich wieder sehen konnte, war Mama bereits verschwunden.
Es gab aber in der weichen Erde zwischen den Karussells kein Loch. Noch nicht einmal der kleinste Abdruck war zu sehen. Für mich ist das der Beweis, dass meine Mutter auch nicht unten in der Hölle gelandet sein kann. Also *muss* Mama in eine andere Dimension verschwunden sein.
Papa kann sich bis heute nicht verzeihen, dass er ihr erlaubt hat, auf dem Feuerwehrfest für einen guten Zweck ihren Drahtseilakt vorzuführen. Als ob Mama sich etwas hätte verbieten lassen! Außerdem ist Papa keiner, der irgendjemandem etwas verbieten würde. Noch nicht einmal Berta, und die müsste man eigentlich als Gesamtpaket gut verschnürt in eine Ecke setzen, damit sie nicht ständig auf dumme Gedanken kommt.
Eines Tages werde ich herauskriegen, wie Mama es geschafft hat, sich so einfach in Luft aufzulösen. Es war bestimmt nicht ihre Absicht.

Mitten im Nachdenken über Mama flog die Tür zum Sprechzimmer auf. Ich packte meine Gedanken in den grünen Ordner für Interessantes, denn jetzt war ich dran. Was Frau Dr. Mullmann wohl heute für mich auf dem Programm hatte?
»Sie können jetzt rein, Frau Ohl«, quäkte die Arzthelferin hinter dem hohen Tresen, »die kleine Panther ist ja nicht aufgetaucht.«

Eine Frau mit einem schlafenden Baby in den Armen schaute erfreut hoch.
Ich schnappte nach Luft. Aus meiner Brust kam ein feines Pfeifen. Mein blödes Asthma meldete sich wieder.
»Aber ich bin doch hier!«, rief ich empört. Auch wenn ich gern warte, irgendwann musste ich auch wieder zu Hause sein.
Ich stürmte zum Tresen, stellte mich auf die Zehenspitzen und stülpte mir die Panthermütze über. Sie macht mich mindestens fünf Zentimeter größer.
Die Arzthelferin beäugte mich säuerlich. »Emma Panther?«, fragte sie, als ob sie mich nicht kennen würde. Sie hatte mich mindestens eine Million Mal hier gesehen. Ich war quasi Stammgast.
»Emma, herein mit dir!«, murmelte die düstere Stimme von Frau Dr. Mullmann.
Ich kannte die Kinderärztin nur mit sorgenvollem Gesicht. Sie trug es immer. Es hatte gar nichts mit mir oder dem schlechten Wetter draußen zu tun. Dr. Mullmann hatte einen inneren Grauschleier, gegen den wohl gar nichts half.
»Du frierst doch nicht, mein Mädchen?« Sie schob mich ins Sprechzimmer wie einen Staubsauger.
Ich packte meine Panthermütze auf den Schreibtisch.
»Nein, keine Sorge. Meine Panthermütze hat eine Heizung eingebaut!«, erklärte ich, um sie aufzuheitern.
Frau Dr. Mullmann starrte mich verständnislos an und kritzelte stirnrunzelnd etwas in meine Karteikarte.
Von der Wand leuchtete mir auf dem Kalenderblatt für Januar – dabei hatten wir bereits Mai! – ein Foto von einem

Eisbären entgegen. Darunter stand: *Grönland ist immer eine Reise wert.* Der Eisbär lächelte in die Kamera. Anscheinend merkte er nicht, dass ihm die Scholle unter den Pfoten wegschmolz.

Frau Dr. Mullmann folgte beunruhigt meinem Blick. »Die Polkappen schmelzen. Es wird schlecht enden mit unserem Planeten«, stöhnte sie, »sehr, sehr schlecht.«

»Mit unserem guten alten Planeten«, stimmte ich ihr höflich zu, wofür ich wieder nur einen besorgten Blick erntete.

Dann gab ich mir Mühe, ebenso düster wie die Ärztin dreinzuschauen. Dabei hatte ich vorhin noch gute Laune gehabt, trotz der traurigen Gedanken an Mama. Natürlich vermisse ich meine Mutter. Und wie. Aber sie hätte für mich kein Leben als Trauerkloß gewollt.

»Nun, wir wollen optimistisch in die Zukunft blicken!«, rief Dr. Mullmann plötzlich und klatschte in die Hände. »Ausziehen bis aufs Hemd, Emma, und ab an die Messlatte!«

Ich sorgte mich ernsthaft um sie. Konnte es sein, dass sie keine Ärztin für Entwicklungsstörungen war, sondern selbst eine hatte?

Als ich den sanften Druck der Messlattenzunge auf meinem Scheitel fühlte, setzte die Spezialistin für gestörte Kinder wieder ihr sorgenvolles Gesicht auf und murmelte: »Keinen Millimeter gewachsen.« Das kritzelte sie in meine Karte.

Ich war nicht begeistert, aber ich hatte nichts anderes erwartet. Schließlich gab es bei uns an der Küchentür eine Messlatte, wo neben dem Namen Emma schon lange kein neuer Bleistiftstrich mehr gemacht worden war. Seit Mamas Tod hatte ich

nämlich aufgehört zu wachsen. Vorerst. Aber das sollte mal einer der Mullmann erklären. Bestimmt würde sie gleich fragen, ob ich Probleme in der Schule hätte. Oder daheim.
Die Mullmann lehnte sich über den Tisch und ergriff meine Hand. Inzwischen hat Ypsilon mir beigebracht, dass man dieses Verhalten eine *vertrauensbildende Maßnahme* nennt. Die wirkt noch besser, wenn man sein Gegenüber mit Namen anspricht und ihm tief in die Augen schaut.
»Emma«, sagte die Ärztin und schaute mir tief in die Augen, »wir haben nicht etwa Probleme in der Schule oder daheim?«
Ich schüttelte den Kopf und verkniff mir die Frage, ob *sie* vielleicht welche hätte. Meine Probleme gingen sie jedenfalls gar nichts an.
Wetten, dass sie gleich etwas über meine Seele und den Wachstumsstopp sagen würde?
»So ein Wachstumsstopp, Emma«, salbaderte die Ärztin, »hat meist seelische Ursachen. Seit dem Tod deiner Mutter …«
Sie sprach nicht weiter, und ich freute mich darüber, dass mir das Wort *salbadern* eingefallen war, ein fast ausgestorbenes Superwort, das in etwa *langweilig und belehrend herumlabern* bedeutet. Bestimmt würde sie gleich nach Papa fragen.
»Ich würde gern mit deinem Vater reden, Emma«, sagte sie leise, als teilten wir ein Geheimnis. »Bitte ihn doch mal, vorbeizukommen.«
»Mach ich«, log ich treuherzig. Papa hatte Wichtigeres zu tun, als sich zur Mullmann ins Wartezimmer zu setzen und sich eine Kinderkrankheit einzufangen.
Ich deutete auf das Kalenderbild mit dem Eisbären. »Waren Sie

schon einmal in Grönland, Frau Doktor?«, fragte ich, um sie auf andere Gedanken zu bringen.
Sie nuschelte entsetzt etwas, das sich wie »bin nicht lebensmüde, ich hasse Kälte« anhörte.
Dann schloss sie den Medikamentenschrank auf und reichte mir eine dunkelbraune Flasche. Aus einer quietschenden Schublade zog sie einen Mondkalender.
»Bei Neumond nimmst du morgens und abends einen Esslöffel, Emma. Wenn der Mond zunimmt, erhöhst du auf zwei«, erklärte sie mir.
Da war mir klar: Die Frau tickt wirklich nicht richtig.
Ich schraubte die Flasche auf und schnüffelte am Inhalt. Der Geruch drehte mir den Magen um.
»Das ist ein Wachstumsmittel. Es enthält Fischöl, Vitamine, Mineralien und Nährstoffe. Wenn das nicht hilft, hilft gar nichts.«
Das war ja sehr aufbauend. Ich wollte nicht für immer und ewig ein Gnom bleiben. Ich habe nichts gegen kleine Leute, warum sollte ich? Jeder ist anders. Aber Papa ist ziemlich groß, und Mama war immerhin eins fünfundsechzig, also müsste ich irgendwas dazwischen werden.
Ich habe aber diesen verflixten Wachstumsstopp und kann es gar nicht abwarten, bis die Fahrt nach oben endlich weitergeht. Es nervt nämlich, in Menschenmengen immer auf den Zehenspitzen stehen zu müssen.
»Bleibt dir immer noch manchmal die Luft weg, Emma?«, fragte die Mullmann interessiert, denn auf dem Karteiblatt waren noch einige leere Zeilen zu füllen.

Ich wollte gerade verneinen, als wieder das Pfeifen aus meiner Brust kam, begleitet von einem leichten Röcheln.

»Wollen wir mal deine Bronchien abhorchen?«, schlug die Ärztin vor.

»Habe ich eine Wahl?«, keuchte ich zwischen zwei Hustenanfällen. Das kalte Metall des Stethoskops macht mir immer Gänsehaut.

Okay, ich bin nicht nur zu klein für meine elf Jahre.

Ich habe auch Asthma.

Und ich heule leicht.

Und wennschon.

Jeder hat seine kleinen Fehler.

Solange ich mein Spray, das Fischölfläschchen, Papiertaschentücher und vor allem die Panthermütze habe, kann mich nichts umwerfen.

Während Emma Panther sich mit ihrer Kinderärztin herumschlug, fuhren in Grönland vier vermummte Gestalten in einem Hundeschlitten einen eisigen Felsgrat entlang. Ein scharfer, klirrend kalter Wind pfiff um die Kufen. Der Halbmond tauchte das Nordmeer mit den treibenden Eisschollen und harschen Eisbergen in silbriges Licht.

»Sind wir bald da, Yarvis?«, zwitscherte Britney Pommeransch. Von ihren schwarz getuschten Wimpern baumelten Eiskristalle. Sie klimperten bei jedem Wimpernschlag.

Prinz Yarvis von Minimalien wirkte in seinem Eisbärmantel

wie ein weißer Igel vor dem Winterschlaf. Nur eine spitze Nase und zwei Schweinsäuglein lugten aus der Kugel hervor.
»Klappe, Britney!«, quetschte er aus dem Mundwinkel.
»Was machen wir, Eure Hoheit, wenn das Küken erfriert?«, fragte ein massiger Mann von der Hinterbank aus. Bodyguard Kevin Kerbholzer war Yarvis treu ergeben, seit der ihn aus dem Knast freigekauft hatte. Er starrte trübsinnig in den Käfig auf seinen Knien. In ihm befand sich ein Küken, dessen winziger Kopf unter einer passenden Pelzmütze steckte. Das Federknäuel flatterte flügelschlagend gegen die Kälte an.
»Klappe, Kerbholzer!«, zischte der Prinz und warf seinem Leibwächter einen warnenden Blick zu. Ihr Schlittenführer, Einar Einardsson, sollte nichts von Yarvis' königlicher Abstammung wissen, sonst würde der Preis für die begehrte Ware rasch ansteigen.
Prinz Yarvis hatte sich als Privatgelehrter vorgestellt, einer der vielen Irren, die das Malina-Mamaq in die Hände bekommen wollten. Der sagenumwobene Trank der Inuit, die man früher Eskimos nannte, verfügte angeblich über geheimnisvolle Kräfte. Kerbholzers guten Verbindungen war es zu verdanken, dass Yarvis Kontakt zu Einar Einardsson hatte aufnehmen können. Der Grönländer war in den Strafanstalten Europas eine Berühmtheit, denn er konnte alles Verbotene besorgen.
Das zerklüftete Eis unter den Kufen des Hundeschlittens verwandelte den schmalen Weg in eine holprige Piste. Krampfhaft umklammerte Prinz Yarvis einen Aluminiumkoffer. Auch Britney hatte ein Köfferchen dabei.

»Schneller, ihr Biester!«, schrie Einardsson und peitschte auf die Schlittenhunde ein.
Er warf einen prüfenden Blick auf seine Kundschaft. Hauptsache, die wohlhabenden Kunden erfroren ihm nicht, ehe er das Geschäft über die Bühne gebracht hatte! Er hatte keine Ahnung, wer dieser kurz gewachsene dicke Yarvis war, aber der Kleine roch Meilen gegen den Wind nach Geld.
Eine Sturmböe riss die dicken Wolken in Fetzen und legte den Mond frei.
»Ist das nicht wahnsinnig romantisch, Yarvis?«, hauchte Britney Pommeransch verzückt.
Noch ehe Yarvis antworten konnte, tat Einardsson den Mund auf. »Bald ist Vollmond, Madame!«, sagte er und entblößte eine Reihe ungepflegter Zähne.
»Vollmond, wie schön«, flüsterte Britney hingerissen. Sie befand sich mitten in einem Märchen, mitsamt einem Märchenprinzen!
Einar Einardsson brüllte »Hü!« und zog die Zügel stramm. Er reichte den dreien Spezialschuhe, um auf dem Eis zu laufen. Einardsson musste sich das Lachen verbeißen, denn Yarvis' Stiefel hatten die höchsten Absätze, die er je an einem Mann gesehen hatte. Der Dicke hatte Mühe, die Spezialschuhe anzulegen. Jetzt sah Einardsson, dass die Zuckerpuppe, wie er Britney insgeheim getauft hatte, ihren kugeligen Verlobten um zwei Köpfe überragte.
Einardsson stapfte über einen schmalen Grat voraus. Prinz Yarvis folgte ihm leise fluchend und kümmerte sich keinen Deut um Britney, die unsicher hinterherschlitterte. Hätte Ke-

vin Kerbholzer die zukünftige Gebieterin Minimaliens nicht festgehalten, wäre Britney in eine Gletscherspalte gerutscht. Rechts unter ihnen tobte das Eismeer. Britney schauderte es nicht nur vor Kälte.

Glücklicherweise entfernten sie sich hinter einer Biegung ein Stück von der Klippe. Einar Einardsson deutete auf einen schmalen Spalt in der Felswand. »Die Mamaq-Höhle!«, verkündete er. Der Grönländer entzündete vier Fackeln und verteilte sie. Kevin Kerbholzer bekam leuchtende Augen. Im Kindergarten hatte er die Laternenumzüge am liebsten gehabt. Dabei fanden sich immer Schwächlinge, die er später hinter den Kastanienbäumen vermöbeln konnte.

Einar Einardsson zwängte sich in die Höhle. Yarvis und Britney rutschten hinterher. Als auch Kerbholzer sich anschickte, die Höhle zu betreten, riss der Prinz ihm den Kükenkäfig weg.

»Kerbholzer, du wartest draußen!«

In der schmalen Höhle warfen die Fackeln gruselige Schatten an die Wände. Rekordverdächtige Eisstalaktiten, die wie Kristall schimmerten, hingen von der Decke. Prinz Yarvis betrachtete ihre messerscharfen Spitzen und nickte anerkennend.

»Waffen, die nach der Tat schmelzen«, presste er zwischen blau gefrorenen Lippen hervor. »Clever, die Natur.«

»Fast so clever wie du, Bärchen«, flüsterte Britney nervös.

Immer tiefer ging es hinein in den kalten Bauch der Erde.

Hinter der nächsten Biegung bemerkte Yarvis' Verlobte eine Reihe von Zeichnungen, die in einem rötlichen Farbton in die eisigen Wände geritzt waren.

»Sieh doch, Yarvis, wie hübsch!«, rief sie.
Yarvis kniff unwillig die Augen zusammen. »Was soll das sein?«
Das erste Bild zeigte Robben und Echsen, die am Rand eines Schlachtfelds die Kämpfer anfeuerten. Riesenhafte, zweibeinige Wesen schlugen sich mit Menschen, die nur halb so groß wie ihre Widersacher waren. Obwohl sich die Menschen mit klobigen Knüppeln bewaffnet hatten, waren sie den Riesen hoffnungslos unterlegen.
Einardsson brach einen kleinen Eiszapfen ab und benutzte ihn als Zeigestab. »Vor Malina-Mamaq!« Er deutete auf die kämpfenden Riesen und die kleinen Menschen. Dann trat er weiter ins Innere der Höhle und beleuchtete das nächste Bild.
»Das Malina-Mamaq!« Einardsson zeigte auf ein sternförmiges Fläschchen, das die Riesen an die Lippen führten.
Die Zeichnung daneben sah aus wie ein Comic. Die Riesen hatten zu kämpfen aufgehört. Über ihren Köpfen schwebten nun Denkblasen, die mit komplizierten mathematischen Formeln gefüllt waren. Ihre Gesichter hatten einen intelligenten Ausdruck angenommen.
Der Fackelschein tastete sich weiter ins Dunkel der Höhle vor. Im nächsten Bild starrten die Riesen erschreckt in den Mond.
»Nach Malina-Mamaq«, sagte Einardsson grinsend. Die Riesen waren plötzlich nur noch halb so groß wie ihre Gegner. Die Menschen trieben sie mit ihren Knüppeln vor sich her.
»Geschrumpfte, wehrlose Riesen, jawohl!«, rief Yarvis begeistert, als er begriff, was die Szene darstellte.

Einardsson senkte die Stimme. Offensichtlich wollte er vermeiden, dass Britney seine eindringlichen Worte hörte: »Schauen Sie es sich genau an, Mister Yarvis. Das Malina-Mamaq ist gefährlich! Es darf niemals mit dem Licht des Vollmonds in Berührung kommen, Sie verstehen?«

»Sie verstehen, Sie verstehen!«, äffte ihn der Prinz ungeduldig nach. »Ich bin doch kein Volltrottel!«

Aber Einardsson hatte noch nicht geendet. »Wenn Sie sich daran nicht halten, werden Sie *noch* kleiner …«

Aus Prinz Yarvis' Nasenlöchern stoben wütende Wölkchen. »Hüten Sie Ihre Zunge, Einardsson!«, schrie er.

Sie stolperten weiter. Das müde Küken fiepte angstvoll und flatterte nur noch in Zeitlupe.

»Halt den Schnabel, blödes Eishuhn!«, schimpfte der Prinz. Dann drehte er sich zum Grönländer um. »Wie weit noch?«

»Wenn das süße Küken erfriert, sind Sie schuld, Einardsson. Dann wird Yarvis aber richtig böse!«, klagte Britney.

»Wir sind da!«, verkündete Einar Einardsson.

Vor ihnen tat sich ein schillerndes Gewölbe auf, in dessen Mitte ein Eissockel stand. Auf ihm war eine Schatulle festgefroren.

Yarvis und Britney hielten gespannt die Luft an, als Einardsson mit dem Feuer seiner Fackel das vereiste Schloss freilegte. Ein Zahlenrad kam zum Vorschein. Einardsson stellte murmelnd eine Ziffernfolge ein. Der Thronfolger war angespannt wie ein Flitzebogen. Wenn die Schatulle das Malina-Mamaq enthielte, würde er mehr als die Hälfte des minimalischen Haushaltsbudgets dafür hinlegen! Das Geld befand sich in abgezählten Scheinen in seinem Aluminiumköfferchen.

Die Spannung in der Höhle stieg und wurde so stark, dass einige aus dem Boden wachsende Eisstalagmiten mit hörbarem Knacken Risse bekamen. Britney biss sich vor Aufregung die Innenseite einer Wange blutig.

Schon zum dritten Mal stellte Einardsson die falschen Zahlen ein! Das Schloss rührte sich nicht. Trotz der Kälte kam er ins Schwitzen. Wenn das Geschäft platzte, war er erledigt. Dieser Yarvis und seine Blondine hatten keine Ahnung, wie dringend er das Geld brauchte. Es lag ein Haftbefehl wegen Museumsdiebstahls gegen ihn vor. Den würde der zuständige Richter nur gegen eine hohe Summe verschwinden lassen. Wie gut, schoss es Einardsson durch den Kopf, dass fast jeder käuflich war!

Undamenhaft stieß Britney ihn zur Seite und rupfte eine Haarnadel unter ihrer Mütze hervor. Damit stocherte sie ungeduldig zwischen den Zahlenrädern herum.

Einen Augenblick später sprang – zinggg! – der Deckel der Schatulle auf. Die Fackeln beleuchteten ein sternförmiges Kristallfläschchen. In ihm schimmerte eine Flüssigkeit in allen Farben des Regenbogens.

»Mein Malina-Mamaq!«, rief Yarvis gierig und griff danach.

Einardsson fiel dem Prinzen in den Arm. »Nicht so schnell! Erst das Bare, dann die Ware!«

Der Prinz von Minimalien lief rot an. Niemand berührte den Thronfolger ungestraft!

»Erst den Test, dann den Rest!«, schrie Yarvis.

»Das reimt sich ja«, lispelte Britney Pommeransch erfreut.

Die Männer standen einander wie eingefrorene Kampfhähne gegenüber. Einardsson hielt das Fläschchen unerreichbar hoch

in die Luft. Da mochte Yarvis noch so sehr hüpfen, er erreichte das Mamaq nicht.
»Kükentest?«, fragte Einardsson.
»Kükentest!«, fauchte Yarvis.
Einardsson zog eine Pipette aus seiner Manteltasche. Der Prinz stellte das zitternde Küken auf einen Eisblock. »Schnabel auf!«, schrie Yarvis. Gehorsam öffnete das zitternde Küken sein Schnäbelchen. Einar Einardsson zog mit der Pipette einen Tropfen der regenbogenfarbenen Flüssigkeit auf und träufelte ihn auf die Zunge des Kükens.
Die drei starrten es an und warteten. Das Eis knackste, als wäre es lebendig. Einardsson schob Batterien in eine Stablampe.
Das Küken ließ plötzlich interessiert seine Augen über die Anwesenden wandern. Es machte fast den Eindruck, als würde es gleich zu sprechen anfangen.
»Es passiert nichts!«, zeterte Yarvis. »Betrug!«
»Moment!«, sagte Einardsson zittrig. Er knipste die Stablampe an. »Die Birne hat die Frequenz von Vollmond«, erklärte er.
Der künstliche Mondstrahl geisterte über das Küken. Seine Federn stellten sich auf. Plötzlich ging ein Ruck durch das Vögelchen. Es war, als würde ihm sein Federkleid zu groß. Sekundenbruchteile später war es auf die Winzigkeit eines Schokokükens geschrumpft.
»Donnerwetter!«, entfuhr es Yarvis. Aus einem Mundwinkel tropfte vor Aufregung ein wenig Speichel.
»Das ging schneller, als es in Wirklichkeit gehen würde«, sagte Einardsson, »denn …«
»Klappe!«, rief Yarvis genervt. »Das interessiert mich nicht!«

Britney pflückte das Küken mit ihren behandschuhten Daumen und Zeigefingern vom Eisblock und flüsterte: »Wie süüüüß! Small is beautiful, nicht wahr, Yarvis?«

»Oh ja«, bestätigte der kleine Thronfolger. Seine Augen leuchteten auf eine Art, die sogar den abgehärteten Grönländer vor Angst erschauern ließ.

Yarvis klappte den Geldkoffer auf und reichte ihn Einardsson. Dessen Herz klopfte bis zum Hals, als er die Stapel Geldscheine durchzählte. Seine Sorgen hatten ein Ende! Der Stern mit dem Malina-Mamaq wanderte in den zweiten Aluminiumkoffer, den Britney getragen hatte. Damit war er in Prinz Yarvis' Besitz übergegangen.

Der Aufstieg ins Freie schien kürzer als der Abstieg. Am Eingang trafen sie auf den blau gefrorenen Kevin Kerbholzer.

Yarvis drückte ihm den Koffer in die Arme. »Du bist mir für den Koffer verantwortlich, Kerbholzer! Wenn das Mamaq verschwindet, mache ich dich einen Kopf kürzer.« Er maß den langen Kerbholzer und überlegte es sich anders. »Oder besser zwei!«

Kapitel 2
Von Guppyleichen, Bertas Herkunft und meiner Bekanntschaft mit einer Vogelspinne

Als ich von der Ärztin nach Hause kam, platzte ich mitten in einen lautstarken Streit zwischen Papa und Berta. Es ging um Wasserverschwendung und darum, dass eine Vierzehnjährige nicht bei laufendem Wasser Papierschiffchen in der Küchenspüle segeln lassen muss. Papa hatte völlig recht. In der Aufregung übersah er nur eine Kleinigkeit: Die Besatzung der Papierschiffchen rührte sich nicht mehr, sondern starrte glasig an die Küchendecke.

»Meine Guppys!«, schrie ich entsetzt. »Sie sind tot!«

»Ach du Schande!« Papa fasste sich stöhnend an den Kopf.

»Aus dem Weg, Schrumpel!«, knurrte Berta, schubste mich zur Seite und hinterließ eine nasse Spur auf dem Weg in unser Zimmer.

»Was soll ich mit diesem Kind nur machen?«, fragte Papa verzweifelt.

Auch wenn das keine ernst gemeinte Frage war, fiel mir zu dem Thema eine Menge ein. Etwa teeren, vierteilen, an die Wand kleben bei Wasser und Brot. Bloß hätte jede dieser Lösungen Papa lebenslang Gefängnis eingebracht.

Heulend warf ich die armen Guppys in den Müll. Es war ihnen jetzt bestimmt gleichgültig, ob sie ein anständiges Begräbnis bekamen oder auf der Müllkippe landeten.
Papa hatte tiefe Ringe unter den Augen, weil er in jeder freien Minute die Nase in schlaue Bücher steckte. Er wollte vom Brandmeister zum Oberbrandmeister befördert werden. Dann gäbe es mehr Geld, eine neue Uniform und eine größere Dienstwohnung. Die jetzige über der Feuerwehrzentrale ist ziemlich klein, weswegen Berta und ich uns einen Raum teilen müssen.
Als Mama noch da war, reichte uns der Platz bei Weitem. Meine Eltern hatten ihr Schlafzimmer und ich mein eigenes Reich. Alle waren zufrieden.
Kurz nach Mamas Begräbnis stand dann plötzlich eine riesige Frau vor der Tür, schob die zwölfeinhalbjährige Berta mitsamt drei Koffern in die Wohnung und sagte: »Hier, Martin, das ist deins.«
Papa fiel aus allen Wolken, weil er keine Ahnung von Bertas Existenz gehabt hatte. Bertas Mutter war ein halbes Jahr lang Papas Freundin gewesen, noch bevor er Mama kennengelernt hatte. Sie war Gewichtheberin in einem Zirkus. Papa war schon immer verrückt nach allem, was mit Zirkus zu tun hat. Er hat später auch Mama im Zirkus Bellini getroffen, wo sie als Seiltänzerin auftrat.
Nun hatte Bertas Mutter einen neuen Freund, der Löwenbändiger war. Mit Löwen kam er klar, nur Berta konnte er nicht bändigen. Die wollte er dringend loswerden. Und den Krempel in den drei Koffern auch.

»Hallo, Alter«, sagte Berta, als sie mit ihrer Mutter wie aus dem Nichts auftauchte, und sie drückte meinem verdutzten Vater einen schlabberigen Kuss auf die Wange. Sie war schon damals mit zwölf fast so groß wie Papa. Dann hat sie auf mich herabgeblickt und mir ihre riesige Pranke auf den Kopf gelegt.
»Was ist das für ein Schrumpel? Kleine Leute sind eklig.«
»Das ist meine Tochter Emma«, sagte Papa unbeholfen.
»Ich werde es Schrumpel nennen«, bekräftigte Berta und klebte mir einen benutzten Kaugummi auf den Scheitel. Ich musste mir die Stelle später mit der Schere herausschneiden.
»Ich komme eventuell in einigen Jahren wieder«, verkündete ihre Mutter hastig. Sie hatte Angst, dass Papa sich weigern würde, seinen neuen Vaterpflichten nachzukommen. Außerdem wartete ihr Freund bei laufendem Motor im Auto auf sie.
Sie fuhren davon, ohne sich von Berta zu verabschieden.

»Hast du Hunger, Maus?«, fragte Papa, und das riss mich aus meinen Gedanken. Ich hatte vergessen, nach dem Besuch bei der Mullmann einzukaufen, und bekam sofort ein schlechtes Gewissen. Im Kühlschrank befand sich nichts außer zwei Flaschen Bier, Bertas ekligem Eiweißtrank, Milch, Margarine, einem angebissenen Stück Käse und Kokosjoghurt. Verhungern mussten wir trotzdem nicht. Wir konnten uns jederzeit Essen aus der Feuerwehrkantine holen, auch wenn das grauenvoll schmeckte.
Bertas Pranke langte an mir vorbei und fischte den Käse aus dem Kühlschrank. »Ich hab voll Hunger«, grunzte sie und

stopfte sich den Käse in den Mund. Danach rülpste sie in meine Richtung.
»Es riecht nach Lack!«, sagte Papa beunruhigt. Lack gehört zu den brennbaren Stoffen, auf deren Geruch Feuerwehrleute dressiert sind.
Berta hielt grinsend eine Spraydose in die Höhe. »Beste Qualität, frisch geklaut!«, sagte sie. »Hol sie dir doch!«
Jeder wusste, dass sie nach Einbruch der Dunkelheit mit einer Jungsgang durch die Straßen zog und frisch gestrichene Haustüren und Mauern mit Farbe besprühte.
Papa versuchte, ruhig zu bleiben. Er drehte sich zu mir um. »Emma, hol mal den Lachs und den Kaviar und den französischen Käse, den du eingekauft hast. Ach, und stell den Schinken auf den Tisch und die Hummermayonnaise.«
Berta fiel die Kinnlade herunter. Das Wasser lief ihr im Mund zusammen. Sie erinnerte mich an einen sabbernden Bernhardiner. Nur dass die im Gegensatz zu Berta niedlich sind, wenn sie sabbern.
Ich spielte das Spiel mit. »Mach ich, Papa!«
»Her mit dem Zeug«, forderte Berta, »ich bin im Wachsen!«
»Steht in der Kühltasche im Flur«, flunkerte Papa.
Berta stellte die Spraydose auf den Tisch und rannte hinaus. Die Gelegenheit nutzte Papa, um die Dose zu beschlagnahmen.
Im Flur gab es natürlich keine Kühltasche. Papa und ich lachten uns kringelig, als Berta zu fluchen begann.
Dann knallte eine Tür und es wurde still. Papa und mir war plötzlich nicht mehr zum Lachen zumute. Er wischte sich sogar eine Träne aus dem Augenwinkel. Bestimmt dachte er an

Mama. Sie hätte Berta mit ihrer sanften Art garantiert in den Griff bekommen.
Ich schluckte den Trauerkloß im Hals weg und hörte ein Magenknurren, das von Papa stammte. Übermorgen war sein Geburtstag, und wenn ich das Geld dazu hätte, würde ich ihm ein unvergessliches Abendessen schenken. Mit so vielen Leckereien, dass der Tisch sich unter ihnen bog. Aber woher nehmen und nicht stehlen?
Papa schnäuzte sich, dann fragte er erschrocken: »Wie war es eigentlich bei der Ärztin, Emma?«
»Alles okay, Herr Panther«, log ich aufmunternd
Die Tür flog auf. Berta war zurück und grinste mich böse an.
»Hab mir übrigens 'ne Vogelspinne geholt«, flüsterte sie mir heimlich zu.
»Hast du nicht!«, blaffte ich zurück.
Sie grinste noch breiter.
Als ich später im Nachthemd unser Zimmer betrat, hielt Berta mir ihren ausgestreckten, dicht behaarten Arm entgegen. Aber das, was darauf saß und in Richtung Bertas Ellenbogen krabbelte, hatte noch viel dichtere Haare.
Und acht Beine!!!
Ich erschrak so sehr, dass mir der Schrei im Hals stecken blieb. Es ist nämlich so, dass ich nicht nur ziemlich klein bin und mein Angst-Asthma habe, das erst nach Mamas Begräbnis aufgetaucht ist. Ich leide auch noch unter Arachnophobie: Spinnenangst.
»Sie heißt Thera.« Mit einem Finger streichelte Berta ungewohnt zärtlich über das Spinnenfell. »Ihr werdet euch be-

stimmt vertragen. Du magst doch Spinnen, Emma?« Berta schaute mich lauernd an.

»Sehr«, krächzte ich zittrig. Den Triumph gönnte ich ihr nicht.

Zu meiner Erleichterung ließ sie Thera in das Terrarium gleiten, das zwischen unseren Betten stand. Heute Morgen hatte sich dort noch mein Guppyaquarium befunden.

Berta schloss den Deckel. Ein Glück! Ich hatte schon befürchtet, die Vogelspinne könnte frei herumkrabbeln, wann immer ihr der Sinn danach stand. Nachts zum Beispiel.

»Ich brauche noch ein Männchen dazu«, erklärte Berta. »Vogelspinnen bringen massig Kohle. Und 'ne Mondlichtlampe brauche ich auch. Die poppen nämlich nur bei Mondschein.«

Ich plumpste aufs Bett. Mir fehlten die Worte.

Eine Spinnenzucht in meinem Schlafzimmer. Na klasse.

In der Geheimzentrale des Geheimsten Geheimdienstes der Welt sanken in Zeitlupe blaue Perlen auf den Boden eines Aquariums. Ein Schwarm bunter Fische stürzte sich auf die Delikatesse. Versonnen betrachtete Geheimdienstchef Ypsilon das Geschehen. Ypsilon hieß natürlich nicht wirklich so. Doch sein wahrer Name war so geheim, dass er ihn manchmal selbst vergaß.

Der Leiter des Geheimdienstes wartete auf seine Vorgesetzte, Bundeskanzlerin Dr. Krüger, und wippte auf den Spitzen seiner teuren, spiegelblanken schwarzen Schuhe. In letzter Zeit gab

es wenig zu tun, und fast alle Agenten waren damit beschäftigt, sich fit zu halten und für den Einsatzfall zu trainieren. Sie reinigten die Quartiere und Büros, entstaubten die Geheimwaffen, prüften die komplizierte Elektronik der Hubschrauber, polierten die Abhörgeräte oder langweilten sich.
Nur Chefagent Georg »Sensi« Sensendengler schob vor Ypsilons Diensträumen Wache und vertrieb sich die Zeit damit, Officer Stein hinterherzuspionieren. Die Stein war die hübscheste der Kolleginnen und Sensendengler war bis über beide Segelohren in sie verliebt. Laut Dienstakte war sie weder verlobt noch verheiratet. Sensi machte sich große – leider völlig unbegründete – Hoffnungen.
Jetzt hörte er Officer Stein den Gang entlangstöckeln. Gleich würde sie um die Ecke biegen! Sie sah hinreißend aus in ihrer grauen Uniform mit dem kurzen Rock und der knappen Jacke mit dem Rangabzeichen der Offiziere. Ihr braunes Haar glänzte wie frisch polierte Kastanien. Es war ein Rätsel, warum jemand das geflügelte Wort »Hart wie die Stein« geprägt hatte.
Chefagent Sensendengler tat, als würde er sie erst im letzten Moment bemerken, und zog überrascht eine Augenbraue hoch. Das hatte er lange vor dem Spiegel geübt.
»Ah, Kollegin Stein! Was kann ich für Sie tun, Officer?«, fragte er geschäftsmäßig.
Sie drückte ihm einen Korb in die Arme, der mit Marzipanschnecken und Butterprinten gefüllt war.
»Ich gebe dir mal wieder einen Korb, Sensi«, sagte sie.
»Danke, Steinchen, ich liebe Süßes!«, stammelte Sensendengler. Ihm lief das Wasser im Mund zusammen.

»Der ist für die Bundeskanzlerin!«, zischte die hübsche Stein. »Sie hat einen Termin bei Ypsilon. Pfoten weg vom Korb und von mir!«
»Aua!«, schrie Sensendengler und rieb sich schmerzverzerrt das Bein. Hatte sie ihn eben wirklich ans Schienbein getreten? Ob das wohl ein Liebesbeweis war?
Als der Schmerz nachgelassen hatte, schnupperte er an einer Marzipanschnecke. Vorsichtig brach er eine Krume aus der Unterseite und schob den Bissen schnell in den Mund. Ein Anflug von schlechtem Gewissen machte sich bei ihm breit. Aber dass er die Süßigkeiten probierte, war bestimmt in Ypsilons Sinn. Es diente schließlich der Sicherheit der Bundeskanzlerin. Die Könige aus grauer Vorzeit hatten sogar eigene Vorkoster beschäftigt! So wollte man verhindern, dass die Staatsoberhäupter von heimtückischen Feinden vergiftet wurden.
Genau genommen, überlegte Sensendengler, war schon Zucker für eine Dame, die zur Rundlichkeit neigte, das reinste Gift. Er dagegen könnte ein wenig Speck auf den Rippen gebrauchen. Vielleicht mochte Officer Stein lieber handfestere Männer?
Sensendengler nahm eine weitere Probe. Es schmeckte überhaupt nicht giftig, nur sehr, sehr lecker. Die Köstlichkeiten stammten aus dem berühmtesten Süßwarenladen der Stadt, aus der Konditorei Ramón, wo angeblich ein wahrer Meister der Backkunst tätig war.
Eine angebissene Marzipanschnecke macht sich schlecht im Präsentkorb für die Erste Frau im Staat. Die Schnecke musste weg. Auf diese Weise verschwanden drei Schnecken und vier

Butterprinten im hungrigen Bauch des verliebten Geheimagenten.
Nun mussten die kahlen Stellen im Korb verdeckt werden. Nur wie? Sensi flitzte zur Abstellkammer. Wenn er sich nicht irrte, befand sich dort Fischfutter in Riegelform. Gerade noch rechtzeitig fingerte er die Riegel aus dem Papier und drapierte sie im Korb. Er eilte zurück an seinen Platz.
Schon dröhnten stampfende Schritte durch das Kellergeschoss der Geheimdienstzentrale. Die Schritte klangen ganz anders als das liebliche Getrippel von Officer Stein.
Bundeskanzlerin Dr. Monika Krüger marschierte resolut auf Sensendengler zu. Obwohl sie keine Uniform trug, wirkte ihr Kostüm beeindruckend und Furcht einflößend. Statt eines Rangabzeichens trug die Bundeskanzlerin eine Froschbrosche am Kragen ihres Jacketts.
Sensendengler klemmte den Korb zwischen die Knie und salutierte. »Willkommen in unserem bescheidenen Hauptquartier, Frau Bundeskanzlerin!«, rief er.
»Lassen Sie den Unsinn, Dengelsenser!«, fauchte Frau Dr. Krüger. Ungehalten suchte sie mit den Handflächen die Wand ab. Der lange Gang in der Geheimdienstzentrale unter der Nobelschule Elitenwald war mit einer Fischtapete beklebt. Wenn man den täglich wechselnden Code nicht kannte, war es unmöglich, den Eingang zu Ypsilons Büro zu finden.
»Karpfen – Karpfen – Forelle – Goldfisch – Piranha«, flüsterte Sensendengler. Aber die Kanzlerin ließ sich ungern helfen.
»Das kann ich schon allein«, murrte sie. Verbissen drückte sie Karpfen – Karpfen – Forelle – Goldfisch – Goldfisch.

»Piranha«, flüsterte Sensi ehrerbietig. »Nicht Goldfisch.«
Endlich schwang die Tür auf. Die Bundeskanzlerin riss dem verblüfften Agenten ihr Süßigkeitenpräsent aus den Händen und verschwand wortlos in Ypsilons Büro.

»Machen Sie's kurz, Üpslibum, ich habe meine Zeit nicht gestohlen«, sagte die Kanzlerin und wuchtete den Korb auf den makellosen Schreibtisch. Sie wühlte in den Leckereien. »Ich könnte wetten, Dengelsenser hat sich wieder die Marzipanschnecken unter den Nagel gerissen.« Interessiert beäugte sie die Fischfutterriegel.
»Tee? Kaffee?«, fragte Ypsilon zuvorkommend.
»Ich bin hier nicht zum Kaffeekränzchen! Los, zeigen Sie schon!«, schnaubte die Bundeskanzlerin.
Wenn sie schlechte Laune hatte, beeilte man sich besser, das wusste Ypsilon.
Er verdunkelte den Raum. Aus dem Schreibtisch schob sich eine Miniaturbühne und auf ihr erschien eine dreidimensionale Mädchenfigur. Sie war etwa zwanzig Zentimeter hoch und drehte sich im Kreis.
Die Bundeskanzlerin fuhr mit den Fingern die Konturen der Figur entlang, doch sie fasste ins Leere. »Sie verblüffen mich immer noch, diese Hologramme«, rief sie, »alles ist wie echt, nur klein!«
Das Hologramm-Mädchen hatte schwarzes Haar, das unter einem bunt gemusterten Kopftuch hervorlugte. Es trug eine Schutzbrille und hantierte mit Bunsenbrennern und Glaskolben, in denen schillernde Flüssigkeiten brodelten.

»Sie heißt Shirin«, kommentierte Ypsilon und drückte auf einen Knopf.
Das Bild veränderte sich. Jetzt war das Mädchen in ein weißes weites Kleid gehüllt und tanzte zu orientalischer Musik.
»Zwölf Jahre alt, Muslima. Sie hat bei *Jugend forscht* die Auswirkungen von Bleichen und Färben auf das menschliche Haar untersucht. Außerdem ist sie Derwischmeisterin.«
Die Bundeskanzlerin runzelte nachdenklich die Stirn. »Derwisch? Ist das nicht dieser Wunderputzlappen, für den sie im Fernsehen immer Werbung machen?«
Ypsilon schmunzelte. »Derwisch ist ein anderes Wort für Sufi; die Sufis bilden spezielle islamische Orden. Derwische sind für Bescheidenheit und Disziplin bekannt.«
»Richtig, genau«, schnappte die Bundeskanzlerin. Der Irrtum war ihr peinlich. »Bescheidenheit und Disziplin … das erinnert mich daran, dass ich meine Tochter anrufen sollte.« Die Staatschefin knabberte nervös an einem Fischriegel.
Ypsilon wartete geduldig.
»Ausgezeichnetes Zeug«, sagte sie anerkennend. »Was haben Sie sonst noch, Üpslibum?«
Der Geheimdienstchef betätigte wieder den Knopf. Auf der kleinen Bühne erschien ein Junge mit dunkelbraunen Locken, der an einem riesigen elektronischen Gerät bastelte und nebenher an einem Schokoriegel lutschte.
»Santiago«, erläuterte Ypsilon, »dreizehn Jahre alt, spanischer Abstammung. Hat einen neuartigen Propeller für Windgeneratoren erfunden und schreibt verschiedene Softwares.«
Frau Dr. Krüger nickte. »Und ist ein Schleckermaul. Nicht un-

sympathisch. Kennen Sie eigentlich Ladoos, Üpslibum, aus Indien? Das sind Kugeln aus Kichererbsenmehl, Mandeln, Pinienkernen, Butter und Gewürzen. Bei einem Staatsbankett in Delhi habe ich mich an Ladoos so überfressen …« Sie unterbrach sich. »Aber das gehört nicht hierher. Ich fasse zusammen: eine wirbelnde Türkin mit Kopftuch und ein verfressener Jungtorero! Ist das alles, was Sie mir zu bieten haben? Und wieso überhaupt Kinder?«

Ypsilon schaltete das Deckenlicht wieder an.

»Den Geheimdiensten entgehen massenhaft staatsgefährdende Aktivitäten, Frau Bundeskanzlerin«, sagte er eindringlich. »Und warum? Weil das Denken der Erwachsenen in eingefahrenen Bahnen verläuft. Kinder dagegen sind Querdenker. Sie sind unauffällig, wendig und in vielem geschickter als unsereins.«

»Mein Kind nicht«, sagte die Krüger sorgenvoll.

»Es gibt Ausnahmen«, gestand Ypsilon ein.

Sie verzog den Mund. »Meine Partei und ich belassen gerne alles beim Alten, wie Sie wissen.«

»Die Amerikaner bilden seit Langem Junioren aus«, gab Ypsilon zu bedenken.

»Die Amerikaner!«, rief die Kanzlerin empört. »Die dressieren auch Delfine! Ich sage das, obwohl ich Amerika liebe! Ich kenne einen indischen Süßwarenladen in San Francisco …«

Die Bundeskanzlerin trat ans Aquarium und warf eine Handvoll Fischfutter hinein. Die Fische kämpften um die Krumen. »Na, ihr kleinen Kannibalen? Hier geht's ja zu wie im Parlament!« Sie kicherte, dann wurde sie schnell wieder ernst. »Nun gut. Der Geheimdienst muss neue Wege beschreiten«, sagte sie. »Meinem Vorgänger fehlten dazu sowohl Fantasie als auch Mut. Ich dagegen bin aus anderem Holz geschnitzt. Fortschrittlich-konservativ sozusagen, behauptet mein Redenschreiber.«

Ypsilon hielt Frau Dr. Krüger eine Einverständniserklärung unter die Nase. Sie brauchte nur noch zu unterschreiben.

»Das könnte mein Untergang sein«, murmelte sie deprimiert, »wegen Kinderschutz und so. Wenn auch nur ein Wort davon an die Öffentlichkeit dringt, sind Sie ein toter Mann, Üps!« Sie zögerte kurz. Dann unterschrieb sie: Dr. Monika Krüger. Bundeskanzlerin.

Ypsilon knallte schwungvoll seinen roten Stempel auf das Papier. Topsecret – Streng geheim.

An der Tür wandte sich die Bundeskanzlerin noch einmal um. »Ach, sollten es nicht eigentlich *drei* Kinder sein?«

»Ja, eines fehlt noch«, gab Ypsilon zu. »Aber keine Sorge, ich werde es finden. Ich weiß ziemlich genau, wonach ich suche!«

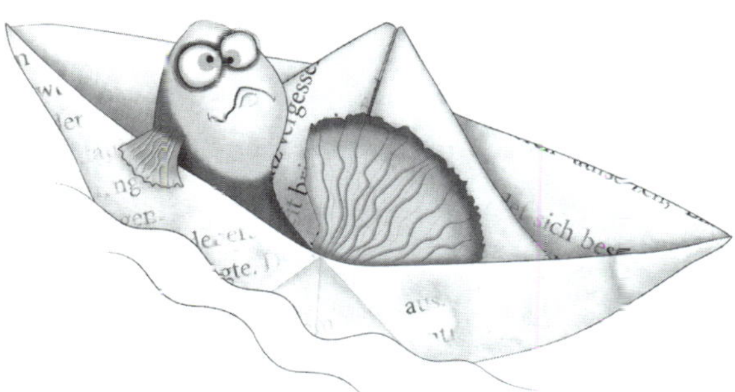

Kapitel 3
Von der Feuerwehrkantine, dem Staatsempfang, einer völlig verrückten Idee und der Zukunftsweiche

Solange ich zurückdenken kann, war die Feuerwehrkantine einer meiner Lieblingsorte. Dort fühle ich mich zu Hause.
Mehr als einmal habe ich früher meine Hausaufgaben in der Kantine gemacht. Es stört mich nicht, wenn es nebenbei hoch hergeht. Komischerweise kann ich mich am besten konzentrieren, wenn um mich herum Chaos herrscht. Nicht einmal der Geruch von verschwitzten Männerhemden oder von Bratfett stören mich. Wahrscheinlich, weil sie mir so vertraut sind.
Am Abend nach dem Einzug von Thera, der Vogelspinne, hockte ich in der Kantine und studierte Kleinanzeigen. Ich brauchte dringend Geld für Papas Geburtstagsgeschenk. Vielleicht suchte jemand aus der Umgebung für morgen Nachmittag einen Zeitungsausträger, Babysitter oder Autowäscher. Ich strich einige Annoncen an, aber nichts war passend für eine Elfjährige.
Auf der Bank mir gegenüber saß Berta und fuhr ruckelnd mit dem Zeigefinger über die Zeilen in ihrem Mathebuch. Sie trug einen Feuerwehrhelm auf dem Kopf. Ihre Lippen bewegten sich leise, und ihr Gesicht war vor Anstrengung verzerrt, während sie winzige Zahlen mit Bleistift in ihr Heft kritzelte. Plötzlich

tat sie mir leid. Auf der Zirkusschule hatte sie kaum Lesen und Schreiben gelernt. Sie war jetzt auf einer Spezialschule, damit sie alles nachholen konnte.
»Guck nicht so blöd!«, zischte sie, als sie meinen Blick auffing.
»Soll ich dir helfen?«, bot ich an. Ich hatte mir vorgenommen, netter zu meiner Halbschwester zu sein. Heute früh hatte Papa gesagt: »Wie man in den Wald hineinruft, so schallt es heraus.«
Aber Berta war kein Wald. Nur ein stacheliger Dornenbusch.
Brandmeister Bernd, Papas bester Freund, beugte sich über meine Schulter und beäugte die umrandeten Anzeigen. »Auf Arbeitssuche, Emma? Du willst Papa wohl zum Geburtstag einen Urlaub in der Karibik schenken?« Er zwickte mich in die Wange. Ich mag Bernd, aber das Zwicken hasse ich.
»Wird Zeit, dass der Schrumpel sich 'ne Putzstelle sucht«, ließ sich Berta vernehmen. »Ich will in 'nen Graffitikurs, das muss sie bezahlen.«
»Du spinnst wohl!«, zischte ich. Das mit dem Nettsein zu Berta funktionierte einfach nicht.
Als Papa hereinkam, packte ich schnell die Zeitung weg.
»Na, wie geht's meinen Mädels?« Er langte über den Tisch nach Bertas Matheheft.
Ich konnte mit einem Blick sehen, dass ihre Berechnungen total falsch waren.
»Die Wurzel aus 49 ist 7«, sagte ich, »und dann musst du diese 104 dazurechnen, das dividierst du durch den Bruch …«
»Dich Schrumpel hat kein Schwein gefragt!«, kreischte Berta. Und dann sagte sie noch etwas, das nicht druckreif ist.

»Na, na!« Bernd schüttelte missbilligend den Kopf.
»Drück dich etwas gewählter aus, Berta«, rügte Papa.
»Apropos gewählt«, Bernd deutete auf den stumm vor sich hin laufenden Fernseher, »wer hat eigentlich *dieses* Huhn gewählt?«
Alles johlte und klatschte. Auf dem Bildschirm gab nämlich Frau Dr. Monika Krüger ein Interview. Eine wandernde Bildleiste lautete: *Bundeskanzlerin Krüger – Keine Engpässe in der Wasserversorgung.*
Bernd klopfte auf seine Armbanduhr und stieß dann Papa in die Seite. »Los, Martin!«, rief er. »Einsatz an der Staatskanzlei!«
Die Feuerwehr rückt nicht nur aus, wenn es brennt. Oder wenn nach einem Gewitter Keller ausgepumpt oder kleine Katzen aus viel zu hohen Bäumen gerettet werden müssen. Die Feuerwehr erfüllt auch Sicherheitsaufgaben. Bei großen Veranstaltungen steht immer ein Feuerwehrwagen herum. Für alle Fälle, falls es was zu löschen gibt.
Berta gähnte wie ein Krokodil.
»Die Krüger empfängt die feine Gesellschaft«, erklärte Bernd, während er sich die Uniformjacke zuknöpfte. »Da werden sich vor Leckereien die Tische biegen. Eine Schweinerei, so was!«
»Ja, es wäre nett, wenn die Damen und Herren Ehrengäste uns wenigstens die Reste bringen könnten, sobald sie satt sind«, sagte Papa und griff nach seinem glitzernden Helm.
Ich liebe es, wenn Papa ihn trägt. Dann sieht er aus wie ein Ritter. Was mir meine Panthermütze ist, ist ihm sein Feuerwehrhelm.

Papa drückte mir einen Kuss auf die Wange, gab Berta einen aufmunternden Klaps und rutschte dann mit Bernd die Stange hinunter in die Garage.
Ich dachte einen Moment nach. Meine Nasenspitze kribbelte. Sie wusste vor mir von meiner tollkühnen Idee.
Ich schaute mich um. Berta stierte wieder in ihr Mathebuch. Die anderen Feuerwehrmänner trugen ihre leeren Tabletts zur Sammelstation. Niemand schenkte mir Beachtung.
Schnell stopfte ich die Panthermütze in meinen Rucksack und rutschte ebenfalls die Stange hinunter.
Ich konnte nicht ahnen, dass das Schicksal in genau diesem Moment eine Weiche für meine Zukunft stellte.
Rums.

Papa lenkte den Feuerwehrwagen gemächlich durch die Stadt. Wenn keine Gefahr bestand, durften Sirene und Blaulicht nicht verwendet werden. Er schaltete das Radio an.
Aus Sicherheitsgründen ist der Raum um die Staatskanzlei weiträumig abgeriegelt, las die Nachrichtensprecherin. *Bundeskanzlerin Dr. Krüger empfängt Wirtschaftsführer sowie Staatsoberhäupter der benachbarten Staaten zum traditionellen Frühjahrsempfang.*
Falls sich jemand wundert, woher ich weiß, was Papa und Bernd im Radio hörten, während sie zum Einsatz fuhren – ganz einfach: Ich war dabei. Klein zu sein hat auch Vorteile. Man kann sich zum Beispiel wunderbar unter Wolldecken und einem aufgerollten Reserveschlauch verstecken.
Dass wir an der Staatskanzlei angekommen waren, bemerkte

ich, als Bernd den Rückwärtsgang einlegte und den Motor abstellte.
»Lass uns die Beine vertreten«, schlug Papa vor, »wir sitzen sicherlich noch stundenlang dumm herum.«
Kaum war die Luft rein, kroch ich aus dem Versteck. Papa und Bernd standen hinterm Wagen und teilten sich eine Zigarette. Dabei hatten sie angeblich beide das Rauchen aufgegeben!
Ich war ein bisschen empört, hatte aber Wichtigeres zu tun, als mich aufzuregen.
Es dämmerte, bald würde es dunkel sein. Das kam mir gelegen.
So leise es ging – und es geht sehr leise, wenn man Panther heißt –, schlüpfte ich ins Freie und huschte geduckt auf die Staatskanzleiauffahrt zu, wo ich mich hinter einem eingetopften Lorbeerbaum versteckte.
Mein Herz klopfte vor Aufregung bis zum Hals und meine Bronchien fiepten. Ich pumpte mir zwei Sprühstöße Asthmaspray in den Mund, für alle Fälle. Ein Hustenanfall hätte mich sofort verraten.
Erst jetzt ging mir auf, dass ich keinen Plan hatte. Ich wusste nur, dass ich Papa ein großartiges Geburtstagsgeschenk organisieren wollte. Es war höchste Zeit, mir zu überlegen, wie ich das bewerkstelligen sollte. Ich konnte ja nicht einfach in die Staatskanzlei marschieren und sagen: »Hallo Leute, ich bin Emma Panther, und ich brauche für Papas Geburtstag reichlich Aufschnitt und gemischte Leckereien, die ihr nachher ohnehin in den Müll werfen würdet, also her mit dem Zeug!«
Am Fuß der Treppe drehten und wendeten breitschultrige

Männer in schwarzen Anzügen die Köpfe suchend in alle Richtungen. Politiker und Promis haben Sicherheitspersonal, damit ihnen keiner an den Kragen kann. Ein Sicherheitsmann mit viel zu kurzen Hosenbeinen fiel mir unangenehm auf, denn er hatte unruhige Augen und bellte wütend in ein winziges Mundmikrofon.
Eben fuhr ein Lieferwagen mit der Aufschrift *Cateringservice* davon. Zu blöd, ich war zu spät dran. Ich hätte da sein müssen, bevor das Essen angeliefert wurde. Mittlerweile war das Büfett bestimmt längst aufgebaut. Wenn ich da ranwollte, gab es also nur eine Lösung: Ich musste es irgendwie in den Festsaal schaffen.
Mit einem Mal flammten Scheinwerfer auf. Der rote Teppich, der hinter dem Säulengang die Marmortreppe zur Staatskanzlei hinaufführte, war in gleißendes Licht getaucht. Es war wie 3-D-Kino. Der mit den kurzen Hosen und den unruhigen Augen drängte eine Horde Fotografen hinter ein Absperrseil zurück.
Oben an der Treppe stand ein eleganter Mann und betrachtete mit verschränkten Armen die Szene. Ich wusste sofort, dass er der Chef der Sicherheitsleute war. Hinter den Absperrungen drängte sich hälsereckend eine Menschenmenge, um einen Blick auf die prominenten Gäste zu erhaschen.
Ich huschte unbemerkt ein Bäumchen weiter. Ich musste bloß darauf achten, nicht in einen Lichtkegel zu geraten, denn jetzt ging es Schlag auf Schlag: Die dicken Kutschen fuhren vor. Richtig fette Autos. Solche, über die Papa sich ärgert, weil sie die Umwelt verpesten und extrem viel Benzin schlucken.
Aus der Staatskanzlei trat eine Frau in einem hellen Kostüm, die mir bekannt vorkam. Natürlich, es war die Bundeskanzle-

rin, Frau Dr. Monika Krüger! Sie war in Wirklichkeit schlanker als im Fernsehen und ein bisschen kleiner, nur ihr Hintern war ziemlich dick.
Neben ihr tauchte ein pummeliges Mädchen auf. Das musste Lilli Krüger sein, die Erste Tochter im Staat. Sie war ein Jahr älter als ich und lebte seit Kurzem mit ihrer Mutter allein. Die Bundeskanzlerin wollte sich angeblich von ihrem Mann Knud scheiden lassen, hatte ich in der Zeitung gelesen.
Lilli Krüger trug ein affiges türkisfarbenes Kleid aus einem glänzenden Stoff. Dazu hatte sie Lackschuhe mit hohen Absätzen an. Ihre mausbraunen Haare waren mit einer grünen Schleife zusammengebunden und ihr Mund zog einen Flunsch.
Die Fotografen tauchten Mutter und Tochter in ein heftiges Blitzlichtgewitter. Frau Dr. Krügers Mund lächelte, aber ihre Augen funkelten genervt und aus dem linken Mundwinkel quetschte sie eine unfreundliche Bemerkung Richtung Lilli. Lilli grinste, um den Fotografen einen Gefallen zu tun. Dabei sah sie aus wie ein Pferd, das man gerade am Schweif gezogen hat.
Ich flitzte einen Lorbeerbaum weiter. Von dort konnte ich vielleicht sehen, was die Bundeskanzlerin sagte. Ich kann nämlich Lippenlesen. Das hat Mama mir beigebracht. Es ist praktisch, wenn man im Unterricht hinten sitzt. Oder sich bei einem Staatsempfang hinter Lorbeerbäumen verstecken muss. Und wenn man sehr, sehr neugierig ist, so wie ich.
Als am Fuß der Treppe ein seltsames Gefährt auftauchte, brach Begeisterungsgeschrei, Johlen und Klatschen aus. Es handelte sich um eine mit einem Wappen und den Buchstaben *KM* geschmückte grüne Dampflok. Wenn ich mich nicht irrte, stan-

den die Buchstaben für Königreich Minimalien. Minimalien ist ein Zwergstaat, der ziemlich weit im Osten liegt.
Dass Minimalien in dieser Geschichte noch eine große Rolle spielen wird, wusste ich an diesem Abend natürlich nicht, wie auch?
Der Staatskarosse entstieg ein apfelbäckiger Mann im Hermelinmantel und mit einer Krone auf dem Kopf.
»König Yonno, hierherschauen!«, schrien die Fotografen. Die Auslöser klackerten um die Wette.
Der kleine König winkte fröhlich. Sein Anblick machte sofort gute Laune. König Yonno war ein Knuddelkönig.
Sogar Frau Dr. Krügers kühle Augen änderten ihren Ausdruck. Sie streckte ihm die Hände entgegen.
»König Yonno von Minimalien«, flüsterte der Protokollchef, der neben der Kanzlerin die Gästeliste verwaltete
»König Yonno braucht mir nicht vorgestellt zu werden!«, sagte die Krüger herzlich.
Der minimalische Herrscher küsste sie auf beide Wangen. Alle klatschten und jubelten.
»Yökl-Yökl-Yepp, Yonni!«, rief Frau Dr. Krüger den minimalischen Staatsgruß. »Wie schön, dass du kommen konntest!«
Ich wunderte mich über die Vertrautheit. Erst später erfuhr ich, dass die beiden miteinander die Schulbank gedrückt hatten. Sie fassten einander an die Nasen.
»Kommt Yarvis?«, fragte die Kanzlerin dabei leise.
Der minimalische König deutete auf ein Taxi, das eben auf zwei Reifen um die Ecke quietschte. »Frisch vom Flughafen«, stöhnte er und ein Schatten huschte über sein Gesicht. »Mein

Thronfolger macht mit seiner albernen Verlobten die Weltgeschichte unsicher.« König Yonno verschwand ins Innere der Staatskanzlei, ohne auf seinen Sohn zu warten.

Aus dem Taxi kugelte ein kurz geratener, fetter junger Mann mit mürrischem Gesichtsausdruck und Schweinsäuglein. Er war in einen riesigen Pelzmantel gehüllt. Hinter ihm erschien eine große hagere Blondine. Sie war ebenso dick eingemummelt wie der minimalische Thronfolger. In meiner Fantasie hatte ein Prinz wunderschöne dunkle Augen, dichtes lockiges Haar und ein strahlendes Lächeln, und eine zukünftige Prinzessin war irgendwie … edel. Die zwei passten gar nicht in mein Bild von Hoheiten. Und dann gehörte zu ihnen auch noch ein extrem dumm aussehender Typ, der vor lauter Muskeln kaum laufen konnte.

»Der Bodyguard ist Kevin Kerbholzer und die Blonde heißt Britney Pommeransch«, wisperte der Protokollchef der Bundeskanzlerin zu.

Als die drei vor Frau Dr. Krüger angekommen waren, machte Britney geschmeichelt einen Hofknicks.

»In einer Demokratie knickst man nicht«, rügte die Krüger.

Britney versuchte es verwirrt mit einem Handkuss. Die Kanzlerin setzte einen angewiderten Blick auf. Ich kenne mich aus mit angewiderten Blicken. Die bekomme ich ab, sobald ich unser Zimmer betrete. Berta kann ihren Gesichtsausdruck bloß nicht so schnell ändern wie Frau Dr. Krüger. Die lächelte nämlich schon wieder in die Menge und tat, als könnte sie kein Wässerchen trüben.

Prinz Yarvis versuchte unterdessen, den Protokollchef auf sich

aufmerksam zu machen. Ihm ging es wie mir in der Kinderarztpraxis: Wer klein ist, wird leicht übersehen.
»Monsieur Jean Le Duc du Montaigne, Botschafter Frankreichs!«, rief der Protokollchef und schob Yarvis achtlos zur Seite, um der Staatschefin einen hochgewachsenen alten Mann mit gepunkteter Fliege vorzustellen.
Prinz Yarvis' Gesicht leuchtete tomatenrot. »Kerbholzer, meine Pumpe!«, kreischte er mit sich überschlagender Stimme.
Der Bodyguard nestelte an Yarvis' rechtem Hosenbein herum. Ich bemerkte, dass darunter eine Schnur hervorlugte.
»Ich ziehe jetzt, Majestät!«, kündigte Kerbholzer an.
Prinz Yarvis wuchs ruckelnd einige Zentimeter. Sein rechter Absatz pumpte sich auf, der linke allerdings nicht. Deshalb wurde Yarvis größer, aber auch schiefer. Erst als Kerbholzer auf der anderen Seite zog, legte der linke Absatz zu und der Prinz kam wieder ins Gleichgewicht.
Sofort packte er den entsetzten Protokollchef und knurrte gefährlich: »Wer bin ich?«
»Ich wei–wei–weiß ni–nicht!« Der arme Mann blätterte panisch in seiner Liste.
Schon wurden die Fotografen aufmerksam. Lachen brandete auf. Das Blitzlichtgewitter entlud sich über dem minimalischen Thronfolger und dem verunsicherten Protokollchef. Die Fotos waren ein gefundenes Fressen für die Presse.
»Prinz Yarvis bin ich, Sie Unterling! Thronfolger von Minimalien!«, brüllte Yarvis so laut, dass dem armen Mann die Haare vom Kopf geflogen wären, wenn er nicht eine Glatze gehabt hätte.

Britney Pommeransch erklärte kichernd: »Bald ist Yarvis der größte König von allen! Stimmt doch, Bärchen, oder?«
Der elegante Mann hinter der Kanzlerin gab unauffällig ein Zeichen und schon drängten Sicherheitsleute die Fotografen zurück.
Plötzlich wusste ich, dass die Gelegenheit günstig war. Jetzt oder nie! Alle Augen waren auf Yarvis gerichtet, und nebendran rangelten auch noch Kerbholzer und der Agent mit den kurzen Hosenbeinen erbittert um ein Köfferchen, das aus Sicherheitsgründen an der Garderobe bleiben sollte und das Yarvis' Bodyguard nicht herausrücken wollte.
Ich schlüpfte unbemerkt an Prinz Yarvis vorbei, hinein in die Staatskanzlei, und hechtete sofort hinter einen Stapel Mäntel an der Garderobe.
Später hat mir Ypsilon gesagt, dass er eine kleine katzenartige Bewegung gesehen hat, aber dachte, er hätte sich getäuscht.
Nicht nur ich landete hinter der Garderobenabsperrung. Auch das Köfferchen, das Kerbholzer nicht aus den Augen lassen sollte, weil sein Inhalt von höchster Wichtigkeit war.
Davon wusste ich natürlich nichts. Hätte ich nur die geringste Ahnung gehabt, alles wäre ganz anders gekommen. Genau genommen, hätte die Geschichte hier schon zu Ende sein können.
Wenn … wenn … wenn …
Doch erst mal hatte ich nicht die Rettung der Welt vor Augen, sondern etwas ganz anderes: das Büfett!

Kapitel 4

Vom Festessen, der Begegnung mit dem Feind fürs Leben und einer Flucht ins Dunkel

Die Tafel reichte von einem Ende des Saales bis zur gegenüberliegenden Bibliothek. Das Büfett bog sich unter Platten mit teuerstem Aufschnitt und erlesenem Käse, Früchten, Sahnetorten und Schokofontänen für Erdbeeren. Der Inhalt zahlloser Töpfe und Schüsseln brodelte auf heißen Platten vor sich hin. Die Luft war von großartigen Gerüchen erfüllt.
Aber ich hatte gar keine Zeit, das Büfett gründlich zu inspizieren, denn ich krabbelte auf allen vieren neben einem rollenden Servierwagen her. Als der Wagen dem bodenlangen Tischtuch des Büfetts nahe genug kam, klappte ich, *schwupp*, eine Ecke hoch und verschwand unter dem Tisch.
Ich musste an das Wochenende denken, an dem Mama, Papa und ich am Baggersee gecampt hatten, obwohl das verboten war. Wir hatten uns wegen eines Wolkenbruchs in einem winzigen gelben Zelt zusammengedrängt. Wie ich so zwischen meinen Eltern lag, warm und gemütlich, und wie ich ihre Herzen neben mir schlagen hörte, da hatte ich gespürt, dass mir nichts passieren konnte. Diese Erinnerung hole ich mir oft zurück, wenn Angst in mir hochkriecht. So wie in diesem Augen-

blick, mit dem Büfett über mir und der Gewissheit, dass es eine Menge Ärger geben würde, wenn sie mich erwischten.
Ich überlegte, wie ich jetzt vorgehen sollte. Am besten, ich öffnete erst mal den Rucksack, damit ich schnell Wurst, Käse und so weiter hineinschaufeln konnte.
Die Musik im Nebenraum verklang und es wurde applaudiert. Sofort danach tauchten unzählige schwarze Männerschuhspitzen und lackierte Damenzehennägel in hochhackigen offenen Schuhen an der Tischtuchunterkante auf. Geschirr und Besteck klapperten, Korken knallten, Gläser klirrten und ein Stimmengewirr in vielen Sprachen – Deutsch, Englisch, Französisch, Spanisch, die anderen erkannte ich nicht – füllte den Raum.
Ich schaute vorsichtig unter der Tischdecke hervor und erkannte die Bundeskanzlerin. Sie sprach leise und nachdrücklich in ihr Handy. Ob ich wollte oder nicht, ich musste das Gespräch mit anhören. Ich finde ja, dass absichtlich weghören unmöglich ist, egal, wie viel Mühe man sich gibt.
»Verspätung?«, zischte Frau Dr. Krüger. »Typisch. Aber eines sage ich dir, liiiieber Knud, du bist nicht nur als mein Nochehemann eingeladen, sondern auch als der bekannteste Wasserwirtschaftswissensschwafler …wissenschaftler meine ich. Außerdem ist die Presse hier, wir müssen einen glücklichen Eindruck machen, wegen der Scheidungsgerüchte. Also her mit dir! – Wie? Wo? Schon an der Garderobe?«
Das hörte sich verdattert an.
Mit einer benutzten Gabel, die jemandem heruntergefallen sein musste, bohrte ich vorsichtig ein kleines Loch in die Tischdecke. Von meiner Position aus konnte ich jetzt quer durch den Raum

bis zur Garderobe blicken. Dort half ein Diener einem abgehetzten Mann mit wehendem Haar aus einem zerknitterten Mantel. Der Mann reichte der Garderobenfrau einen Aluminiumkoffer über den Tresen und den davor dösenden Muskelprotz Kerbholzer hinweg. Sie stellte das Köfferchen von Professor Krüger – er war der Neuankömmling – neben jenes, das Yarvis' Bodyguard eigentlich nicht aus den Augen lassen sollte.
Aber das registrierte ich nur nebenbei. Viel interessanter fand ich es, weiter den sympathischen Professor Krüger zu beobachten. Dass seine Tochter Lilli ein Ekel war, lag bestimmt nicht an *seinen* Genen.
Professor Knud Krüger hatte buschige Augenbrauen und freundliche braune Augen, die hinter einer verbogenen Brille etwas verwirrt in die Welt linsten. Er sah allerdings nicht so aus, als hätte er besonders viel Spaß an dem Abend. Ein Kellner, der mit einem Champagnertablett herumirrte, bot ihm ein Glas an.
»Nein, nein, ich komme eben aus Peru!«, sagte der Professor. »Dort gibt es keinen Champagner. Dort gibt es noch nicht einmal …«
Der Kellner wanderte unbeeindruckt weiter.
Ich sah gerade noch, wie die Bundeskanzlerin auf den Professor zuhastete. Danach verstellte mir eine enorm fette Frau in einem goldglitzernden Kleid die Aussicht.
Ich robbte auf dem Bauch ein Stück weiter. Leute zu belauschen fing an, mir richtig Spaß zu machen. Ich merke mir ja alles, sogar Unwichtiges. Das nervt Papa manchmal. Vor allem, wenn er ein Versprechen nicht halten kann. Dann gebe

ich Wort für Wort wieder, was er gesagt hat. Ich hätte ein Gedächtnis wie ein Elefant, stöhnt er dann. Berta nennt mich eine widerliche, schleimige Besserwisserin. Egal. An Berta mochte ich jetzt nicht denken.
Je weiter ich mich von meiner ersten Position entfernte, umso stärker roch es nach Wiener Schnitzel. Papa liebt Schnitzel. Vor allem Kalbsschnitzel, das so dünn ist, dass die Sonne durchscheinen kann, und so trocken, dass nicht ein einziger Tropfen Fett von der knusprigen Panade trieft.
Ich rollte mich auf den Rücken und schob mich zwischen die Schuhe zweier Damen, die sich in einer Sprache mit vielen rollenden R unterhielten. Blind langte ich mit der Hand nach oben und tappte in eine kalte Platte. Ich raffte einige kühle Fleischscheiben an mich, wickelte sie in Servietten und ließ meine Beute im Rucksack verschwinden.
In den nächsten Minuten ergatterte ich: drei Schnitzel, zwei große Klötze Käse, sieben köstliche Scheiben Roastbeef, kleine, mit Frischkäse gefüllte Paprika, jede Menge Lachsscheiben, eine Sushirolle und noch einige Dinge, die ich nicht kannte. Drei Stück Kuchen sackte ich auch noch ein.
Dass niemand etwas zu bemerken schien, war mir fast unheimlich. Als ich fertig war, war ich ganz hinten, am anderen Ende des Tisches, angekommen.
Dort teilten sich Prinz Yarvis und Britney Pommeransch einen Hummer. Daneben erkannte ich Lilli Krügers lächerliche Fußbekleidung und die abgetretenen Turnschuhe vom Professor.
»Hast du mir aus Peru die Gürtel mitgebracht, die ich dir in der Zeitung gezeigt habe, Papa?«, nölte Lilli.

»Gürtel?« Professor Krüger dachte kurz nach. »Tatsächlich habe ich auf einem Markt Gürtel erstanden! – Ah. Prinz Yarvis! Gleich, Lilli, ich muss ein paar Worte mit dem minimalischen Thronfolger wechseln, wegen des Weltwassergipfels!«
Lilli Krüger zuppelte ungeduldig am Jackett ihres Vaters. Ich konnte verstehen, dass Lilli frustriert war. Auch nette Erwachsene sind oft erschreckend unsensibel.
»Wie gut, dass ich Sie treffe, Prinz! Für meinen Vortrag wüsste ich gerne mehr über die technischen Gegebenheiten des Tagungsraums«, sagte Professor Krüger. »Wo ist das Vortragspult, wie sind die Lichtverhältnisse, habe ich ein tragbares Mikrofon?«
»Mögen Sie Vollmond, Professor?«, krächzte Yarvis mit verstellter Stimme. Er machte sich einen Spaß mit dem Professor.
»Die Sternwarte, in der der Gipfel stattfindet, hat eine Kuppel zum Aufmachen!«, rief Britney Pommeransch beschwipst und prostete dem Professor mit ihrem überschwappenden Champagner zu.
»Britney, Klappe!«, zischte der Thronfolger.
»Was denn, Bärchen?« Sie kicherte.
Der verwirrte Professor versuchte zu begreifen, was Yarvis und Britney sagen wollten, und wischte Lillis Hand weg, die noch immer an ihm zuppelte.
»Malina-Mamaq! Maliiina …«, sang Britney fröhlich.
Yarvis hielt ihr erschrocken den Mund zu.
Eine kreischbunt gekleidete Frau mit Fotoapparat und Notizblock stakste durch die Menge in unsere Richtung. »Sie sind der kleine Prinz aus dem Zwergenkönigreich!«, rief sie.

»Zwergkönigreich!«, berichtigte Yarvis in gefährlichem Ton und schrie laut nach Kevin Kerbholzer.
»Ach so, ja, es ist ein kleines Land«, sagte die Reporterin lachend, »mit kleinen Leuten. Wann ist Hochzeit, Britney?«
Schon nahm sich der Bodyguard der Reporterin an und drängte sie hinaus.
»Die werden sich noch wundern!«, quetschte Prinz Yarvis wütend aus dem Mundwinkel. »Die kriege ich klein. Die werden sehen, was ein großer Staatsmann ist! – Achtung, Schrulle im Anmarsch!«
Mit Schrulle meinte er die Kanzlerin, die im Schlepptau von König Yonno Richtung Hummer, Yarvis und Britney driftete.
»Ich hätte meinem Sohn nicht zugetraut, dass er das mit dem Weltwassergipfel allein vorbereiten kann«, sagte König Yonno eben zur Staatschefin. »Vielleicht wird doch noch ein anständiger Kerl aus ihm.« Schon waren sie bei Yarvis angekommen.
»Wir sind dir sehr zu Dank verpflichtet, liebe Monika, dass du uns deine Sicherheitskräfte und den Geheimdienst leihst – nicht wahr, Yarvis?«, sagte der König laut.
Als Yarvis antwortete, war mir klar, dass die minimalische Königsfamilie miteinander ein genauso großes Problem hatte wie Papa und ich mit Berta.
»Wir brauchen keinen fremden Geheimdienst! Wir können selbst für die Sicherheit der hundert größten – wenn ich das Wort schon höre: *größten*! – Staatsmänner beim Weltwassergipfel sorgen«, knurrte Yarvis. Dabei verlor er eine Hummerschere. Er bückte sich, um sie vom Boden aufzuheben.
Und da passierte es.

Als er aufschaute, starrten wir einander direkt in die Augen. Prinz Yarvis stutzte. Sein Gesicht verschwand nach oben.
Ich überlegte fieberhaft. Schon fühlte ich, wie meine Bronchien sich zusammenzogen. Ich verpasste mir einen Stoß Asthmaspray, zerrte die Panthermütze aus dem Seitenfach des Rucksacks, packte ihn mir auf den Rücken und stülpte die Mütze über.
Dann tauchte Prinz Yarvis' Gesicht erneut in meinem Blickfeld auf. Wieder starrte ich in seine Schweinsäuglein. Bestimmt hatte er gedacht, ich wäre eine Halluzination.
In Windeseile zog ich an den Fäden, die aus seinen Hosenbeinen lugten. Mit einem lauten *Pffff!* entwich die Luft aus den aufgepumpten Schuhen. Prinz Yarvis von Minimalien geriet ins Schwanken und taumelte zur Seite. Dabei riss er den Tisch mit sich. Die schweren Silberplatten polterten auf das teure Parkett.
Manchmal kommt einem eine Zehntelsekunde wie eine Ewigkeit vor. Zum Beispiel, wenn man plötzlich den Blicken einiger Hundert Leute ausgesetzt ist, die einen als Eindringling erkennen. Noch schlimmer, wenn man dabei neben einem umgekippten Tisch inmitten von Bratensoße, Hummerscheren, Schnitzeln, Kuchen und Salaten sitzt und ein prall gefüllter Rucksack beweist, dass man eine Diebin ist.
Die Gäste schrien auf. Von allen Seiten eilten Kellner und das Sicherheitspersonal herbei. Das Orchester verspielte sich und verstummte dann erschreckt.
»Hier ist ein Kind!«, hörte ich Yarvis kreischen.
Mit einem Sprung setzte ich über den umgekippten Tisch hinweg und zickzackte durch die aufgescheuchte Menschenmenge.

Der Mann mit den kurzen Hosenbeinen brüllte: »Ausgänge verriegeln! Alarmstufe Rot! Das ist unautorisierter Anwesenheitsmissbrauch!«
»Ein Eklat!«, schrien einige Gäste.
Mir blieb keine Zeit, über dieses tolle Wort nachzudenken, denn der Sicherheitschef versuchte, mir am Ausgang breitbeinig und mit verschränkten Armen meinen Fluchtweg zu versperren.
Habe ich schon erwähnt, dass ich im Turnen richtig gut bin? Und dass ich seit meinem sechsten Lebensjahr immer wieder Artistenkurse für Kinder besuche und stets die Beste bin? Nicht? Na, dann sage ich es jetzt. Ich wollte nicht, dass ich wie eine Angeberin dastehe.
Ich machte also zwei Salti und tauchte dann zwischen den Beinen des verdutzten Mannes durch, den nur wenige kannten. Die es taten, nannten ihn: Ypsilon. Oder Üpslibum.
Ich drehte mich kurz um und sah, dass er türkisblaue Augen mit gelben Sternchen in den Pupillen hatte, wie Mama.
Als ich die Treppe vor der Staatskanzlei hinunterwirbelte und ins Gassengewirr der Stadt abtauchte, vorbei an einem Feuerwehrwagen, in dem Papa und Bernd ahnungslos vor sich hin dösten, hörte ich Ypsilons dunkle Stimme aufgeregt und sehr bestimmt rufen: »Stein! Müller! Hinterher! Folgen Sie der Kleinen!« Zu Frau Dr. Monika Krüger sagte er: »Ich habe gefunden, was ich gesucht habe, Frau Bundeskanzlerin.«
Das hörte ich natürlich nicht mehr. Aber Ypsilon hat es mir später selbst erzählt.

An der Garderobe spielten sich nach dem plötzlichen Tumult wüste Szenen ab. Die Gäste prügelten sich um die Mäntel und konnten es kaum erwarten, die Staatskanzlei zu verlassen. Die Garderobenfrau verlor die Kontrolle über die Nummern und hockte verzweifelt in einer Ecke zwischen vergessenen Schals und Regenschirmen.

Draußen heulten die Sirenen der Begleitwagen, die all die wichtigen Leute aufsammeln und in Sicherheit bringen wollten, auch wenn man nicht recht wusste, wovor.

Officer Stein und Sergeant Müller schlängelten sich auf ihrem Motorroller zwischen den Wagen durch. Die hübsche Stein versuchte fluchend, Emma nicht aus den Augen zu verlieren. Der kleine Schatten flitzte raffiniert Abkürzungen und kannte die Stadt anscheinend wie seine Westentasche.

Kerbholzer schlug durch die aufgeregte Menschenmenge eine Schneise für den gedemütigten Prinz Yarvis und die aufgeregte Britney Pommeransch.

»Den Koffer, Kerbholzer, und ab nach Minimalien!«, kreischte der Thronfolger.

»Ruhe ist die erste Adelspflicht!«, mahnte König Yonno seinen Sohn. Er selbst kämpfte mit den Ärmeln seines Hermelinmantels.

Yarvis ignorierte seinen Vater.

Endlich hatte Kerbholzer den Aluminiumkoffer ergattert. Er hatte verblüfft bemerkt, dass es plötzlich zwei davon gab, die exakt gleich aussahen. Aber da er ein wenig schielte, hatte er das für eine Täuschung gehalten und einfach zugegriffen.

Der Prinz riss Kerbholzer das wertvolle Stück aus den Händen

und stürmte zum Taxi. Britney rannte humpelnd hinterher, weil sie einen Schuh verloren hatte.
»Was tut man nicht alles für eine Krone!«, lispelte sie atemlos und warf sich erschöpft neben Yarvis auf den Rücksitz.

Kapitel 5

Von der Vorfreude, Bertas Bier und davon, dass ich nicht glauben kann, was ich getan habe

Es gelang mir, noch vor Papa zu Hause zu sein. Den Motorroller, der mir auf den Fersen gewesen war, hatte ich abhängen können. Es waren bestimmt Sicherheitsleute, die sich gut in der Innenstadt zurechtfanden, aber in meinem Stadtviertel kannte ich jede Abkürzung. Durch Zaunlöcher und über Mauern hinweg konnte mir kein noch so wendiger Roller folgen. Nur wenn sie mir die berittene Polizei hinterhergeschickt hätten, hätten sie mich vielleicht erwischt.

Berta bemerkte mich nicht, als ich auf Zehenspitzen in die Küche schlich. Sie schnarchte vor dem laufenden Fernseher auf dem Sofa. Ihre Lieblingssendung mit tätowierten Männern, die Riesenauspuffs unter kleine Autos schraubten und die Karosserien in wilden Farben besprühten, war beendet. Dafür quäkten halb nackte Frauen Telefonnummern in die Kamera.

Weil der Knopf am Fernseher kaputt war, zog ich die Fernbedienung unter Berta hervor, um den Kasten auszuschalten. Sie schnarchte einfach weiter.

Neben dem Sofa blitzte eine leere Bierdose. Es war nicht Papas

Marke. Wenn der wüsste, dass Berta Bier trinkt, wäre er stinksauer.
Ich ging in die Küche und entsorgte die Bierdose, denn ich bin keine Petze. Dann holte ich meine Beute aus dem Rucksack. Das Roastbeef, die Schnitzel und all das andere Zeug sahen nicht mehr ganz so appetitlich aus wie auf dem Büfett, aber immer noch um Klassen besser als das Zeug aus der Kantine. Ich wusch mir die Hände und quetschte die zerbeulten Käsestücke und alles andere in Form. Dann drapierte ich die Leckereien auf einer Platte, wickelte sie in Folie ein und packte Papas Geburtstagsgeschenk in den Kühlschrank.
»Wo kommt *das* denn her?«, würde Papa erstaunt fragen, sobald er morgens den Kühlschrank öffnete, um wie immer als Erstes einen Schluck kalte Milch zu trinken. Er würde vor Begeisterung ausflippen.
Natürlich würde ich lügen müssen. Ich würde behaupten, ich hätte einen kleinen Job angenommen. Autowaschen zum Beispiel. Und davon hätte ich ihm diese Leckereien gekauft. *Happy Birthday*, Papa! Die Wahrheit konnte ich ihm ja kaum erzählen.
Manchmal heiligt der Zweck die Mittel. Natürlich nur, wenn man keinem mit seiner Handlung schadet. Das hat Mama oft gesagt. Bestimmt würde keiner der Gäste verhungern, nur weil ein paar Schnitzel und Käse fehlten. Über den *Eklat*, der durch mich entstanden war, mochte ich lieber nicht nachdenken. Noch nicht.
Ich nahm einen Schluck von dem ekligen Wachstumsmittel und ging zur Messlatte an der Tür. Wenn es stimmte, dass man

an seinen Aufgaben wächst, müsste ich jetzt mindestens zehn Zentimeter größer sein als vor einigen Stunden. Dem war aber nicht so.
Todmüde fiel ich ins Bett. Ich war so kaputt, dass ich noch nicht mal Zeit hatte, mich vor Thera, der Vogelspinne, zu fürchten.

Professor Krüger hatte währenddessen das dringende Bedürfnis, sich die Ereignisse der letzten Stunden unter der prasselnden Dusche in seinem Labor aus dem Gedächtnis zu schrubben.
Er sehnte sich nach Ruhe. Der lange Flug aus Südamerika und die Zeitverschiebung saßen ihm genauso in den Knochen wie der Streit, den er nach dem Tumult auf dem Staatsempfang mit Frau und Kind gehabt hatte. Er war froh, dass es an seiner Arbeitsstätte ein Bett für ihn gab.
Er bedankte sich bei den netten Feuerwehrmännern, die ihn beim Internationalen Institut für angewandte Wasserwirtschaft abgesetzt hatten, weil nach dem Eklat weit und breit kein Taxi zu finden gewesen war.
Müde tippte er eine komplizierte Nummernfolge in das Sicherheitsschloss des Instituts ein und begab sich zu seinem Labor. Vor der Tür blieb der Professor stehen und lauschte. Da war sie wieder, die vertraute Geräuschkulisse, die er so liebte. Sie bestand aus dem Rattern von Hamsterrädern, dem Fiepen dösender Ratten, dem Blubbern eines Aquariums, dem Quaken seiner Frösche und dem Gezwitscher der Testamseln.

Aber heute war da noch etwas anderes: ein seltsames Wischgeräusch, gefolgt von schlurfenden Schritten. Der Professor bekam feuchte Hände vor Angst.

»Ist hier jemand?« Er ließ die Lichter im Flur aufflammen.

Plötzlich öffnete sich die Flügeltür des Laborraums, und ein Wischlappen feudelte heraus, gefolgt von Putzhilfe Maria Kratochvil und der Familiendogge Toxi Krüger.

»Es ist nach Mitternacht, Frau Kratochvil!«, rief Professor Krüger entsetzt.

»In meinem Alter braucht man keinen Schönheitsschlaf mehr«, sagte Frau Kratochvil mürrisch, »und einer muss den armen Viechern ja Gesellschaft leisten.«

»Es sind Versuchstiere, keine Haustiere«, belehrte Professor Krüger seine Putzfrau, während ihm der Hund vor Freude übers Gesicht leckte. »Die kommen ohne Gesellschaft aus. Toxi, sitz!«

Er betrat mit seinem Aluminiumkoffer erleichtert den Laborraum.

»Die sind ganz schwach, die armen Kreaturen!«, keifte Frau Kratochvil. »Sie machen Tierversuche, Professor Krüger! Wenn ich das Ihrer Frau erzähle!«

»Meine Frau macht *Menschenversuche*!«, rief Professor Krüger. »An mir zum Beispiel. Hier dagegen ist alles harmlos und völlig legal. Ich erforsche energetische Veränderungen der Molekularstruktur von einfachem Wasser, das ich den Versuchstieren zu trinken gebe. Ich zeige es Ihnen!«

Er tippte etwas in seinen Computer. Auf dem Bildschirm erschienen Wassertropfen. Der Professor zoomte heran, bis man

in den Tropfen Kristalle erkennen konnte. Es sah sehr schön aus.
»Sehen Sie, Frau Kratochvil, wenn man Wasser richtig behandelt, entwickelt es diese wunderbare Kristallstruktur!«, erzählte Professor Krüger begeistert. »Und weil ich zu meinen Tieren sogar ausgesprochen gut und nett bin, dürfen sie dieses Wasser trinken!«
Frau Kratochvil streifte ihn mit einem misstrauischen Blick. »Mein Wasser sieht nicht so aus. Gut und nett sein können Sie zu Ihrer Frau, der armen Seele! Vernachlässigt ist die arme Kanzlerin! So wie Sie durch die Weltgeschichte reisen! Da muss die Frau ja Karriere machen und das Kind einen Schaden kriegen!«
Der Wissenschaftler lächelte milde.
»Ich habe Ihnen etwas mitgebracht, aus Peru!«, verkündete er, um sie von dem Thema abzubringen. Beim Versuch, den Koffer aufzubekommen, brach er sich fast einen Finger. Erst mithilfe eines weißen Pulvers, einer Flamme aus einem Bunsenbrenner und einer Miniexplosion flog der Deckel auf.
Misstrauisch lugte Frau Kratochvil in den Koffer. Vor ihr lag eine lila Kassette. Darin glitzerte ein fünfzackiger Glasstern mit regenbogenfarbenem Inhalt.
»Billiges Parfüm? So was schenken Männer ihren Frauen, wenn sie eine Geliebte haben!« Die Putzfrau rümpfte die Nase.
»Wo sind die Gürtel? Und meine Unterlagen?! Das ist nicht mein Koffer!«, rief Professor Krüger verdattert. Er schraubte das Fläschchen auf und hielt es sich unter die Nase. »Riecht nach Mandeln«, murmelte er. Mit einer sterilen Pipette zog er

einen Tropfen auf und träufelte ihn auf einen Objektträger. Er schaltete das Mikroskop an. Sofort erschienen auf dem Computerbildschirm Zahlen und chemische Formeln.
Der Professor studierte das Ergebnis. »Donnerwetter!«, rief er überrascht aus. »Einundzwanzig hochpotente Aminosäuren! Das reinste Kraftfutter! Und drei unbekannte Elemente. Es könnte sich dabei allerdings um eine Verunreinigung handeln.«
Beim Wort Kraftfutter spitzte Frau Kratochvil die Ohren.
»Genau, was die armen Tierchen brauchen, Kraftfutter«, sagte sie resolut und schnappte sich den Glasstern. Dann ging sie umher und gab jedem Tier ein Tröpfchen der schillernden Flüssigkeit in die Futterschale oder ins Trinkwasser. Auch Toxi bekam eine Ration.
»Was machen Sie denn da, das muss man doch erst testen!«, rief der Professor aufgebracht. Er entwand ihr den Stern und packte ihn zurück in den Koffer.
Toxi ließ es sich schmecken.
»Ich rette die Tiere, was sonst?«, gab die Putzfrau pampig zurück.
Toxi keuchte kurz. Dann hob der Hund die rechte Vorderpfote und kratzte sich an der Schläfe, als dächte er nach. Der Hund deutete mit der Pfote anklagend auf die altmodische Wanduhr, deren Zeiger schon auf ein Uhr morgens zurückten.
»Toxi?«, krächzte der Professor. Er rieb sich die Augen. Das war sicher die Müdigkeit. Er halluzinierte. Wahrscheinlich war auch Frau Kratochvil nicht real. Aber als er sie anfasste, um sich zu überzeugen, boxte sie ihm empört in die Magengrube.

Der Professor entschuldigte sich und wandte sich schwitzend den Hamsterkäfigen zu. Dort war es gespenstisch still. Wieso ratterten die Laufräder nicht? Einige kleine Nager lagen paarweise bäuchlings auf den Käfigböden im Sand und spielten mithilfe von Steinchen Schiffeversenken.

Im Vogelkäfig schwang sich eine Amsel von Ast zu Ast und schlug Salti. Das hatten die Vögel niemals zuvor getan!

Professor Krüger spritzte sich kaltes Wasser ins Gesicht. Er entnahm dem Stern mit zittrigen Fingern eine zweite Probe und machte eine andere Schnellanalyse.

»Das reinste Gehirndoping, Frau Kratochvil!«, rief er mit leuchtenden Augen, als er das Ergebnis sah.

Toxi blätterte mit einer Pfote in der Zeitung, die auf dem Boden lag.

»Die ist von letzter Woche«, erklärte ihm die Putzfrau und zeigte auf das klein gedruckte Datum am oberen Rand. Dann hielt sie inne und bekreuzigte sich. Sie starrte auf den Regenbogenstern.

»Das ist Teufelszeug und Ihres ist es auch nicht. Das war ja nicht Ihr Koffer«, sagte sie zum Professor.

»Ruhe, Kratochvil!«, rief Professor Krüger mit leuchtenden Augen. »Was hier im Raum ist, ist meins! Das Zeug ist vielleicht meine Chance auf den Nobelpreis!«

»Für Sie immer noch Frau Kratochvil«, schnappte die Putzfrau. Sie hängte den Kittel an den Nagel und ging heim.

Professor Krüger hingegen war so aufgeregt, dass er das Duschen vergaß. Seine Müdigkeit war wie weggeblasen. Er musste auf der Stelle eine dritte Probe analysieren!

Kapitel 6
Von Papas Geburtstagsfrühstück, Hass auf Halbschwestern, Edelmut und überhaupt

Als ich erwachte, war es Tag und das Unglück schon passiert: Berta und Papa saßen einträchtig beim Frühstück. In der Mitte des Tisches thronte die Platte mit den Leckereien, die ich vom Staatsempfang mitgebracht hatte. Mein Geschenk für Papa.

»Für Emma müssen wir auch ein bisschen was übrig lassen«, sagte Papa gerade, als ich in die Küche kam. Er wischte sich glücklich etwas Frischkäsefüllung aus einem Mundwinkel. »Stell dir vor, Emma, Berta hat Autos gewaschen! Damit sie mir mein Lieblingsessen kaufen kann! Es geschehen noch Zeichen und Wunder! Großartig!«

Mir verschlug es die Sprache. Wuttränen schossen mir in die Augen. Am liebsten hätte ich in die Tischkante gebissen. Das habe ich als Kleinkind immer gemacht.

»Das ist doch kein Grund zum Heulen, Emma«, sagte Papa. »Probier mal von dem Schnitzel! Ein Gedicht!«

Ich winkte ab. Mir war übel.

»Schrumpel heult wahrscheinlich, weil sie nichts für dich zum Geburtstag hat, Papa«, sagte Berta grinsend. Zwischen ihren Zähnen pappte französischer Käse.

Ich hätte mich wehren müssen. Papa die Wahrheit sagen. Dass es mein Geschenk war und Berta damit gar nichts zu tun hatte.

Aber ich brachte kein Wort über die Lippen. Er war so glücklich. Das war schließlich das Wichtigste.

Auf dem Schulweg verpuffte meine Wut. Ich kam mir beinahe edel vor, weil ich Berta nicht verraten hatte. Emma Panther konnte Opfer bringen. Das taten nur sehr gute Menschen.

Das Leben war eigentlich ziemlich einfach: Emma gut, Berta böse. Tief drin wusste ich aber bereits, dass es nicht ganz so einfach ist.

Unterwegs fiel mein Blick auf die Titelseite einer Zeitung.

Eklat beim Diplomatenempfang. Blamage für Kanzlerin und Geheimdienst.

Ich hatte *denen da oben* richtig Probleme bereitet. Dabei wollte ich der Kanzlerin bestimmt nicht schaden. Ich hatte keine Ahnung, ob sie gute Politik machte oder nicht, aber ich fand es toll, dass auch Mädchen Kanzler werden können.

»Mist«, murmelte ich und bekam vor lauter Stress einen Hustenanfall.

Weil ich hektisch nach dem Asthmaspray kramte, bemerkte ich den Motorroller nicht, der in sicherem Abstand hinter mir auftauchte.

Ein Dutzend Geheimagenten stand am gleichen Morgen wie begossene Pudel vor Geheimdienstchef Ypsilon. Sie kauten an

den Bügeln ihrer Sonnenbrillen, nagten an Kugelschreibern und Fingernägeln oder studierten ihre Schuhspitzen.
»Unsere fähigsten Geheimdienstler lassen sich von einem Kind austricksen!« Ypsilon schnäuzte sich in ein Stofftaschentuch. »Die jahrelange Ausbildung, und dann das! Will denn keiner mehr Agent des Jahres werden?«, fragte Ypsilon.
Agent des Jahres zu werden, war das höchste Ziel jedes Geheimagenten. Der AdJ erhielt einen Orden, einen Goldbarren und zwei Monate Luxusurlaub am Meer oder in den Bergen. Vor allem aber hing das Bild des Jahressiegers 365 Tage lang in der Flughalle neben der *Luftkraft 1*, dem Jet der Bundeskanzlerin.
Im letzten Jahr hatte man allerdings einen Sparkurs verfolgt und den im Einsatz verunglückten Kollegen Cornfeld geehrt, der Gold und Reise nicht mehr entgegennehmen konnte.
Sensendengler mochte Ypsilons vorwurfsvollen Blick nicht länger ertragen. Eilig warf er mit dem Projektor ein Schaubild an die Wand.
»Das ist die Generalstabskarte von Minimalien, Chef!«, haspelte er. »Der Weltwassergipfel steht vor der Tür. Wie Sie sehen, hat Schloss Minimalia eine Zugbrücke. Ein Zwischenfall wie gestern muss, kann und wird vermieden werden!«
Ypsilon nickte. »Wie heißt das Mädchen?«, fragte er in die Runde.
»Wenn man mich als Ortskundigen der kleinen Ratte hinterhergeschickt hätte statt Stein und Müller …«, sagte Sensendengler und ließ den Rest des Satzes in der Luft hängen.
Ypsilon tat überrascht. »Sie meinen mit man doch nicht etwa mich? Und mit Ratte doch nicht etwa das Kind?«

Das Raunen der Kollegen zeigte Sensi, dass er zu weit gegangen war. Er radierte in Gedanken die letzten dreißig Sekunden aus und fuhr fort: »Wir werden den alten Burggraben von Schloss Minimalia eben fluten, Chef! Dann ist die Brücke der einzige Fluchtweg.«

»Und übergießen wir auch die heranstürmenden Feinde mit siedendem Öl?«, fragte ein anderer Agent spöttisch.

Bevor Sensendengler antworten konnte, flog die Tür auf.

»Lachs – Lachs – Hering – Sardine – Delfin!«, verkündete Officer Stein strahlend. Hinter ihr keuchte Sergeant Müller herein. »Gestern hat sie uns an der Nase herumgeführt. Wendig wie eine Raubkatze! Aber Mülli kennt sich aus«, erzählte die Stein.

»Wir sind seit dem Morgengrauen die Straßen der Umgebung abgefahren«, berichtete Sergeant Müller, »und wir haben sie gefunden!« Er überreichte Ypsilon einen umfangreichen Ordner.

Sensendengler biss sich wütend auf die Fingerknöchel. »Mülli Milchbubi«, murmelte er eifersüchtig.

Der Geheimdienstchef öffnete zufrieden den Aktenordner.

Ein Foto flatterte ihm entgegen. Darunter stand ein Name. Ypsilon las laut vor: »Sie heißt Emma.«

Er setzte sich und starrte auf den Namen.

»Emma Panther«, sagte er leiser.

Er merkte nicht, wie ein Agent nach dem anderen leise den Raum verließ. Der Chef hatte eindeutig eine Krise.

Kapitel 7
Von meiner Entführung, Bertas blauem Wunder und dem Spezialstipendium

Ein langer, ereignisloser Schultag lag hinter mir. Wieder einmal hatte ich mich zu Tode gelangweilt. Seit meine Freundin Anna mit ihren Eltern nach Amerika ausgewandert war, hatte ich auch keine Freunde mehr in der Schule.

Ich war auf dem Heimweg, und weil Papa trotz seines Geburtstags die lange Schicht machte, hatte ich eingekauft. Berta Vielfraß hatte unsere gesamten Vorräte an Linsen, Tütensuppen und Milch aufgebraucht. Und von Papas Geburtstagsleckereien war auch nichts mehr übrig. Ich schleppte mich halb tot. Zwei Tüten links, zwei rechts, damit sich das Rückgrat nicht verbiegt. Wie es die Mullmann mir geraten hatte. Ich habe weiche, biegsame Knochen, und sie meint, das würde sich irgendwann rächen.

Die weichen Papiertüten rächten sich auch. Schon nach wenigen Minuten rissen sie und ein halbes Dutzend Orangen rollte in alle Richtungen davon.

Gebückt und fluchend rannte ich über den Bürgersteig, um sie aufzusammeln. Keiner der Passanten dachte im Traum daran, einem armen kleinen Mädchen zu helfen. So kam ich mir in diesem Moment vor: wie ein armes kleines Mädchen.

Es hatte am Vormittag einen heftigen Wolkenbruch gegeben. Im Rinnstein waren Pfützen. Durch so eine Pfütze grub sich ein Autoreifen. *Platsch* – schon war ich von oben bis unten nass.
»Sind Sie irre oder was?!«, schrie ich.
Der Wagen hielt. Surrend senkte sich eine verdunkelte Fensterscheibe. Eine Frau mit einer großen Sonnenbrille auf der Nasenspitze musterte mich.
»Die kommt mit den Füßen ja nicht mal bis zum Boden!«, rief sie entsetzt. »Da ist mir Dengelsenser als Bodyguard für Lilli doch lieber.«
Ihre Stimme kam mir bekannt vor.
»Soll *er* etwa weiter mit Lilli in der Klasse sitzen?«, fragte eine dunkle Männerstimme, die ich auch schon mal gehört hatte.
Die Autotür flog auf. Ein Fahrer mit Mütze sammelte die Orangen auf und packte all meine Tüten auf den Beifahrersitz.
»He!«, rief ich. War das zu fassen? Ich wurde am helllichten Tag beklaut!
»Emma Panther?«, fragte er. »Steig ein, bitte!«
Ich tippte mir an die Stirn. Eines der ersten Dinge, die man als Mädchen lernt: Steig nie zu Fremden ins Auto! Das gilt für Jungs natürlich genauso.
Die Frau nahm die Sonnenbrille ab. Jetzt wusste ich, warum sie mir bekannt vorkam: weil sie bekannt war. Sie war die Allerbekannteste überhaupt. Sie lächelte breit, aber nicht ganz echt.
»Du kennst mich doch, Kleine?«, fragte sie.
Ich schüttelte den Kopf, denn hundertprozentig sicher sein konnte ich mir nicht. Man hat schon Pferde kotzen sehen, meint Papa immer, und es gibt schließlich Doppelgänger.

»Sie sehen vielleicht nur ähnlich aus wie die Krüger«, platzte ich heraus.
Der Mann, der auf der Rückbank neben ihr gesessen hatte, stieg aus und umrundete den Wagen. Er trug polierte Schuhe, in denen man sich hätte spiegeln können. Jetzt erkannte ich ihn auch: Es war der elegante Sicherheitschef, durch dessen Beine ich vom Staatsempfang geflüchtet war.
Er ging in die Knie und starrte mir ins Gesicht.
Plötzlich hatte ich Angst. Es fiepte in meiner Brust.
»Es ist wegen gestern, stimmt's?«, fragte ich geknickt. Wie waren sie mir so schnell auf die Schliche gekommen? »Ich zahle alles zurück«, ratterte ich, »wenn ich einen Job finde. Ich bin ziemlich arm, müssen Sie wissen.«
Ich murmelte ein Stoßgebet. Es ist nur leider so, dass ich nicht an den Gott mit Bart glaube. Der hätte Mama schließlich gerettet. Ich glaube aber schon, dass es etwas gibt, das größer und klüger ist als wir. »Bitte mach, dass Papa nichts davon erfährt!«, murmelte ich also und wiederholte es zur Sicherheit dreimal.
»Schenke uns fünf Minuten deiner Zeit, Emma«, bat mich der Mann liebenswürdig. Er sah mich sehr freundlich und irgendwie … traurig an. Das war seltsam.
Die Kanzlerin oder ihre Doppelgängerin zog mich plötzlich über ihre Knie ins Auto und packte mich auf den Mittelsitz.
Schon saß der nette Mann an meiner anderen Seite. Wenn sie mich jetzt entführen wollten, hatten sie leichtes Spiel.
»Ich habe aus eigenem Antrieb gehandelt«, begann ich mein Geständnis. So oder ähnlich hatte das einmal ein diebischer

Bankdirektor in einer Fernsehserie gesagt. Das klang ziemlich professionell.
Mein Blick fiel auf den Rückspiegel. Was ich sah, ließ mir das Blut in den Adern gefrieren. Ein komischer Spruch eigentlich. Ich glaube nicht, dass Blut wirklich in Adern gefrieren kann.
Jedenfalls war im Rückspiegel: Berta! Sie zückte ihre rote Spraydose. Vermutlich ging sie davon aus, dass in diesem dicken Wagen mit den verspiegelten Scheiben kein Mensch saß. Dass er nur geparkt war. Der Fahrer hatte schließlich den Motor abgestellt.
Berta liebte es, teure Autos zu verschönern. Sie sprühte Sätze wie *Ich bin eine Sau* oder Schlimmeres auf Heckscheiben, Kofferräume oder Motorhauben. Ich sah, dass sie die Dose schüttelte, ehe sie sich ans Werk machte. Ich musste dafür sorgen, dass die Wageninsassen nichts von Bertas Vorhaben merkten. Am besten, indem ich verwirrend viel redete, wie die Politiker. *Zutexten, bis der Arzt kommt* nannte Berta das.
»Können wir das irgendwie regeln?«, plapperte ich. »Ich kann Autos waschen, Hunde Gassi führen, auf Babys aufpassen. Ich kann einkaufen gehen und sogar Pfannkuchen backen, wenn Sie möchten. Hauptsache, Papa erfährt nichts. Könnten Sie das mit dem Büfett und dem *Eklat* nicht geheim halten? Und …«
»Geheimhaltung ist unsere Spezialität«, sagte der elegante Mann. Er lächelte in sich hinein.
Ehe er weiterreden konnte, klingelte ein Handy in der Tasche der Frau neben mir die Melodie unserer Nationalhymne. Da wusste ich: Sie war wirklich die Krüger persönlich. Ihr Telefon hatte auf dem Staatsempfang auch so geklingelt.

Die Stimme der Kanzlerin nahm einen schrillen Ton an. »Was heißt das, Knud, du hast keine Zeit? Lilli soll heute zu dir … Du kannst mich mal!« Sie beendete schnaubend das kurze Gespräch.
Ich war entsetzt, denn eine Bundeskanzlerin sollte meiner Meinung nach ein Vorbild an Höflichkeit sein.
Sie musterte mich. »Du kannst wirklich Pfannkuchen machen? Eventuell auch Süßigkeiten? Meine Tochter und ich lieben Süßigkeiten!«
»Ich kenne jede Menge Nachtische«, versicherte ich schnell. Das stimmte zwar nicht, aber ich konnte es ja lernen.
»Willst du nicht diese dämliche Panthermütze abnehmen?«, fragte die Bundeskanzlerin.
»Nein«, sagte ich.
Draußen begann Berta ihr zerstörerisches Werk. *Zisch. Zisch.*
»Na gut«, sagte Frau Dr. Monika Krüger, dann vertiefte sie sich in einen Aktenordner und tat, als wäre ich Luft.
Wenn der Chauffeur nur einmal aus dem Fenster gesehen hätte, hätte er Berta bemerkt, doch er döste zum Glück vor sich hin.
Plötzlich drückte mir der elegante Mann mit der netten Stimme einen glänzenden Prospekt in die Hand. *Elitenwald – Spezialschule für Hochbegabte* stand darauf.
»Hast du Lust, auf diese Hochbegabtenschule zu gehen, Emma?«, fragte er.
Mich traf fast der Schlag.
»An der Elitenwaldschule würdest du eine besondere Zusatzausbildung erhalten«, fuhr er fort und betrachtete mich ernst. Wieder erinnerten mich seine Augen an Mama. »Mit Schwer-

punkt auf Kampfkünsten, Fechten, der Bedienung gewisser Gerätschaften, über die ich dir noch nichts sagen darf …«
Es war Zeit für ein neues Stoßgebet, denn Berta hatte sich von der Heckscheibe auf die linke untere Seite des Wagens hinübergearbeitet. Die Bundeskanzlerin schaute irritiert auf. Jetzt hatte auch sie das zischende Geräusch von Bertas Spraydose vernommen.
»Den Reifen geht doch nicht die Luft aus?«, fragte sie besorgt.
Die Augen des eleganten Mannes folgten Berta im Seitenspiegel. Mir wurde klar, dass er sie schon seit geraumer Zeit beobachtete. Warum griff er nicht ein?
»Du solltest dir die Schule ansehen, Emma«, sprach er unbeirrt weiter. »Gleich Montag früh. Mit deiner Klassenlehrerin ist alles geklärt. Um die Kosten mach dir keine Sorgen.« Er überreichte mir einen geschlossenen Umschlag und ein amtlich aussehendes Papier, auf dem stand: *Spezialstipendium für Emma Panther*.
»Wer sind Sie eigentlich?«, fragte ich misstrauisch. »Sie können mich nicht einfach umschulen! Außerdem wachse ich nicht einmal.«
»Dass du klein bist, ist perfekt! Du bist absolut perfekt!!«, sagte er und sah mich irgendwie … gerührt an.
Plötzlich wusste ich, dass alles gut und richtig war.
Bis auf die Sache mit Berta.
Der elegante Mann klappte eine Konsole mit einem beeindruckenden Bildschirm aus der Rückenlehne des Fahrersitzes. Darauf konnte ich beobachten, was meine Halbschwester sah: wie sich auf einmal drei dicke Rohre geräuschlos aus der Karosserie

schoben und auf sie richteten. Berta kratzte sich verwundert am Kopf.
Der Mann legte einen Schalter um. Ein dumpfes *Bumm* hob uns aus den Sitzen. Vor den Fenstern wurde alles blau. Als der Pulversturm sich legte, hatte Berta sich in einen Schlumpf verwandelt. Sie spuckte und prustete und schimpfte lautstark.
Als der Chauffeur ausstieg, rannte die blaue Berta entsetzt davon.
»Minimalische Blaubeerfarbe. Die geht erst in achtundvierzig Stunden ab«, sagte der Elegante so beiläufig, als würde er jeden Tag ungezogene Jugendliche mit Pulverkanonen beschießen.
»Vorbildliche Strafaktion«, sagte die Kanzlerin zufrieden.
Ich strahlte und hätte die beiden am liebsten abgeknutscht.
»Sag einfach Ypsilon zu mir«, sagte der Mann.
»Mich kannst du schlicht Frau Bundeskanzlerin Dr. Krüger nennen«, schlug die Bundeskanzlerin vor.
Ypsilon reichte mir einen Umschlag und erklärte, dass ich den Inhalt gründlich lesen solle. Er hielt mir die Hand hin.
»Wirst du Montag da sein? Morgens um halb acht?«
»Bitte pünktlich«, mahnte Frau Dr. Krüger.
»Aber garantiert!«, rief ich begeistert.
Dann schlug ich ein.

Kapitel 8
Von einem seltsamen Brief, der Feier in der Feuerwehrkantine und der gefleckten Berta

Kaum war ich bei der Feuerwache angekommen, riss ich im dämmrigen Licht zwischen einem Haufen ausgemusterter Reifen und alter Feuerwehrschläuche den Umschlag auf, den Ypsilon mir gegeben hatte, und entfaltete ein Blatt Papier. Es fühlte sich seltsam rau an.

Alles, was ich an diesem Tag gesehen und gehört hatte, unterliege der Geheimhaltung, stand da. Ebenso dürfe ich mit keiner Menschenseele über den Spezialunterricht sprechen, den ich in der Elitenwaldschule erhalten würde. Auch nicht mit meinem Vater. Ich solle mir genau überlegen, ob ich diese Bedingung erfüllen könne.

Während ich den Brief ein zweites Mal las, begann das Papier sich von den Ecken her aufzurollen. Es wurde krümelig und löchrig – es löste sich einfach auf! Die Buchstaben verblassten und dann waren Papier und Umschlag verschwunden.

»Wahnsinn!«, entfuhr es mir. Ich war schwer beeindruckt. Wenn man an der Elitenwald lernen konnte, wie man Dinge zum Verschwinden bringt, dann nichts wie hin!

»Wahnsinn!«, sagte auch Papa kaum eine Stunde später und las die Stipendiumsbescheinigung der Elitenwaldschule schon zum dritten Mal. Dieses Blatt hatte sich glücklicherweise nicht in Luft aufgelöst.

»Wieso kriegt Emma so 'n Stimpium und ich nicht?«, kreischte Berta aus dem Badezimmer. Dann schluchzte sie ein bisschen. Die blaue Farbe ging nicht ab, egal, wie sehr sie schrubbte.

Auf Papas Frage, wie sie so blau geworden sei, hatte Berta eine Antwort gegeben, die man wieder einmal nicht drucken kann.

»Das Stipendium muss gefeiert werden, Emma«, sagte Papa zu mir. »Komm!«

Das Großartigste am Feuerwehrhaus ist die Stange, die von unserer Wohnung im vierten Stock bis hinunter in die Feuerwehrgarage reicht. Sie ragt bei uns im Flur neben der Treppe in einem Kreis aus dem Boden, und wenn es besonders schnell gehen soll, rutschen wir einfach. Ich kann auch in die andere Richtung – also nach oben – klettern. Das schafft weder Papa noch Berta. Nun rutschten also Papa und ich zwei Stockwerke tiefer, in die Kantine.

»Guck mal, Bernd!« Papa wedelte mit der Stipendiumsbescheinigung. Seinen Geburtstag hatte er völlig vergessen.

Als die Kollegen uns sahen, brachen sie in laute Hallorufe aus und sangen *Happy birthday*, klopften Papa auf die Schultern und wünschten ihm noch viele Jahre bei guter Gesundheit und was man eben so wünscht.

Zur Feier des Tages gab es labberiges Jägerschnitzel und Schokoladenkuchen. Zwischen Hauptgang und Nachtisch reich-

ten Papa und ich uns quer über den Tisch die Hände und schlossen kurz die Augen, damit Mama in Gedanken mitfeiern konnte.
Berta ging übers Wochenende in Hungerstreik und sperrte mich aus unserem Zimmer aus. Als sie wieder auftauchte, war sie nur noch hellblau gefleckt, und es war Montag.

Ganz Minimalien war am Sonntagabend in Festtagsstimmung. Das Zwergkönigreich am Fuße des Monte Parvolo kannte viele Feiertage. Der Tag des Blaubeerfestes aber, der heute gefeiert wurde, war einer der beliebtesten. Blaubeeren und Blaubeerprodukte waren das Hauptexportgut des Landes und in diesem Jahr hatte es eine besonders gute Ernte gegeben.
Die zukünftige Prinzessin Britney blickte von einem Fenster des Seitenflügels von Schloss Minimalia durch ein Fernglas auf den Festplatz hinunter. Sie hatte die Landestracht angelegt: klobige Holzschuhe und ein Gewand aus kratzigem rotem Sackleinen mit Schafwollbesatz. Schafwolle war das zweitwichtigste Exportgut Minimaliens. Auf den Köpfen trugen echte Minimalier selbst gehäkelte Mützen, die zu gar nichts gut waren, fand Britney. Sie waren löchrig und wärmten nicht einmal.
Der gefürchtete Männerchor der bergigen Monarchie ging schon in Stellung. Man wartete auf König Yonno, der das Singen der Hymne selbst dirigieren würde. Um die Stimmen zu üben, ließen die Sänger schon eines der vielen Volkslieder hören, die nach Britneys Auffassung sturzöde waren. Die Songs

bräuchten dringend Pep, fand sie. »Die Texte sind auch unter aller Sau«, kommentierte sie laut.
»Auf mein Land lasse ich nichts kommen«, schnappte Yarvis. Er lungerte in einem zerschlissenen Sessel mit aufgesticktem Wappen und streckte die Beine in die Luft, damit Kerbholzer ihn von den Schuhen befreien konnte.
Wenn sie erst einmal Prinzessin von Minimalien wäre, würde sich alles ändern in diesem zurückgebliebenen Land, beschloss Britney. Als Erstes würde sie die berühmtesten Modeschöpfer der Welt engagieren und dem Bauernvolk was Schickes schneidern lassen. Dann würde sie eine neue Hymne in Auftrag geben. Irgendwas mit coolen Technobeats.
Laute Fanfaren verkündeten die Ankunft von König Yonno.
»Müssen wir nicht runter, Bärchen?«, fragte Britney.
»Nein«, sagte Yarvis entschieden. Ohne Ankündigung schrie er los: »Ich hasse das Blaubeerfest und das Umweltgetue! Ich will Luxus, fette Autos und ein fettes Konto!«
»Aber Yarvis!«, sagte Britney erschrocken. »Ich doch auch.«
»Ich hasse meinen Vater!«, brüllte Yarvis weiter. »Und alles, was klein ist!«
»Ich doch auch, Bärchen«, versicherte Britney.
Yarvis funkelte sie böse an. Er presste seine Nase gegen die Fensterscheibe und fletschte die Zähne, während unten König Yonno dem jubelnden Volk zuwinkte. Er war im Gegensatz zu Yarvis sehr beliebt.
Britney tätschelte dem kleinen Prinzen den Kopf. »Wenn du der Größte bist, streichen wir das Blaubeerfest, ja?«
Yarvis schlug Britneys Hand weg und öffnete das Fenster.

Auf dem Festplatz begann der König, den Chor zu dirigieren, der die minimalische Hymne sang.
Britney traute ihren Augen nicht, als Yarvis strammstand, eine Hand ans Herz legte und laut mitgrölte:

»Wie heißt das schönste Land der Welt?
Minimalien!
Wo gibt's Blaubeersaft statt schnödem Geld?
In Minimalien!
Yökl-Yökl-Yepp, Yökl-Yökl-Yepp!
Es lebe die Natur!
Yökl-Yökl-Yepp, Yökl-Yökl-Yepp!
Das gibt's in Minimalien nur!«

Britney gähnte. Was musste sie nicht alles ertragen, um eines Tages Königin eines Zwergkönigreiches zu werden!
Yarvis stimmte gerührt die letzte Strophe an:

»Es bleibt stets wie im letzten Jahr.
Denn am schönsten ist das Leben,
wie es früher immer war.
Yökl-Yepp-Yepp-Yepp!«

Andächtig lauschte der Thronfolger dem Verklingen der Melodie. Kevin Kerbholzer applaudierte.
Yarvis kam zur Besinnung. »Papperlapapp!«, schnarrte er. »In Wahrheit muss und wird sich alles ändern. Kerbholzer! Meine Streckbank!«

Eilig zog der Bodyguard eine Holzplatte auf Rädern hinter einem Vorhang hervor. Yarvis legte sich rücklings darauf und schob Füße und Hände durch die Laschen.
»Kurbeln! Mach schon!«, befahl Yarvis genervt.
Kerbi betätigte vorsichtig die Kurbel; die beiden Platten, aus denen die Streckbank bestand, bewegten sich auseinander und zogen den Thronfolger in die Länge.
»Aaah!«, stöhnte der Prinz mit zusammengebissenen Zähnen.
»Wer groß sein will, muss leiden«, kicherte Britney, »aber nicht mehr lange, Bärchen.« Sie deutete auf den ungeöffneten Aluminiumkoffer. »Darf ich einen kleinen Blick auf unser Mamaq werfen?«, fragte sie.
Prinz Yarvis antwortete nicht.
Weil die Schlösser sich nicht öffnen ließen, fummelte Britney mit ihrer Haarnadel so lange darin herum, bis der Deckel aufsprang. Aus dem Koffer quollen drei perlenbestickte Gürtel.
Einen Moment lang war Britney verblüfft. Dann zog sie einen Gürtel hervor und legte ihn sich um die Hüften. Der Wandspiegel zeigte ihr, dass die Tracht ihr mit Gürtel viel besser stand als ohne.
»Wo kommen die Dinger bloß her?«, fragte sie in Yarvis' Richtung.
Kevin Kerbholzer zuckte dümmlich die Achseln. Er musste sich auf die Streckbankkurbel konzentrieren, und Yarvis starrte mit zusammengebissenen Zähnen an die Decke, während seine Gelenke knackten.
»Der ist ja bezaubernd«, sagte Britney zu ihrem Spiegelbild.

»Kerbholzer«, sagte Yarvis gepresst, »erzähl es mir noch einmal: *Was* geschieht auf dem Weltwassergipfel?«
Kerbholzer leierte wie aus der Pistole geschossen und nicht zum ersten Mal herunter, was er in mühsamer Kleinarbeit auswendig gelernt hatte: »Schritt eins: Fräulein Britney kippt einen Tropfen Malina-Mamaq in den Blaubeersaft. Schritt zwei: Prinz Yarvis prostet den Großen der Welt zu. Er selbst tut nur so, als würde er trinken. Die Großen werden klug.«
Aus dem Mund des Prinzen kam unkontrollierbares Kichern. »Ein bisschen Klugheit kann man den eingebildeten Idioten schon gönnen. Nutzen wird es ihnen ohnehin nichts. – Weiter, Kerbholzer!«
Kerbholzer kurbelte daraufhin noch ein bisschen mehr. Prinz Yarvis wurde vor Anstrengung dunkelrot im Gesicht.
»Weiter im Text, habe ich gemeint«, quetschte er hervor.
»Sorry«, sagte Kerbholzer und kramte in seinem Gedächtnis. »Schritt drei: Kerbholzer – also das bin ich – steht in der Sternwarte neben dem Hebel, mit dem man die Kuppel öffnet. Schritt vier: Prinz Yarvis …«
»Das bin ich«, warf Yarvis ein. »Weiter!«
»Prinz Yarvis hält seine Rede«, betete der Leibwächter die Agenda weiter herunter. »Schritt fünf: Wenn der Mond richtig steht, gibt der Prinz ein Zeichen, damit Kerbholzer – also das bin ich …«
»Du Trottel! Schneller!«, zischte Yarvis.
»Schritt sechs: Kerbholzer, das bin … äh … legt den Hebel um, mit dem man die Kuppel öffnet!«

Yarvis befreite sich aus der Streckbank und sprang hoch. Seine Augen sprühten Feuer. Der Plan war großartig!
»Dann«, rief der Thronfolger, »öffnet sich die Kuppel, der Mond streift über die – haha! – Großen, und Sekunden später ist *wer* der größte Herrscher der Welt, Kerbholzer?«
»Sie, Majestät! Prinz Yarvis von Minimalien!«, rief Kerbholzer.
»Das bin ich.« Yarvis rieb sich zufrieden die Hände.
»Aber was, Majestät, wenn jemand den Hebel wieder zurücktut?«, fragte Kerbholzer ängstlich.
»Du bist ein Dummerchen, Kerbi«, sagte Britney und kraulte den Bodyguard unterm Kinn. »Der Hebel liegt doch mitten im Mondlicht. Wenn die merken, dass sie von dem Licht schrumpfen, traut sich da doch keiner mehr hin. Und wenn, wird er so winzig, dass er den Hebel gar nicht mehr halten kann.«
Prinz Yarvis hatte mit einem Mal blendende Laune. Er schnappte sich seine Verlobte und tanzte mit ihr zusammen durch den Raum. Zweimal kamen sie am geöffneten Koffer vorbei, ohne dass Yarvis etwas bemerkte. Beim dritten Mal bremste der Thronfolger ab.
»Was ist das?« Er deutete atemlos auf die beiden Gürtel, die Britney noch nicht anprobiert hatte.
»Die hast du doch bestimmt als Überraschung für mich gekauft, Bärchen. Danke«, sagte Britney. Sie drückte ihm einen Kuss auf die Nasenspitze.
»Wo ist das Malina-Mamaq?«, flüsterte Prinz Yarvis. Wenn er so leise sprach, war das kein gutes Zeichen.
Kevin Kerbholzer begann unkontrolliert zu zittern und brachte nur ein Krächzen hervor.

»WO IST DAS MALINA-MAMAQ???«, brüllte Yarvis.
Er trat zwei Schritte zurück, rannte dann wie ein Stier mit gesenktem Kopf auf Kerbholzer zu und brachte ihn zu Fall. Sekunden später hockte Yarvis auf seinem Bodyguard und trommelte wütend auf ihn ein.
»Empfang … Garderobe … noch ein Koffer … sah genauso aus … muss Verwechslung sein …«, stotterte Kerbholzer.
Yarvis hüpfte auf ihm herum wie auf einem Trampolin.
»DU BESCHAFFST DAS MAMAQ, SONST … NA?«
Er ließ von ihm ab und wartete auf Kerbholzers Antwort.
»Der Flu… Flu… Flutraum? Und der Alli… Alligator?«, stammelte der Leibwächter. Er war so eingeschüchtert, dass er sich beinahe in die Hose machte.
»Und einen Kopf kürzer.«, kreischte Yarvis. »Nein, zwei!«
Britney Pommeranschdurchsuchte unterdessen den Koffer. Bei aller Schwärmerei für Prinzen war sie praktisch veranlagt. Sie stieß auf eine Mappe mit Papieren und eine Visitenkarte. Yarvis rupfte sie ihr aus den Fingern. Er traute seinen Augen nicht, als er las, was darauf gedruckt stand: Professor Dr. Knud Krüger. *Den* Mann kannte er!

Kapitel 9
Von der Elitenwaldschule, dem schönsten Jungen der Welt, einem hohlen Baum und einer Riesenüberraschung

Ich hatte mich von Sonntag auf Montag mit Albträumen herumgeplagt. Schließlich hatte ich keine Ahnung, was mich in der neuen Schule erwartete. Erst im Morgengrauen war ich auf dem unbequemen Sofa im Wohnzimmer eingeschlafen.
Nachdem ich aufgestanden war, duschte ich so lange, bis nur noch kaltes Wasser aus den alten Leitungen kam.
Dann weckte ich Papa. Er war genauso aufgeregt wie ich und hatte gestern schon meine besten Klamotten zusammengesucht. Um ein Haar hätte ich meine Panthermütze vergessen. Wie hätte ich mein neues Leben ohne sie beginnen können!

Die Elitenwaldschule liegt in einer sehr breiten Allee und ist hinter mächtigen Kastanienbäumen versteckt.
Wie jeden Tag wurden die Kinder in teuren Limousinen zur Schule gebracht. Viele wurden von Chauffeuren gelenkt, die den kostbaren jungen Fahrgästen die Autotüren öffneten. In anderen Fahrzeugen thronten Mütter mit Perlenketten am Steuer. Übrigens waren die meisten Autos schwarz und glänzten frisch gewaschen.

An diesem Montagmorgen gab es drei Fahrzeuge, die aus dem vornehmen Fuhrpark herausstachen:

– ein bonbonrosa Oldtimer,
– ein graues Auto mit Dachgepäckträger, unter dessen Heckfenster sich ein Wackeldackel, ein gemusterter Teppich und eine Lichterkette mit bunten Birnchen befanden,
– und unser knallrotes Feuerwehrauto mit der blitzenden Leiter und aufgerollten Schläuchen.

Übermütig machte ich das Blaulicht an, aber Papa schlug mir auf die Finger.

»Du hast mich früher nie misshandelt, Papa«, sagte ich schmollend und wir lachten.

»Dann wird's Zeit«, ätzte die hellblau gefleckte Berta, die unbedingt hatte mitkommen wollen. »Was is'n das für ein Affenzirkus?«

Auf dem Bürgersteig herrschte ziemliches Gewusel. Die Kinder steckten in Schuluniformen: Die Mädchen trugen karierte Röcke, weiße Blusen und blaue Pullover, die sie um die Hüften geschlungen hatten, und die Jungs dunkle Hosen mit Bügelfalte, weiße Hemden und die gleichen Pullover wie die Mädchen.

»Würg, Schnöselalarm«, sagte Berta bei ihrem Anblick und steckte sich zwei Finger in den Hals.

Ein Polizeimotorrad fuhr vor einer Limousine ein, aus der eine verheulte Lilli Krüger krabbelte. Sie schlug wütend nach ihrem Begleiter. Er sah dem Agenten mit den kurzen Hosenbeinen, den ich beim Staatsempfang gesehen hatte, zum Verwechseln ähnlich. Zwei blonde Mädchen hakten Lilli unter und die drei verschwanden gackernd im Schulgebäude.

»Das war das Kanzlerbalg, kotz«, kommentierte Berta. »Die kenne ich aus der Glotze.«
»Viel Erfolg, Emma«, sagte Papa ergriffen.
»Ja, Papa«, versprach ich. Ich würde mein Bestes tun, um ihn nicht zu enttäuschen.
Als ich aus dem Feuerwehrwagen hüpfte, öffnete sich die Tür des rosa Oldtimers und ein Junge kletterte heraus.
Und zwar der umwerfendste Junge, den ich je gesehen hatte.
Weil die Zeit plötzlich stehen blieb, schwebte er in Zeitlupe auf den Torbogen zu, über dem in geschwungenen Lettern *Elitenwaldschule* stand. Als er sich umwandte, fiel ihm eine schwarze Locke in die Stirn. Er wischte sie mit einer langsamen Bewegung zur Seite und strahlte in die Runde.
Dann kam er auf mich zu und lächelte mich an. Mich, Emma Panther! Er streckte mir eine schmale bräunliche Hand entgegen.
»Ich bin Santiago Garcia Otero«, sagte er. »Du darfst mich Santi nennen.«
So weiße gleichmäßige Zähne gibt es nur im Kino. Ich blinzelte und kratzte mich unter der Panthermütze.
»Hi«, krächzte ich. »Emma Panther.«
Ich bemerkte, dass er den gleichen Stipendiumsbrief bei sich trug wie ich.
»Panther wie Tiger wie Löwe wie Puma?«, fragte er, während er mich ungläubig umrundete und mich bestaunte.
Ein Mädchen mit Kopftuch, Brille und einem weiteren Stipendiumsbrief in der Hand schob sich zwischen uns.
Santi schenkte auch ihr sein bezauberndes Lächeln. »Ich bin

Santiago Garcia Otero, Rächer der Enterbten«, stellte er sich erneut vor.
Sie nahm ihre Brille ab, putzte sie und sagte: »Das Leben ist zu kurz für dumme Sprüche. Ich bin Shirin Özman.«
Shirin betrachtete mich ausführlich. »Du trägst eine Basecap mit Pantheraufdruck«, stellte sie fest. »Stammt vermutlich aus Yunnan, der chinesischen Provinz, die nicht nur für Pu-Erh-Tee bekannt ist, sondern auch für Kappen.«
Santi erlitt einen Lachanfall, der mich ebenso verwirrte wie Shirins Worte. Aber als sie kicherte, musste ich auch lachen.
»Ich bin Spezialistin für unnützes Wissen«, prustete sie.
»Und ich bin der Schrecken der Staatsbankette«, platzte ich heraus, weil mir nichts Besseres einfiel.
Als wir drei gemeinsam lachten, wurde mir leicht ums Herz.

Wie aus dem Nichts tauchte jemand neben einem Busch auf und bedeutete uns, ihm zu folgen: Ypsilon!
Der Schulgarten entpuppte sich als Labyrinth aus gewundenen und von mannshohen Hecken begrenzten Wegen. Zum Glück habe ich einen guten Orientierungssinn und konnte mir den Weg sofort einprägen.
Wir knirschten Ypsilon auf dem Kies hinterher. Er hielt hinter der nächsten Windung vor einem Baum mit dem dicksten Stamm, den ich je gesehen hatte, und drückte mit dem Daumen auf einen kleinen Jahresring in der Rinde. Geräuschlos schob sich eine Tür zum Inneren des Stammes beiseite.
»Qué pasada! Was ist das?«, hauchte der schönste Junge der Welt halb spanisch, halb deutsch.

Shirin und ich sahen uns verdattert an, dann traten wir zögerlich in den Aufzug. Habe ich schon erwähnt, dass ich Aufzüge auf den Tod nicht ausstehen kann? Lieber gehe ich dreißig Stockwerke zu Fuß, als so eine Kiste zu betreten. Wenn die Tür sich schließt, ist es, als ob mir jemand die Kehle zudrückt. Die Mullmann meint, ich wäre klaustrophobisch. So toll dieses Wort klingt, ich könnte darauf verzichten. Es ist nicht witzig, Angst vor kleinen geschlossenen Räumen zu haben.
Ein solcher Raum, der in einem hohlen Baum abwärtsschießt, war genau das, was ich nicht brauchte. Hoffentlich stand mir meine Angst nicht ins Gesicht geschrieben!
»Sollte es in einer Eliteschule nicht mit einem aufwärtsgehen?«, witzelte Santi mit zittriger Stimme. Er hatte anscheinend genauso große Angst wie ich.
Meine Panik verflog jedoch, als ich Ypsilons freundlichem Blick begegnete.
»Wir sind da«, sagte er.
Wir betraten einen menschenleeren Flur, von dem unzählige Türen links und rechts abgingen.
»Wo sind die anderen Schüler denn hin?«, fragte Shirin leise und kaute verunsichert an einem Daumennagel.
Ypsilon durchmaß den Flur mit so schnellen Schritten, dass wir kaum folgen konnten. Er blieb erst wieder vor einer Glastür stehen, die von bunten Metallfäden durchzogen war.
Shirin betrachtete durch ihre Brillengläser fasziniert die durchscheinenden leuchtenden Punkte. »Technologie vom Feinsten. Hier wurden eindeutig keine Kosten gescheut.«

Ypsilon schmunzelte und tippte mit flinken Fingern eine Nummernfolge in einen kleinen Kasten ein.
Langsam öffneten sich die Flügel der bunten Glastür. Dahinter wuselte es wie in einem Bienenstock. Männer und Frauen der unterschiedlichsten Hautfarben, in Uniformen, Anzügen oder Kostümen, hasteten an uns vorbei. Viele sprachen in Mundmikrofone, andere tippten beim Laufen in tragbare Geräte und alle schienen es eilig zu haben. Einige lächelten freundlich. Es gab aber auch welche, die bei unserem Anblick die Augen verzweifelt verdrehten. Warum nur? War das hier nun eine Schule oder nicht? Wo steckten die anderen Kinder?
Die Wände des langen Gangs waren mit einer Fischtapete verziert.
Ich deutete auf eine runde Plakette, die zwischen einem Hai und einem Delfin klebte. Sie zeigte ein durchgestrichenes Kind und die Worte: *No Kids in GGDW*. Mit einem Ruck riss Ypsilon den Aufkleber ab und ließ ihn verärgert verschwinden.
»Hier ist was faul«, flüsterte ich Shirin zu.
»Wofür stehen diese Buchstaben?«, flüsterte sie zurück.
In diesem Moment fiel die Glastür hinter uns ins Schloss. Vollautomatisch schoben sich Riegel vor. *Klack. Klack. Klack.*
»Eine Falle!«, hauchte Santi. Er war blass um die Nase.
Ypsilon klopfte ihm beruhigend auf die Schulter. Dann drückte er die Nase einer Haiabbildung auf der Fischtapete. Die Flurwände um uns herum wurden durchsichtig.
»Aber hallo!«, sagte ich.
»Diese Technologie ist absolut innovativ«, murmelte Shirin. Sie zückte eine Kamera, doch Ypsilon entwand sie ihr sofort.

»Keine Fotos!«, sagte er streng. Dann ließ er uns Zeit, uns umzuschauen.
Wir rannten den Flur entlang, pressten die Nasen an die Fenster zu den verschiedenen Räumen und trauten unseren Augen nicht. In einem schwebten Gegenstände durch die Luft und Leute mit Schutzbrillen schossen mit seltsamen Kanonen auf eine Zielscheibe. In einem anderen Raum hielt eine dicke Frau in Uniform einer Männergruppe einen Vortrag, während zwei vermummte Gestalten die Wände hochliefen. In einem riesigen Aquarium gegenüber kämpften Taucher gegen eine wütende Hai-Attrappe. Und hinter einem anderen Fenster übten Weißgekleidete mit schwarzen Gürteln unter Anleitung eines alten Mannes Taekwondo.
Wir wussten gar nicht, wohin wir zuerst schauen sollten, denn eben schwebte ein roter Sportwagen zehn Zentimeter über dem Boden an uns vorüber.
»Den will ich haben!«, riefen Santi und ich gleichzeitig.
Als wir eine riesige Halle betraten – es war der Flugzeughangar –, verschlug es uns aber erst richtig die Sprache. Im Zentrum des Hangars schimmerte silbern die *Luftkraft 1*, das Flugzeug der Kanzlerin. Dahinter wurden zwei weiße Jets geputzt. In einer anderen Ecke probierten Mechaniker den Propeller eines Tarnhubschraubers aus, den man kaum erkennen konnte, weil seine Konturen verschwammen.
Ganz hinten parkten zwei niedliche Minihubschrauber, auf denen in großen Buchstaben *Libelle 1* und *Libelle 2* geschrieben stand. Von der Wand lächelte das riesige Porträt eines sommersprossigen, rothaarigen Mannes: *Carl Cornfeld, Agent des Jahres*

stand darunter. Leider trug das Bild eine schwarze Trauerschleife. Carl Cornfeld war das Lachen wohl für immer vergangen.
Wenn das hier zur Elitenwaldschule gehörte, fraß ich einen Besen. Santi musste einen ähnlichen Gedanken gehabt haben.
»Und wo sind unsere Klassenräume?«, fragte er.
Ypsilon zog überrascht eine Augenbraue hoch und deutete an die Decke. »Über uns. Aber hier bekommt ihr drei eure Spezialausbildung.«
Das klang gut. Das klang sogar großartig. Mein ganzer Körper begann zu kribbeln. Ich saugte jedes Wort von Ypsilon auf wie eine Biene den Nektar. Eine Biene mit Panthermütze.
Ich wusste: Das war meine Welt.

Der Mann mit den schwarzen, zu kurzen Hosen war offensichtlich anderer Meinung. Er hatte sich uns im Hangar angeschlossen, ohne sich vorzustellen. Ich war mir inzwischen sicher, dass er der Sicherheitsmann von dem Staatsempfang war.
»Mein Stellvertreter, Georg Sensendengler, genannt Sensi«, sagte Ypsilon. »Er ist in meiner Abwesenheit euer Ansprechpartner.«
Sensendengler winkte empört ab. »Wieso ich? Ich protestiere ausdrücklich, Chef!« Dabei streifte er vor allem mich mit einem giftigen Blick.
»Stammt das hier etwa von Ihnen, Sensendengler?« Ypsilon hielt ihm verärgert den *No Kids*-Aufkleber unter die Nase.
»Von mir und den Kollegen Stein und Müller, jawohl«, sagte Sensendengler steif. »Wir leben in einem freien Land und dürfen unserer Meinung freien Ausdruck verleihen!«

»Das Juniorenprogramm ist von der Bundeskanzlerin abgesegnet worden«, schnappte Ypsilon.
Er schob uns in einen Umkleideraum und schimpfte vor der Tür weiter mit Sensendengler.
Das war uns dreien aber egal. Wir waren mit Nachdenken beschäftigt. Was hatte es zu bedeuten, dass sich in diesem Raum drei Kabinen mit Spinden befanden, die auch noch unsere Namen trugen? Und zwar nicht bloß *Panther* oder *Özman* oder *Garcia Otero*. Sondern *Kadettin Panther. Kadettin Özman. Kadett Garcia Otero.*
»Sind Kadetten nicht Matrosen? Ich werde auf keinen Fall einen Matrosenanzug tragen!«, rief Santi und lugte entsetzt aus seiner Kabine hervor.
Als wir die Spinde öffneten, hingen dort rote Overalls in drei unterschiedlichen Größen. Wir schlüpften hinein und sie passten wie angegossen. Dann betrachteten wir uns in dem großen Spiegel, der vor den Türen der Einzelkabinen aufgebaut war. Ein Aufnäher auf den Overalls trug die Buchstaben GGDW.
»Wofür könnte *GGDW* bloß die Abkürzung sein?«, fragte ich.
»Gierige Gangster Dürfen Weinen?«, schlug Santi albern vor.
»Wohl kaum«, sagte Shirin nachdenklich.
Meine Nase juckte, und schon tauchte vor meinem inneren Auge ein Zeitungsartikel auf, der in meinem grünen Gehirnordner für Interessantes lag. Aus meinem Gedächtnis segelte eine unscharf bedruckte Seite, dann konnte ich endlich die Überschrift erkennen: *Viel Geld für nichts – Schluckspecht GGDW.*
»Ich hab's! Das Ganze ist ein Test!«, unterbrach Santi meine

Gedanken. »Es ist so etwas wie *Versteckte Kamera*! Sie prüfen uns! Wer auf eine Hochbegabtenschule kommt, muss natürlich beweisen, dass er nicht auf jeden Quatsch reinfällt!«

»Oder sie«, mahnte Shirin stirnrunzelnd.

»Da oben ist schon eine Kamera! Huhuhu!«, schrie Santi und winkte zur Zimmerdecke hoch. Tatsächlich folgte von dort ein surrendes Metallauge jeder unserer Bewegungen.

»GGDW heißt Geheimster Geheimdienst der Welt!«, rief ich. In dem Artikel war die Rede davon gewesen, wie viele Steuergelder der GGDW verbrauchte, ohne Erfolge vorweisen zu können, die das viele Geld rechtfertigten.

»So ein Quatsch«, sagte Santi. Aber dann sah er mich mit großen Augen an, setzte sich und grübelte. Obwohl er sich dabei kratzte, sah er immer noch umwerfend aus.

Ypsilon kam herein.

»GGDW? Wofür steht das?«, platzte Santi heraus.

»Geheimster Geheimdienst der Welt selbstverständlich«, sagte Ypsilon unschuldig. »Warum?«

»Na bitte!« Ich verschränkte triumphierend die Arme.

Ypsilon stellte uns in einer Reihe nebeneinander auf und räusperte sich. Wir starrten ihn erwartungsvoll an.

Er sagte (und weil es so ungeheuerlich ist, schreibe ich das jetzt groß):

»IHR WERDET ZU GEHEIMAGENTEN AUSGEBILDET.
IHR SEID DIE ERSTEN JUNIORAGENTEN IN DER
GESCHICHTE UNSERES LANDES
HERZLICH WILLKOMMEN, KADETTEN!«

Hier folgen drei leere Zeilen, weil ich nicht weiß, wie ich sonst beschreiben soll, dass wir mucksmäuschenstill waren und nachdachten.
Erste leere Zeile.
Zweite leere Zeile.
Dritte leere Zeile.
Wir holten alle drei gleichzeitig Luft. Kadettin Özman schlug vor Freude eine Hand vor den Mund.
Kadett Garcia Otero setzte sich vor Schreck auf den Po.
Und Kadettin Panther – ich also! – nahm Anlauf, rannte auf Ypsilon zu, erklomm ihn wie einen Baum und warf die Arme um seinen Hals.
»Danke! Danke! Danke!«, kreischte ich. Ich schäme mich jetzt noch dafür.

Auch Professor Krüger war an diesem Morgen früh aufgestanden. Die Fortschritte der Tiere nach der Verabreichung der seltsamen schillernden Flüssigkeit durch Frau Kratochvil waren atemberaubend.
Sein Hund Toxi zum Beispiel hatte mit affenartiger Geschwindigkeit das kleine Einmaleins gelernt. Die spielsüchtigen Hamster schoben auf einem Schachbrett die Figuren hin und her und kapierten schon nach wenigen Stunden die Grundregeln des komplizierten Spiels. Die Amseln benützten Werkzeug, um sich in ihrem Käfig architektonisch ausgeklügelte Nester zu bauen. Einige Laborratten hatten begonnen, Musikinstrumente

aus Naturmaterialien herzustellen. Alle Tiere waren nicht nur intelligent, sie verfügten auch über ein Bewusstsein ihrer selbst. Sie schienen nicht nur genau zu wissen, was sie taten, sondern auch, wer sie waren. Das war eine Eigenschaft, die man Tieren allgemein absprach.

Es war unglaublich. Aber wahr!

Professor Krüger schwebte im siebten Himmel. Er filmte und dokumentierte jeden neuen Lernschritt seiner Schützlinge. Wenn er die Ergebnisse bei einem Fachkongress der Öffentlichkeit vorstellte, würde ein Erdbeben durch die Welt der Wissenschaft gehen, das sich gewaschen hatte!

Anders als Professor Krüger. Der kam gar nicht dazu, sich zu rasieren und zu duschen, geschweige denn, sich die Zähne zu putzen, und seine Ernährung bestand vorwiegend aus Keksen und Kaffee.

Auf dem Monitor der Überwachungskamera bewegte sich etwas. Beim Anblick von Kevin Kerbholzer, der sich draußen an einem vergitterten Fenster zu schaffen machte, fiel es Krüger wie Schuppen von den Augen. Die ganze Zeit über hatte er gerätselt, wer der Eigentümer des Wunderelixiers war. Nun wusste er es: Prinz Yarvis von Minimalien! Und der konnte es nicht rechtmäßig erworben haben. Wie anders ließ sich erklären, dass sich der Bodyguard des Prinzen mit Sägen und Feilen Zugang zum Institut verschaffen wollte, statt einfach zu klingeln? Aber was, wenn ihm der Einbruch gelang?

Professor Krüger nagte nervös an einem Bleistift. Es war allgemein bekannt, dass der kleine Yarvis skrupellos war und über Leichen ging, wenn es seinen Interessen diente.

Auf seinen eigenen Koffer legte Krüger keinen großen Wert, ein Tausch käme also gar nicht infrage. Den Verlust der Forschungsunterlagen konnte er verschmerzen, er hatte alles auf seinem Laptop gesichert, und neue Gürtel für Lilli und Frau Kratochvil würde er zur Not auf einem Flohmarkt erstehen.
Krrr-krrr, machte es draußen. Der Muskelprotz war eine Nervensäge mit seiner Feile. Professor Krüger wäre den Störenfried liebend gern losgeworden und zog für einen Moment in Betracht, die Sicherheitskräfte zu rufen. Doch was, wenn die sich im Labor umschauen wollten? Sie würden unweigerlich auf die intelligenten Tiere stoßen.
Er verwarf den Gedanken. Der Gang an die Öffentlichkeit musste gründlich vorbereitet werden. Die Welt war noch nicht reif für eine solch bahnbrechende Überraschung. Es würde Neider geben, und sicherlich würden alle möglichen Leute versuchen, ihm das Klugheitselixier abzujagen. Die Mafia oder irgendeine Regierung, was auf das Gleiche herauskam. Die würden sich geschickter anstellen als der dumme Kleinganove Kerbholzer.
Der Professor musste erst einen Weg finden, das Elixier nachzubauen. Die Inhaltsstoffe mussten bis aufs kleinste Molekül künstlich hergestellt werden, doch das erforderte zunächst monatelanges gründliches Analysieren der Substanz. Sobald er so weit war, würde er ein Patent anmelden, damit niemand außer ihm das Wundermittel herstellen durfte. Aber das ging auch nicht von heute auf morgen. Wenn er das Patent erst besaß, würde er schlagartig berühmt werden. Berühmter als bisher, wo die Welt ihn hauptsächlich als Ehemann der Kanzlerin wahr-

nahm. Und er wäre plötzlich sehr, sehr reich. Alle Regierungen würden ihm die Formel abkaufen wollen.
Geld war Professor Krüger aber nicht das Wichtigste. Wichtiger war ihm die Liebe seiner Tochter Lilli. Doch weder Lilli noch seine Frau nahmen ihn ernst. Vor einiger Zeit hatte Monika ihn im Laufe eines Streits als zwar genialen, aber uninteressanten Hungerleider ohne Stilgefühl bezeichnet, der ohne sie eine völlige Null wäre. Jeder wusste, dass sie sich sofort von ihm scheiden lassen würde, wenn sie nicht Angst hätte, dann nicht mehr gewählt zu werden. Wäre er aber steinreich und berühmt, würde sich das vielleicht ändern.
Der Professor seufzte tief auf. Er liebte seine Frau und seine Tochter nämlich sehr. Schade nur, dass die beiden Damen das nicht kapierten. Die Dogge Toxi legte ihrem Herrchen voller Mitgefühl eine Pranke auf die Schulter. Professor Krüger war zum Heulen zumute.
Kevin Kerbholzer draußen ging es nicht anders, denn eben hatte er die dritte Stahlsäge ruiniert und eine Feile abgebrochen. Verzweifelt rüttelte Prinz Yarvis' Bodyguard an den Gitterstreben des Fensters und schrie: »Ich will rein! Ich will das Mamaq!«
Im Labor reihten sich die Tiere vor dem Monitor auf und amüsierten sich köstlich.
»Das Zeug heißt also Mamaq!«, rief der Professor aufgeregt. Zu den Tieren sagte er: »Das ist ein böser, böser Mann, dem machen wir nicht auf!«
Die Tiere stießen alle möglichen zustimmenden Laute aus. Ihr Gefiepe und Gezwitscher erinnerte von Tag zu Tag mehr an Sprache.

Kapitel 10
Von der Agentenausrüstung, dem Wändehochgehen, einem Absturz und türkischen Flüchen

Um halb zehn Uhr morgens hatten Santi, Shirin und ich die erste Freude verdaut und stellten erschrocken fest, dass nicht alles ein Zuckerschlecken war. Außer Sensendengler gab es noch mehr GGDW-Mitarbeiter, die unsere Existenz als störend empfanden.

»Augen geradeaus!«, bellte die unfreundliche Officer Affenberg, die meine Iris scannte und Finger- und Handabdrücke nahm.

Auch der Agent, der uns in die Ausrüstungskammer führte, war mit dem linken Fuß zuerst aufgestanden. Er rupfte mit regloser Miene folgende Gegenstände aus den Regalen:

– drei sehr spezielle Skateboards,
– drei Paar ungewöhnliche Turnschuhe, die *Geckopower* hießen,
– drei kleine schwarze Boxen,
– drei Handbücher für Agenten.

Und zu guter Letzt knallte er jedem von uns einen schweren Rucksack vor die Füße.

»Und wo ist mein fliegender Sportwagen?«, scherzte Santi. Das kam nicht gut an.

»Würden Sie uns bitte die Funktion all dieser Gegenstände erklären?«, bat Shirin sehr höflich.
»Nein«, antwortete der Ausrüster. »Wenn man so wahnsinnig intelligent ist wie ihr, braucht man ja wohl keine Erklärung.« Mit diesen netten Worten ließ er uns stehen.
Gespannt inspizierte Santi sein Skateboard. Als er »Qué pasada« murmelte, sahen wir, dass sich auf der Unterseite des Skateboards Auspuffdüsen befanden.
Wir wussten nicht, dass wir bei alldem beobachtet wurden wie Versuchstiere im Käfig. Hinter einem von der Rückseite durchsichtigen Wandspiegel machten sich unsere Ausbilder Sensendengler, Müller und Stein Notizen. Erst Wochen später fanden wir auf der Festplatte eines GGDW-Rechners zufällig die Filmaufnahmen, die die drei von uns gemacht hatten, und konnten ihre abfälligen Kommentare über uns hören. Sensi, Müller und Stein hatten sich halb totgelacht und alles gründlich dokumentiert, mit dem Ziel, uns so schnell wie möglich loszuwerden. Aber ich greife vor.
Wir waren vollkommen fasziniert, als wir nach und nach herausfanden, wie die einzelnen Teile unserer Ausrüstung funktionierten und wozu sie gut waren. Kadett Santiago Garcia Otero musste das Skateboard unbedingt auf der Stelle ausprobieren. Man konnte es nur mit den Spezialturnschuhen aktivieren.
»Nicht!«, schrien Kadettin Özman und ich gleichzeitig.
Als das Skateboard losschoss, war der Rückstoß so gewaltig, dass Santi mit dem Hinterkopf gegen die Wand prallte. Das Feuer aus den Düsen brannte zwei Löcher in einen Stuhl. Shirin und ich griffen gleichzeitig nach dem Feuerlöscher, der in

weiser Voraussicht in der Ecke hing. Vielleicht waren wir nicht die Ersten, denen ein Skateboard um die Nase flog?

Ich untersuchte die Turnschuhe Geckopower genauer und stellte fest, dass man die Sohlen zur Seite und auseinanderklappen konnte. In den verschiedenen Schichten befand sich alles Mögliche: ein Mikrofon, ein Hämmerchen, Klebeband, eine Taschenlampe, ein scharfes Messer und ein Stift, der sich *Magic Pen* nannte und mit dem man Unsichtbares schreiben konnte, das erst beim Anhauchen sichtbar wurde.

Ich schlüpfte in den rechten Schuh und zog die Schnürsenkel zusammen. Es war ein erhebendes Gefühl, denn ich wurde ein Stück größer. Das war ja wie bei Prinz Yarvis von Minimalien! Nur dass unsere Sneakers keine sich aufpumpenden Absätze hatten, sondern Sprungfedern, die sich aus den Sohlen schoben. Wenn man nach rechts zog, schlüpften die Sprungfedern zurück in die Sohle und stattdessen fuhren Gummisaugnäpfe heraus.

»Wozu sollen die gut sein?« Shirin beäugte sie misstrauisch.

Für mich lag die Antwort auf der Hand: Immerhin hießen die Schuhe Geckopower. »Was kann ein Gecko?«, fragte ich meine Kollegen.

Santi hielt sich immer noch den angestoßenen Kopf, und Shirin dachte nach, während ich den zweiten Schuh anzog.

»Mücken fressen«, sagte sie. Es erleichterte mich beinahe, dass die klügste von uns dreien nicht sofort dahinterkam.

Ich schrie übermütig »Hahaha!« und rannte die Wand hoch, wo ich auf halber Höhe hängen blieb. Ich spannte die Bauchmuskeln an. Ich lag waagerecht in der Luft, denn die Saugnäpfe hielten mich fest. Es war völlig unnötig, dass Santi ritterlich herbeieilte, um mich zu retten. Ich wagte mich zur weißen Zimmerdecke vor. Es war ein geniales Gefühl!

»Man hat die Technologie wohl von Amphibien kopiert«, sagte Shirin anerkennend.

Ich baumelte nun kopfunter. »Fangt mich doch!«, rief ich übermütig. Das war ziemlich kindisch, ich gebe es zu. Aber an der Zimmerdecke zu hängen, macht eben gute Laune. Es gibt einem eine völlig neue Perspektive. Auch so ein tolles Wort: Perspektive.

Ich hing. Und hing. Und dachte an Mama. Was gewesen wäre, wenn *sie* Saugnäpfe an ihren Schuhen gehabt hätte. Sie wäre nicht abgestürzt.

Plötzlich wollte ich nur noch runter. Ich versuchte, einen Fuß nach dem anderen abzulösen, um die Wand hinunterzulaufen und mich wieder auf die Füße zu stellen, aber ich kam nicht frei. Ich hatte mich festgesaugt. Das Blut stieg mir in den Kopf und in die Mütze.

»Hilfe!« Ich wedelte mit den Armen. Irgendetwas schnürte mir die Luft ab.

Kadett Garcia Otero und Kadettin Özman taten das einzig Richtige: Santi kletterte auf den Tisch, und Shirin reichte ihm einen Stuhl, damit der schönste Junge der Welt meine Schnürsenkel öffnen konnte.

Die Schwerkraft zog mich aus den Latschen. Santi und ich polterten zu Boden. Er schlang seine Arme um mich.

»In jedem Agentenfilm gibt es eine Liebesszene«, flötete er. »Hier hast du sie! Nur röcheln die Mädels sonst nicht so.«

Panisch tastete ich nach meinem Asthmaspray. Als ich wieder Luft kriegte, schimpfte ich auf Santi ein. Er sollte nicht denken, dass mir die Rettungsaktion etwa gefallen hätte!
Santi stand da wie ein begossener Pudel. »Tut mir leid. Das mit dem Asthma.«
»Das sollte es auch«, sagte Shirin stirnrunzelnd.
»Schon gut«, sagte ich. Ich brauchte kein Mitleid.
Stattdessen brauchte ich dringend etwas zu essen, damit sich das komische Gefühl aus meinem Bauch verzog. Wenn es nach zwei Bissen weg war, hatte es nichts mit dem schönsten Jungen der Welt zu tun, sondern war nur Kohldampf.
Ich schnüffelte im neuen Rucksack nach Notproviant für ausgehungerte Kadetten. Tatsächlich gab es eine Tüte Trockenäpfel, deren Inhalt ich rasend schnell aufaß. Das Gefühl verlagerte sich vom Bauch in die Knie. Mist.
Ich suchte nach weiteren Essensvorräten, aber da war nichts außer einem Wakey-Wakey-Riegel, den man nur im Zustand völliger Übermüdung essen sollte. Dafür fand ich in einer Seitentasche einen zusammengeklappten Propeller.
»Cool!«, kreischte Santi, der gerade seinen entdeckt hatte. »Das Ganze ist ein Powerpack – ein Rucksack mit Antrieb!« Er klappte den Propeller auf und schnallte sich den Rucksack um.
»Die Powerpacks dürfen nicht in geschlossenen Räumen verwendet werden!«, rief Shirin, denn sie blätterte gerade im Handbuch für Agenten. »Außerdem muss man dafür erst die P-1-Erlaubnis erwerben.«
Enttäuscht schnallte Santi den Rucksack ab. Ich hatte mich un-

terdessen mit der kleinen schwarzen Box beschäftigt, die alles Mögliche sein konnte: Taschenrechner, Musikplayer, Handy, Kamera. Als ich sie anschaltete, flackerte eine Schrift auf: *Willkommen, Kadettin Panther. Ich bin Ihr persönlicher Spyganizer.*
»Wieso Spyganizer?«, fragte ich ein bisschen blöde.
Santi dachte nach. »Spy heißt Spion auf Englisch. Was ist überhaupt der Unterschied zwischen Geheimagent und Spion?«
Shirin fand auf dem Spyganizer die Videofunktion und filmte Santi und mich, während wir darüber rätselten.
Als Shirin die Aufnahme speicherte und auf *Wiedergabe* drückte, erschienen Santi und ich nicht etwa auf dem Spyganizer-Display, sondern mitten auf dem Tisch! In 3-D und Miniatur!
»Ein Hologramm!«, riefen wir alle drei wie aus einem Mund.
»Übercool!« Ich pfiff durch die Vorderzähne.
»Qué pasada! Was ist das?«, sagte Santi verblüfft.
»Süper!«, sagte Shirin.
Wir fanden in der Ausrüstungskammer auch noch drei Waffen, auf denen unsere Namen standen. Sie sahen echten Pistolen ziemlich ähnlich. Statt Kugeln hatten sie aber glücklicherweise eine Klebstoffmunition.
Nur so zum Spaß probierte Santi die Klebstoffpistole an Shirin aus. Es dauerte zwanzig Minuten, bis wir Kadettin Özman von der Wand abbekamen. In dieser Zeit lernten wir einige türkische Flüche, von denen die meisten ganz schön unfein waren, glaube ich. Sie hätten Berta bestimmt gefallen.

Kapitel 11
Von Hilfsbodyguards, der Ernennung zu A.I.A.s, zwei feierlichen Schwüren, einer Menge Regeln und einem Spinatmonster

Glücklicherweise waren wir bei unserem ersten Geheimagententraining so beschäftigt, dass mir keine Zeit blieb, über meine seltsamen Gefühle für Kadett Garcia Otero nachzudenken.

Sergeant Müller jagte uns als Fitnesstest über Hürden und Kletterwände, bis wir keuchend liegen blieben. Danach ließ Officer Stein uns über schriftlichen superkomplizierten Intelligenztests brüten. Sogar Shirin, das wandelnde Lexikon, stöhnte vor Anstrengung.

Irgendwann standen wir wieder vor Ypsilon. Er thronte hinter seinem blitzsauberen Schreibtisch und hatte die Testberichte vor sich. Wir standen sehr aufrecht da, während er seinen Blick über uns wandern ließ. Vor allem ich wagte kaum zu atmen.

»Kadetten«, sprach Ypsilon, »ich werde euch nun in eure Aufgaben einweisen.«

Sensendengler tippte empört auf die Testberichte und zischte etwas, das sich anhörte wie »… jede Menge Minuspunkte, Chef«.

Ypsilon beachtete ihn nicht. »Außer der Agentenausbildung habt ihr eine wichtige Aufgabe zu erfüllen …«, begann er.

»… die wir bisher problemlos ohne euch bewältigt haben«, fiel Sensendengler seinem Chef ins Wort.
»Ihr werdet als Hilfsbodyguards eingesetzt«, fuhr Ypsilon unbeirrt fort. »Montag bis Freitag von zehn bis siebzehn Uhr. Eure Aufgabe wird es sein, euer Schutzobjekt während der Schulzeit nicht aus den Augen zu lassen. Dabei habt ihr jedes Detail zu beobachten, um euer Gedächtnis zu trainieren. Welche Kleidung trägt euer Schutzobjekt? Sind die Fingernägel sauber? Worüber spricht das Objekt? Und so weiter.« Ypsilon deutete mit einem Zeigestab auf Hologramme, die auf dem Tisch erschienen. »Ihr werdet euch um folgende Kinder kümmern …«
»Die kenne ich alle!«, rief ich. Der pummelige Junge und das klapprige Mädchen, das hier im Miniaturformat neben der Tochter der Bundeskanzlerin erschienen, waren ebenso wie Lilli Krüger beim Staatsbankett gewesen.
»Lilli Krüger«, erklärte Ypsilon, »das Erste Mädchen im Staat. Für Kadettin Panther.«
Ich schluckte meinen Protest hinunter. Lilli Krüger und ich passten zusammen wie Berta und ich, also gar nicht. Aber ich konnte Ypsilon nicht schon am ersten Tag widersprechen.
Sensendengler grinste gemein. »Mach dir nichts daraus, dass sie doppelt so groß ist wie du, Schrumpel! – So nennt man dich doch zu Hause?«
»Aber Sensendengler!«, rief Ypsilon entsetzt. Es fehlte nicht viel und er hätte seinem Stellvertreter mit dem Zeigestock eins auf die Finger gegeben.
Ich holte Luft und dachte an Mama. *Auch wer klein ist, muss sich nicht kleinkriegen lassen*, hatte sie oft gesagt.

Ypsilon teilte Kadettin Özman die dürre Kirsten Klobmann, Tochter des Innenministers, zu. Kadett Garcia Otero sollte Goran Groschengrab, den Sohn des Finanzministers, bewachen.
Wieso, fragte ich mich in diesem Moment, hatte Ypsilon gerade uns drei für die drei ausgewählt?
Ich muss wohl laut gedacht haben, denn Sensendengler murmelte: »Sehr gute Frage.«
Ypsilon sagte schlicht: »Weil ihr die Besten seid und ich an euch glaube.«
Unsere Ausbilder schnappten nach Luft wie erstickende Fische.
Ypsilon blickte auf die Uhr. »Es ist Zeit«, sagte er.
Im Flur warteten zwei Golfwagen, die uns zum Hangar brachten. Ganz in der Nähe der *Luftkraft 1* war ein Podest errichtet worden. Vor der Bühne hatten sich etwa hundert tuschelnde, starrende Agenten versammelt. Auf ein Handzeichen von Ypsilon schallte aus zwei riesigen Lautsprechern die Nationalhymne. Alle sangen mit. Es wurde so feierlich, dass meine Hände nass wurden.
Als die Musik verklungen war, reichte Sensi Ypsilon widerwillig ein dickes, ledergebundenes Buch.
»Von jetzt an werdet ihr respektvoll gesiezt. Das gilt auch für die Ausbilder«, sagte Ypsilon zu uns und warf unseren Trainern strenge Blicke zu.
Dann setzte der Chef des Geheimsten Geheimdienstes der Welt eine feierliche Miene auf und sprach: »Kadetten, legen Sie die Hände auf das Gesetzbuch und sprechen Sie mir nach: Wir schwören …«

»Wir schwören …«, murmelten wir mit den Händen auf dem dicken Buch. Es war, als schössen kleine Kribbelblitze aus unseren Fingerspitzen, als sie einander berührten.

»… stets zum Wohle unseres Landes und des Geheimdienstes zu handeln, Schlauheit der Gewalt vorzuziehen …«, fuhr Ypsilon fort.

Wir sprachen den Schwur nach, Wort für Wort.

»… unsere Fähigkeiten zum Wohle der Sache geschickt einzusetzen, keine vorschnellen Urteile zu treffen, den Ranghöheren bedingungslosen Gehorsam zu leisten und absolutes Stillschweigen über die Existenz einer Junioragenteneinheit und über alles, was wir hier sehen und hören, zu bewahren.«

»Über alles?«, fragte Santi entsetzt.

»Über alles, auch wenn's schwerfällt.«

»… absolutes Stillschweigen über die Existenz einer Junioragenteneinheit und über alles, was wir hier sehen und hören, zu bewahren«, wiederholten wir murmelnd.

Ypsilon winkte die Stein herbei. Mit sauertöpfischem Gesicht reichte sie ihm eine Kassette, der er drei Kärtchen entnahm.

»Somit erkläre ich Sie …«, hob Ypsilon an.

»Zu Mann und Frau?«, fragte Santi. Er sah mir dabei tief in die Augen. Am liebsten wäre ich im Boden versunken.

Ypsilon hatte Mühe, sich das Lachen zu verbeißen.

»Somit erkläre ich Sie«, wiederholte er lauter, »zu Kadetten des GGDW – des Geheimsten Geheimdienstes der Welt.« Er überreichte uns drei goldene Kärtchen, die uns als A.I.A., Agenten in Ausbildung, auswiesen, und schüttelte uns ernst die Hände. Fast alle Anwesenden klatschten. Für uns, das muss man sich mal vorstellen! Ich hätte eine Menge dafür gegeben, wenn Papa das hätte sehen können.

Santi spiegelte sich in seinem Ausweis.

»Das muss ich sofort meinen Eltern …«, platzte er heraus.

Ich trat ihn gerade noch rechtzeitig gegen sein Schienbein.

»Das muss ich sofort meinen Eltern verschweigen«, rettete er sich und strahlte in die Runde.

Ein Gong läutete die Mittagspause ein.

Ypsilon warf mir noch lächelnd einen Blick zu. Dann reichte ihm jemand eine Tasche und gemeinsam mit Officer Stein und Sergeant Müller eilte er zum Hubschrauber *Libelle 1*.

Wir A.I.A.s wurden von einer hungrigen Meute mitgerissen. Aber ehe wir in die Geheimdienstkantine gespült werden konnten, zog Shirin uns in einen leeren Nebenraum.

»Ich hab aber Kohldampf«, protestierte Santi.

»Ein richtiger Agent muss auch mit einem Loch im Bauch funktionieren«, sagte ich von oben herab, was für eine kleine Person wie mich nicht leicht ist.

»Wir sollten einander auch etwas schwören«, schlug Shirin vor.

Wir hielten uns an den Händen, machten die Augen zu und sammelten uns. Shirin sprach:

»Scharf wie ein Messer die Gedanken.
Klar wie Kristall sei dein Verstand.
Warm wie die Sonne deine Liebe.
Tief wie das Meer der Freundschaft Band.«

Es war ein wunderschöner Spruch. Wir wussten: Ab jetzt gehörten wir zusammen.

Georg *Sensi* Sensendengler unterbrach unsere fast heilige Stimmung.
»Sie erhalten jetzt die normalen Schuluniformen und werden nach oben in die Schulklassen gehen«, schnarrte der oberste Spielverderber.
»Ohne Essen?«, fragte Santi entsetzt.
Mir wurde klar, dass Nahrungsaufnahme bei Kadett Garcia Otero ganz oben auf der Agenda stand. Einfacher gesagt: Santi war verfressen.
Wir erfuhren, dass wir aus Geheimhaltungsgründen oben in der Schulkantine verpflegt würden und tatsächlich jeden Morgen um Punkt halb acht hier unten auf der Matte zu stehen hatten. Jede Minute Verspätung würde uns einen Minuspunkt in unserer Agentenakte einbringen. Jeder Agent sammelte das Jahr über Plus- und Minuspunkte, die am Ende darüber entschieden, wer Agent des Jahres wurde. Dabei grinste Sensendengler hämisch. Ich war mir ziemlich sicher, dass er uns so viele Minuspunkte geben würde, wie er nur konnte.
Der Unterricht in der Elitenwaldschule begann erst um zehn Uhr dreißig, erklärte uns Sensi weiter. Nur heute seien auch die anderen Schüler schon früher gekommen, um die Jubiläumsfeier der Schule zu planen.
Außerdem sagte er uns, dass A.I.A.s privat keinerlei Umgang miteinander pflegen dürften. Wir dürften nicht in den Lebensumständen unserer Mitagenten herumschnüffeln, Adressen und

Telefonnummern austauschen und so weiter. Und wir sollten uns merken, dass wir keine Freunde seien, sondern Kollegen. Unsere Gesichter wurden länger und länger.

Kurz darauf steckten Shirin, Santi und ich in den braven Schuluniformen, trugen heimlich Mikrofone unterm Haar und fanden uns im prunkvollen Speisesaal der Elitenwaldschule wieder. Hier herrschte fast so ein Überfluss wie beim Bankett, mit dem für mich alles angefangen hatte. Mein Herz machte einen Hüpfer: Ab jetzt würde ich Papa jeden Tag eine kleine Leckerei mitbringen können! Ich packte auf der Stelle zwei frische Croissants in den Rucksack.

Wir verzogen uns an einen leeren Tisch und betrachteten unsere Schutzbefohlenen Krüger, Klobmann und Groschengrab aus sicherer Entfernung. Die saßen mit ihren derzeitigen Bodyguards zusammen und langweilten sich. Lilli Krüger machte sich einen Spaß daraus, ihren heutigen Aufpasser mit Spinat zu bespucken. Mir verging der Appetit. Wer sollte so ein Monster beschützen?

Nach dem Essen übernahm Santi den jungen Groschengrab und verschwand mit ihm in die 6b. Kadettin Özman begleitete die schweigsame Klobmann in die 5b. Die hatten es gut getroffen, dachte ich neidvoll.

Im Gegensatz zu mir. Mein Schutzobjekt war schon im ersten Anlauf aus meinem Blickfeld verschwunden. Lilli Krüger war weg. Panisch suchte ich sie überall. In den Sportanlagen, auf den Toiletten, in den Garderoben – nichts. Wenigstens lernte ich so die Schule gleich kennen.

Bedrückt stand ich Minuten später vor der verschlossenen Tür der Klasse 5a, in die ich gehörte. Meine Bronchien fiepten mit sich selbst um die Wette. Schnell verpasste ich mir zwei Sprühstöße.
Das fing ja gut an.

Ypsilon schwebte zu diesem Zeitpunkt schon in luftiger Höhe über den minimalischen Bergen. Das Zwergkönigreich Minimalien verfügte über keinen Flugplatz für Jets, also hatte der Geheimdienstchef mit *Libelle 1*, dem winzigen Hubschrauber, vorliebnehmen müssen. Einige Sprengungen und Landbegradigungen hätten Platz für einen kleinen Flughafen vor den Toren der Hauptstadt Minimalia geschaffen. Das kam aber für König Yonno nicht infrage. Minimalien wollte ein Vorbild im Energiesparen sein und Flugzeuge verbrauchten nun mal Kerosin. Noch nicht einmal Hubschrauber waren hier gern gesehen.
Obwohl er selbst eine Fluglizenz besaß und sogar Fluglehrer war, war Ypsilon grün um die Nasenspitze.
Die wechselhaften Winde, die um die zerklüfteten Berge Minimaliens strichen, wirbelten die Luftmassen durcheinander. *Libelle 1* wurde hin und her geworfen wie ein Pingpongball und mit ihr Ypsilon, Officer Stein und Sergeant Müller.
Die *Libelle* setzte mit einem Rums unsanft auf dem Dach des Palastes auf. Ypsilon wankte König Yonno entgegen. Officer Stein und Sergeant Müller torkelten ihm hinterher.

»Yökl-Yökl-Yepp!«, grüßte Ypsilon den König und nahm einen Becher Blaubeersaft entgegen. Der sollte gut gegen Übelkeit sein.
Der kleine König führte die Geheimdiensttruppe in den Palast und betonte, wie sehr er sich darüber freute, dass Monika Krügers Geheimster Geheimdienst für die Sicherheit beim Weltwassergipfel sorgen würde.
Wenig später klopfte Yonno an die Tür zu den Gemächern seines Thronfolgers Yarvis. Aus dem Inneren der Räume konnten ihn alle ins Telefon brüllen hören.
»Was soll das heißen, du hast es noch nicht? Du spielst mit deinem Leben! – Kein Wort mehr, Kerbholzer!!«
»Bärchen, Kerbi kann doch nur nachts sägen, wenn ihn keiner sieht«, sagte Britney. »Und stell dir vor, er schläft in einer Gruft. Total schick!«
»Kerbi! Auf der Stelle zurückkommen!!«, schrie Yarvis ins Telefon. Endlich riss er die Tür auf. Voller Abscheu musterte er seinen Vater und dessen Begleitung. »Verstehe. Hier kommt die unglaublich wertvolle Geheimdienstunterstützung für die Sicherheit der *größten* Staatsmänner!«, keifte er.
»Allerdings.« Ypsilon lächelte zuvorkommend. »Wollen Sie uns nicht bei der Besichtigung begleiten, Prinz Yarvis? Sie als Organisator der Weltwasserkonferenz sollten dabei sein, wenn wir die Sicherheitsvorkehrungen besprechen.«
Yarvis musste wohl oder übel in den sauren Apfel beißen. Er winkte Britney herbei und stapfte dem Grüppchen wortlos durch ein Labyrinth schlecht beleuchteter Flure voran. Nach einer Weile erreichten sie die riesige Sternwarte, die auch als

Sitzungssaal diente. Hier würde der Weltwassergipfel stattfinden.

»In diesem Raum kann rein gar nichts passieren, Ypsilon«, versicherte König Yonno. »Sobald sich die Teilnehmer hier befinden, gibt es keine Sicherheitsprobleme mehr. Die Türen lassen sich einbruchsfest automatisch verriegeln. Yarvis hat sogar Kameras installieren lassen. Ich selbst schätze diesen Schnickschnack nicht, aber was sein muss, muss wohl sein.«

Der Geheimdienstchef legte den Kopf in den Nacken und betrachtete die Kuppel, die sich hoch über ihnen wölbte. Dicke Drahtseile spannten sich quer durch den riesigen Saal. Die Sternwarte erinnerte Ypsilon an ein großes prächtiges Zirkuszelt.

»Ich bin beeindruckt«, sagte Ypsilon beeindruckt.

»Wir sollten das aber von außen inspizieren, Chef«, flüsterte Officer Stein Ypsilon zu.

»Um sicherzugehen, dass keine Terroristen über die Kuppel eindringen können«, ergänzte Sergeant Müller.

Yarvis wippte verärgert auf seinen aufgepumpten Schuhen.

»Die Kuppel lässt sich nur von innen öffnen, und sogar ein Blinder sieht, dass das hier eine Hochsicherheitszone ist!«, fauchte er.

»Das habe ich schon erwähnt, Yarvis«, sagte König Yonno beruhigend.

Ypsilon erteilte seinem kleinen Team Anweisungen. »Achten Sie auf die Luftschächte, Officer Stein, auch in den Toiletten! Stellen Sie sicher, dass niemand durch sie ins Gebäude gelangen kann! Wir nehmen uns dann im Freien die Aufstellung der Scharfschützen vor.«

Der kleine König Yonno hörte Ypsilon beunruhigt zu. Feuerwaffen waren in Minimalien verboten. Und nun gar Scharfschützen?
»Wird die Kuppel denn während des Treffens geöffnet, Hoheit?«, fragte Ypsilon.
»Aber sicher«, plauderte der König. »Mein Sohn will unseren Gästen zum feierlichen Abschluss den wunderschönen Anblick des nächtlichen Vollmonds bieten!«
König Yonno zeigte Ypsilon den etwas angerosteten Mechanismus, mit dem sich das Dach öffnen ließ.
»Alles mit Hand zu bedienen«, keuchte der König. Nach zwei Anläufen ruckelte die Kuppel und gab den Blick auf einen Streifen blauen Himmels frei.
»Das muss noch geölt werden«, murmelte Yarvis. »Der König weigert sich, eine automatische Vorrichtung einzubauen, verbohrt, wie er ist.«
»Ein wenig Respekt, bitte«, sagte König Yonno traurig.
Britney schloss kichernd das Dach.
Worüber sie sich wohl so freute?, fragte sich Ypsilon. Er schritt auf eine weitere Tür zu und wollte sie öffnen.
König Yonno stellte sich abwehrend davor. »Hinter dieser Tür ist … gar nichts!« Unter seiner Krone bildeten sich Schweißperlen.
»Zur Seite, Papa! Mein Hobbyraum wird den Herrn sicherlich interessieren!« Mit einem teuflischen Grinsen riss Yarvis die Tür auf.
Ypsilon prallte zurück, als ihm ein unerträglicher Gestank entgegenschlug. An den Wänden hingen tote präparierte Tiere –

Trophäen von Yarvis' Jagdzügen durch die Wälder dieser Welt. Auf einem Metalltisch lag ein halb aufgeschnittenes Pelztier, das ein Fuchs gewesen sein mochte.

»Was gibt es Schöneres, als mit mittelalterlichen Waffen wilden Tieren so richtig eins überzubraten!«, rief Yarvis und öffnete einen Schrank. Aus ihm purzelten Steinschleudern, gefährlich gezackte Pfeile mit Giftspitzen und Pechschwerter, die man in Brand stecken konnte.

»Ich nehme die Tiere selbst aus. Diese Kreatur auf dem Tisch habe ich leider vergessen. Ich war in letzter Zeit öfter im Flutraum. Der ist ein- und ausbruchssicher, aber Sie wollen ihn sicherlich auch sehen?« Yarvis' Stimme troff vor Spott.

»Allerdings«, sagte Ypsilon beharrlich.

»Es ist eine Art Swimmingpool, in dem ich mich fit halte«, erklärte Yarvis. »Das Wasser fließt direkt in den Burggraben ab.«

Im gähnend leeren Flutraum angekommen, sah sich der Geheimdienstchef angewidert um. Wie ein Swimmingpool sah er für ihn nicht gerade aus. Der kahle, enge Schacht war gute drei Meter hoch. Gleich neben der Tür und knapp unter der Decke – wie konnte der kleine Yarvis die Schalter überhaupt bedienen?, fuhr es Ypsilon durch den Kopf – befand sich die Schaltzentrale. Von hier aus konnte der Wasserzufluss reguliert werden. Ein dickes Rohr im Boden diente anscheinend als Abfluss. Was mochten die grausamen Vorfahren des friedlichen Königs Yonno hier angestellt haben?

»Ich habe genug gesehen«, schnappte Ypsilon.

Anschließend besichtigte er mit Stein und Müller noch einige andere Räume, vor allem die Blaubeerkeller, hatte daran aber nichts auszusetzen. Es gab nichts extrem Bemerkenswertes zu entdecken.

Und trotzdem beschlich Ypsilon ein unangenehmes Gefühl. Aber das hatte vermutlich nur mit Yarvis zu tun, der ihm aus tiefster Seele zuwider war.

Kapitel 12
Von einer Klasse der Extraklasse, Frau von Huckel, dem Lügen und einer bewohnten Gruft

Alle Köpfe wendeten sich zu mir um, als ich eintrat. Auch der von Lilli Krüger. Sie grinste böse. Sie war natürlich in meine Aufgabe eingeweiht, und was sie eben getan hatte, war eine Art Begrüßungsgeschenk.

In eine Klasse voller fremder Schüler zu platzen, die mich alle neugierig anstarrten, war ganz schön blöd. Nach Luft ringend, hechtete ich quer durch den Raum auf meinen Platz neben Lilli. Erst als ich wieder Luft bekam, weil mein Spray gewirkt hatte, konnte ich mich umsehen. Wir alle kennen ja normale Klassenzimmer: Stühle und Tische sehen überall gleich aus, an einer Wand hängt eine grüne Tafel, an den anderen ein paar Bilder oder eine Uhr. Dann gibt es das eine oder andere Skelett für den Biologieunterricht, Bastelarbeiten und so weiter.

Die Klassenzimmer in der Elitenwaldschule waren anders. Die Böden bestanden aus teurem Parkett. Die Schüler saßen auf bequemen, gepolsterten Zweierbänken mit Ablagen für Trinkflaschen. Die Tische waren aus duftendem Palisanderholz. Pro Klasse gab es nur sechs Bänke, also wurden nie mehr als zwölf Schüler gleichzeitig unterrichtet.

Zwischen den Reihen führte ein roter Läufer an die Tafel, damit sich die Prominentenkinder schon beizeiten ans Schreiten über rote Teppiche gewöhnten. Im Klassenzimmer lächelten sie allerdings nicht in Kameras. Obwohl es welche gab. Die hingen in allen vier Ecken unter der Zimmerdecke und dienten der Sicherheit. Der Unterricht wurde nämlich in die Überwachungszentrale des Geheimdienstes übertragen. Prominentenkinder, Diplomatenkinder, Industriellenkinder, Politikerkinder und Kinder von Sportskanonen, die Geld wie Heu haben, sind angeblich ständig von Entführern bedroht und müssen deshalb überwacht werden. Warum sie auf einer Hochbegabtenschule waren, fragte ich mich an diesem Tag noch nicht. Später wurde mir klar, dass zumindest Lilli Krügers Hochbegabung eher etwas damit zu tun hatte, dass ihre Mutter Bundeskanzlerin war.

»Ich freue mich, Emma Panther, ich freue mich seeehr!«, rief die Lehrerin plötzlich zu meiner Begrüßung. Frau von Huckel trug einen blauen Wollpullover und eine schimmernde Perlenkette. »Es ist mir wesentlich angenehmer, endlich ein Kind neben unserer lieben Lilli zu wissen statt eines ungebildeten Leibwächters mit zu kurzen Hosen. In der sichersten Schule der Welt ist Personenschutz unnötig!«

Die erste Tochter im Staat maß mich von oben bis unten. »Ich habe schon gehört, dass Emma daheim Schrumpel heißt. Na, wundert wohl keinen!«

Lillis Freundinnen lachten. Ich versuchte, mir nicht anmerken zu lassen, wie gemein ich das fand. Das war mit Sicherheit auf Sensendenglers Mist gewachsen.

»*Wir* nennen Emma Emma«, wies die Lehrerin Lilli zurecht.

Schon war Frau von Huckel mir sympathisch. »Emma Panther ist die Tochter des leitenden Feuerwehrdirektors unserer Stadt«, behauptete sie. Ich wollte widersprechen, denn Papas Position war meilenweit von einer leitenden Stelle entfernt, aber die von Huckel redete schon weiter. Mir wurde klar, dass Wichtigtuerei an dieser Schule ein Hauptfach war.

Dass ich Lilli Krügers neuer Bodyguard war, wussten natürlich nur Mitglieder des Geheimdienstes, die Bundeskanzlerin und Lilli selbst.

»Komm mir nicht zu nahe, Schrumpel! Dein Alter ist ein ganz gewöhnlicher Feuerwehrmann!«, zischte sie in mein Ohr.

Ich musste mich zusammenreißen, um ihr nicht an die Kehle zu springen.

Zum Glück gab es für mich als Hilfsbodyguard während des Unterrichts wenig zu tun. Meine Aufgabe beschränkte sich darauf, nach der letzten Stunde unauffällig eine Positionsmeldung in mein noch unauffälligeres Mikrofon zu flüstern: »Lilli befindet sich auf dem Weg zum Ausgang. Over und out.«

Dann musste ich neben ihr herrennen, ohne dass jemand Verdacht schöpfte. Im Freien würde Sensendengler oder ein anderer Diensthabender Lilli Krüger in die Limousine und nach Hause zur Bundeskanzlerin-Mami verfrachten.

Dass mich Lilli und ihre schnöseligen Freundinnen links liegen ließen, machte mir nicht viel aus, denn sie schienen richtig dumme Zicken zu sein. Dafür fand ich die Unterrichtsstunden spannend. Der Mathelehrer war gut und auch Englisch machte Spaß. Das Chemielabor war Spitzenklasse, und dass es Tennisplätze gab, deren Benutzung nichts kostete, war großartig.

Am Nachmittag fieberte ich bereits dem nächsten Morgen entgegen. Vor allem freute ich mich auf unseren Spezialunterricht. Und wenn ich ehrlich sein soll – ich freute mich auch darauf, den schönsten Jungen der Welt wieder zu sehen …

»Wie war dein erster Tag, Emma?«, fragte Papa am Abend und drückte mir einen Kuss auf die Stirn.
»Ging so«, sagte ich. Bis zu diesem Tag hatte ich meist wie ein Wasserfall geredet, wenn Papa mir eine solche Frage stellte. Aber jetzt musste ich alles geheim halten. Dabei brannte mir so viel auf der Zunge! Wie sollte ich das für mich behalten, ohne zu platzen? Ich musste einfach mit jemandem reden. Es gab nur einen Ort, an dem ich mein Herz ausschütten konnte.
»Ich bin noch mal kurz weg!«, rief ich, griff mir die Panthermütze und das Skateboard und rutschte die Stange hinunter. Dank Düsenantrieb kam ich schon wenige Minuten später auf dem Friedhof an.
Die meisten Menschen finden Friedhöfe düster und unheimlich. Ich finde das nicht. Der Waldfriedhof ist jedenfalls richtig schön. Er liegt windgeschützt, und auch wenn ganz in der Nähe der Schlot von einem Kraftwerk aufragt, ist er trotzdem irgendwie … romantisch.
Es ist ein sehr alter Friedhof. Zu Zeiten meiner Urgroßeltern errichteten die Menschen ihren Verstorbenen nicht so langweilige Grabsteine wie heutzutage. Wenn sie es sich leisten konnten, ließen die Hinterbliebenen kleine Häuschen um die Grabstelle herumbauen. Die nannte man *Mausoleum* oder Gruft. Auf dem Waldfriedhof gibt es viele davon. Die goldenen Auf-

schriften sind verblichen und kaum noch lesbar. Um einige der Gräber kümmert sich keine Menschenseele mehr. Die Eisentüren hängen schief in den Angeln, dahinter hausen Nagetiere und machen es sich auf den Sarkophagen gemütlich. Das sind Steinsärge, in denen die Knochen liegen.
Als ich an diesem Abend drei Tulpen in die Vase bei Mamas Grab stellte, sah ich vor einem Mausoleum ein Paar Herrenschuhe stehen. Ein Mann streckte seinen Kopf aus der Tür und spähte nach links und rechts. Den hatte ich schon einmal gesehen! Mir fiel auch sofort ein, wo: auf dem Staatsbankett! Er hatte etwas mit dem kleinen Prinzen von Minimalien und der großen Blonden zu tun, Britney. Hieß er nicht Kerbholzer? So zerknittert, wie er aussah, hauste er wohl in dem Mausoleum.
Ich überlegte, ob ich mir darüber den Kopf zerbrechen sollte oder nicht, aber eigentlich hatte ich andere Probleme. Schließlich kehrte sich mein Leben gerade von unten nach oben. Vielleicht hatte Yarvis ihn rausgeschmissen. Aber ging mich das etwas an? Kerbholzer schlüpfte in die Schuhe und eilte davon, ohne mich zu bemerken. Er schleppte eine Tasche mit sich, aus der Werkzeug lugte.
Endlich hatte ich Zeit, meiner Mutter ausführlich jede kleinste Kleinigkeit, die ich heute erlebt hatte, zu berichten. Ich ließ nichts aus. Auch nicht das mit den Schmetterlingen im Bauch, die eventuell mit Santi zusammenhingen. Obwohl vor mir nur ein Grabstein war, wusste ich ganz genau, dass Mama mir zuhörte. So etwas fühlt man.
»Als Geheimagentin werde ich Papa anlügen müssen, und

Berta auch«, gab ich ihr zu bedenken. »Das mit Berta ist egal, aber wegen Papa – was denkst du, Mama?«
Ich schloss die Augen. Nur dann höre ich Mamas Stimme. Eine ganze Weile passierte gar nichts. Ich dachte schon erschrocken, dass ihre Seele nun vielleicht wirklich fort wäre oder so beschäftigt in der anderen Dimension, dass sie keine Zeit mehr für mich hatte. Dann klingelte es in meinen Ohren.
Lass die Schmetterlinge flattern, Emma. Das Wichtigste im Leben ist die Liebe. Liebe alles, was du tust, und alle, die um dich herum sind. Und vergiss nicht, dich selbst zu lieben.
»Mach ich, Mama«, flüsterte ich. *Alle, die um dich herum sind.* Ob das auch für Berta, Lilli Krüger und Sensendengler galt? Ich fürchte, ja.

Kapitel 13

Von hartem Training, Kristallhaarreifen, der Entourage und Lilli Krüger

Am nächsten Morgen erwachte ich vor Aufregung schon im Morgengrauen. Die schnarchende Berta bekam nicht mit, wie ich leise aus dem Bett schlüpfte.

Zwischen den kleinen Steinen im Terrarium sah die Vogelspinne wie tot aus. Ich kitzelte die unbewegliche Thera mit einem Strohhalm. Plötzlich bewegte sie sich einen Zentimeter vorwärts. Komischerweise war ich darüber erleichtert. Eine tote Spinne wäre kein gutes Omen für den heutigen Tag gewesen.

Ich verbrachte die Zeit, bis ich losmusste, im Bad und testete leise meine Agentenausrüstung. Papa schlief zum Glück tief und fest. Ich konnte ihn durch die Tür schnarchen hören. Die Schnarcherei musste Berta von ihm geerbt haben. Sogar als ich versehentlich eine jaulende Sirene anschaltete, die im Bügel einer Agentensonnenbrille versteckt war, wachte keiner der beiden auf. Papa war nur auf Feuerwehrsirenen gedrillt. Wenn die losbrüllen, hüpft er in Lichtgeschwindigkeit aus dem Bett und setzt sich den silbernen Helm auf.

Ich zog die Schuluniform an. Die Bluse war so neu, dass sie

knisterte, obwohl sie schon einmal getragen war. Der dünne Pullover war samtig weich wie Mamas Hand. Als ich mich im Spiegel betrachtete, kam ich mir brav und fremd vor.
Ich frühstückte zwei Löffel Wachstumsmittel und meinen Lieblings-Kokosjoghurt von der Sorte, die Berta verabscheute.
Dann stülpte ich mir die Panthermütze über und flitzte zur Bushaltestelle. Dort stand schon Shirin. Nachdem wir uns begrüßt hatten, deutete sie auf meine Kopfbedeckung.
»Damit solltest du übrigens vorsichtig sein. Der Stoff, der meist mit Chemikalien behandelt ist, bremst das Wachstum deiner Haare. Deshalb trage ich nur Kopftücher, die frei von Chemikalien sind. Ich forsche ja auf diesem Gebiet, wie du weißt, Kadettin Panther.«
Ich konnte nicht anders, als Shirin zu bewundern. Sie war unglaublich klug. Ich glaubte nicht, dass ich in meinem Leben jemals nur halb so viel wissen würde wie sie.
Der Bus hielt quietschend vor unseren Füßen und mit einem Zischen öffnete sich die Tür.
»Nanu?«, sagte ein freundlicher Busfahrer. »So früh gibt es doch noch keine Schule!«
»Spezialausbildung«, erklärte Shirin. Wir grinsten uns an.
Kurz bevor der Bus anfuhr, keuchte auch Santi die Bustreppe hoch und fiel in die leere Sitzreihe vor uns auf eine Zeitung. Offensichtlich lebten wir alle im gleichen Stadtviertel. Zu gerne hätte ich gewusst, wo genau die beiden wohnten …
»Buenos días, Señoritas!«, sagte Santi auf Spanisch. Das ansteckende Lächeln machte sich auf seinem Gesicht breit. »Ihr seht großartig aus!«

»Hohle Komplimente gehen an uns völlig vorbei«, sagte Shirin kühl, »nicht wahr, Emma?«
»Ja, genau«, krächzte ich. Mein Bauchschmetterling flatterte.
Santi las uns aus der Zeitung vor. Das Hauptthema war der bevorstehende Weltwassergipfel in Minimalien.
»Worum geht es bei dem Gipfeltreffen eigentlich?«, fragte ich.
»Um die gerechte Verteilung der Wasserbestände des Planeten«, kam Shirin Santi zuvor.
»Und wer die Verteilung kontrollieren soll«, ergänzte Santi.
»Viele Staaten schlagen König Yonno dafür vor, beziehungsweise das Königreich Minimalien«, sagte Shirin.
»Nur was die Bundeskanzlerin denkt, weiß keiner«, mischte sich der Busfahrer ein.
»Die beiden sind doch befreundet«, sagte ich.
Shirin warf mir einen überraschten Blick zu.
»Die kriegen es ja doch wieder nicht gebacken, die Idioten«, murrte der Busfahrer und hupte einen Fußgänger zur Seite. »Eine Schande, was wir euch Kindern für Probleme hinterlassen.«
Wir schwiegen betreten.
»Kein Land, das Wasser hat, will einem anderen etwas abgeben«, beklagte sich der Busfahrer.
»Wasser sollte allen Menschen gehören und kein Besitz sein, mit dem man Geld verdienen kann«, sagte ich. Vor einigen Tagen erst hatte ich Papa mit Bernd darüber reden gehört.
Ehe Shirin, Santi, der Busfahrer und ich das Thema weiterdiskutieren konnten, waren wir an der Schule angekommen.

Das mit der Zeit ist so eine Sache. Mal vergeht sie wie im Flug und dann wieder kriecht sie dahin wie eine Schnecke. Unser Frühtraining dauerte drei Stunden. Für uns fühlte es sich aber an wie drei aufregende, vollgepackte Tage!
Angeseilt übten wir, die Wand mit und ohne Saugnapf im Rekordtempo hinauf- und hinunterzukrabbeln. Dann bekamen wir eine Unterrichtseinheit im Fechten und hielten eine Stunde später zum ersten Mal Pfeil und Bogen in der Hand. Ich kam mir vor wie eine Kriegerin aus einem Computerspiel.
Bei der nächsten Übung gab es wegen mir eine Auseinandersetzung zwischen Sensendengler und Frau Officer Affenberg. Es ging um eine Waffe, für die ich angeblich zu klein sei. Schließlich rückte Sensi sie doch raus: die Spinnennetzharpune. Sie hatte keine gefährlichen Widerhaken wie die Harpunen, mit denen Taucher arglose Fische jagen. Sie hatte bloß ein leeres Rohr. Wenn man aber auf den Auslöser drückte, schoss ein klebriges Spinnennetz daraus hervor, in das man sich als Agent nicht selbst verheddern durfte. Es legte sich um den Gegner, und der konnte noch so sehr strampeln und schimpfen, aus eigener Kraft würde er viel Zeit brauchen, um sich daraus zu befreien. Es war der reine Wahnsinn!
Nach einer kurzen Pause, in der Sensendengler uns einen Vortrag über Verantwortung beim Waffeneinsatz hielt, bekamen wir silberne Ledergürtel. Ihre Schnallen bestanden aus einem Schlangenkopf mit zwei leuchtend roten Augen, die ein Geheimnis bargen. Wenn man zweimal auf das rechte Schlangenauge drückte, schoss ein Hypnosestrahl daraus hervor. Wer ihm in die Quere kam, erstarrte zur Salzsäule. Also, nicht wirk-

lich zu Salz, aber man wurde stocksteif und konnte sich erst dann wieder rühren, wenn ein Strahl aus dem linken Auge die Hypnose aufhob.
Endlich ließ uns Sensi in Frieden. Er behauptete, er müsse zu einer dringenden Geheimmission, und überließ uns Meister Kim Yong Fu.
Der berühmteste Taekwondo-Lehrer des Universums empfing uns mit offenen Armen. Wir schlossen ihn auf der Stelle ins Herz. Kadett Garcia Otero wollte uns beweisen, was er konnte, denn er hatte schon seit zwei Jahren Taekwondo-Unterricht, aber Kim Yong Fu interessierte sich gar nicht dafür. Er ließ uns erst mal auf dem Boden sitzen und unserem Atem lauschen, bis wir uns beruhigt hatten. Schon nach wenigen Atemzügen kam leises Schnarchen aus Santis Ecke.
Als wir zehn Minuten nach der Atempause – Kim Yong Fu nannte es *Meditation* – die ersten Schrittfolgen übten, waren wir ausgeruht wie nach einigen Stunden Tiefschlaf, fit wie Turnschuhe und bereit, bald unseren Dienst oben in der Elitenwaldschule anzutreten.

Von Lilli Krüger war bei Unterrichtsbeginn nichts zu sehen und auch zwei weitere Mädchen fehlten. Ich freute mich. Vielleicht war Lilli mit ihrer Mutter ans andere Ende der Welt verreist, Politiker düsen ja immer um den Erdball. Natürlich hätte man mich darüber informieren müssen. Ich warf einen Blick auf meinen Spyganizer, aber dort hatte ich keine Nachrichten.
»Wo ist Lilli Krüger? Wo sind Yamuna von Poseldamm und Tabea Erickson?«, fragte Frau von Huckel erbost.

Alle zuckten die Achseln. Da der Unterricht erst um halb elf Uhr morgens begann, damit die reichen Mütter ihren Schönheitsschlaf kriegten, kam selten jemand zu spät.
Die Lehrerin machte stirnrunzelnd einen Eintrag ins Klassenbuch. Dann ging sie zur Tagesordnung über.
Vor der Tafel baumelte eine Landkarte von Minimalien.
»Aus gegebenem Anlass werden wir uns mit dem Zwergkönigreich Minimalien beschäftigen«, begann die von Huckel.
In diesem Moment öffnete Sensi die Klassenzimmertür für Lilli, Tabea und Yamuna. Er schleppte mehrere prall gefüllte Einkaufstüten. Schöne Geheimmission war das!
»Erklärung, meine Damen? Entschuldigungsschreiben? Haben Sie so etwas vorzuweisen, Herr Oberleibwächter??«, fragte die Lehrerin spitz.
Sensendengler warf erst ihr und dann mir einen bösen Blick zu, packte die Tüten auf Lillis Platz und verzog sich wortlos.
Lilli hielt etwas Glitzerndes in die Höhe. »Jeder weiß doch, dass es nur heute die neuen Haarreife mit den Bergkristallen gibt, die musste ich und natürlich auch meine Entourage als Erste haben!«, flötete sie.
Entourage. Sie meinte ihre Clique. Ich musste neidlos zugeben, dass das Wort Entourage ziemlich gut klingt.
Beim Anblick der Haarreife kreischten einige Mädchen begeistert. Jemand holte einen Spiegel hervor und alle probierten die Dinger reihum an. Großzügig verteilten Tabea und Yamuna Haarreife an alle Mädchen, sogar ich bekam versehentlich einen ab. Einen Augenblick lang überlegte ich, ob ich ablehnen sollte. Andererseits glitzerte er wirklich verführerisch. Damit

ich es mir nicht anders überlegte, ließ ich ihn schnell in meinen Rucksack gleiten.
Die Lehrerin klatschte in die Hände und krächzte: »Meine Damen, meine Damen!«, um die Mädchen zur Ordnung zu rufen. Die wenigen blassen Jungs in der Klasse waren zu vornehm, um sich einzumischen, und blätterten in Autozeitschriften.
Es kehrte erst Ruhe ein, als die Lehrerin die Hymne von Minimalien abspielte, die keiner erkannte.
Lilli Krüger plumpste neben mir auf die Bank und schubste mich zur Seite. »Ich brauche Platz, Schrumpel!«, fauchte sie.
Am liebsten hätte ich zurückgeschubst. Ich bin zwar klein, aber ziemlich stark. Doch Gewalt ist mit den Aufgaben einer Geheimagentin nicht zu vereinbaren. Ypsilon hätte es bestimmt nicht gut gefunden, wenn ich Lilli verprügelt hätte, statt sie zu beschützen.
Weil ich mich nicht wehrte, begann die Erste Tochter im Staat gelangweilt, sich die Nägel zu feilen.
»Länder wie Minimalien haben wegen der durchgängigen Verwendung alternativer Energien einen Vorbildcharakter«, faselte die von Huckel. Sie war mit der einschläferndsten Stimme geschlagen, die ich je gehört hatte.
»Meine Mutter ist eine alte Freundin von König Yonno«, gab Lilli an. »Er ist ein Gründiktator. Die dürfen rein gar nichts in Minimalien. Die sparen sogar mit Wasser, dabei rauscht es nur so von den Bergen!« Sie sah sich Beifall heischend um. Ihre Freundinnen sagten: »Genau, genau«, und nickten im Takt.
Das konnte ich ihnen nicht durchgehen lassen. Jeder wusste, dass wir Wasser sparen müssen, weil es nicht unendlich viel

davon gibt. Genau das sagte ich auch. »Das gilt für alle natürlichen Ressourcen«, setzte ich hinzu.
Es wurde still im Klassenzimmer. Man widersprach Lilli Krüger nicht ungestraft.
Zu viel Aufmerksamkeit nimmt mir die Luft. Ich verpasste mir schnell zwei Asthmaspraystöße.
»Japst nach Luft wie ein Fisch auf dem Trockenen, der Schrumpel! Hör mal, Kleines: Alles, was natürlich ist, finden wir dämlich! Du bist auch so eine Natürliche. Du benutzt nicht mal Wimperntusche! Wie finden wir das?«
»Uncool!«, riefen Tabea, Yamuna und noch einige andere im Chor. Die Ordnungsrufe der Lehrerin gingen im Gejohle unter.
Statt mich in Schutz zu nehmen oder zu verteidigen, setzte Frau von Huckel ihren Unterricht fort, als wäre nichts geschehen. Sie fürchtete wohl um ihren Job, wenn sie sich zu sehr mit Lilli anlegte. Sie wagte nicht einmal, Lilli aufzuwecken, als die während des Unterrichts für eine halbe Stunde einnickte.
Erst die Pausenglocke weckte meine Nachbarin. Sie blinzelte mich an und wisperte mir ins Ohr: »Bilde dir nichts ein, Schrumpel. Ich weiß, warum du hier bist, und du weißt, dass ich es weiß. Du bist meine Sklavin!«
Sie drückte mir die fünf Einkaufstüten in die Hände und befahl mir, ihr *Shopping* in den Pausenhof zu bringen. Tabea und Yamuna hakten Lilli unter und hopsten kichernd mit ihr davon.
»Halt!«, rief ich. Beizeiten fiel mir ein, dass ich unauffällig sein musste.
»Zielobjekt geht in die Pause«, flüsterte ich also in mein ver-

decktes Mikrofon. Blöderweise hatte ich Tränen in den Augen. Das musste ich mir dringend abgewöhnen. Oder hat schon mal jemand von einer Agentin gehört, die ständig heult? Eben.

Ich stolperte Lilli und der *Entourage* leise fluchend hinterher, weil mir die Tüten die Sicht nahmen. Wäre Santi Garcia Otero mir nicht vor der Treppe mit einem »Qué pasada!« beigesprungen, wäre ich mitsamt Lilli Krügers Einkäufen gegen die nächste Wand getaumelt und die Stufen zum Schulgarten hinabgestürzt.

Als der schönste Junge der Welt sich von mir mit einem Küsschen verabschiedete, trauten die Mädchen ihren Augen kaum. Ich hörte sie etwas flüstern, das sich anhörte wie: »Was-will-denn-der-Supertyp-von-diesem-Schrumpel?«

Die Welt war manchmal doch gerecht.

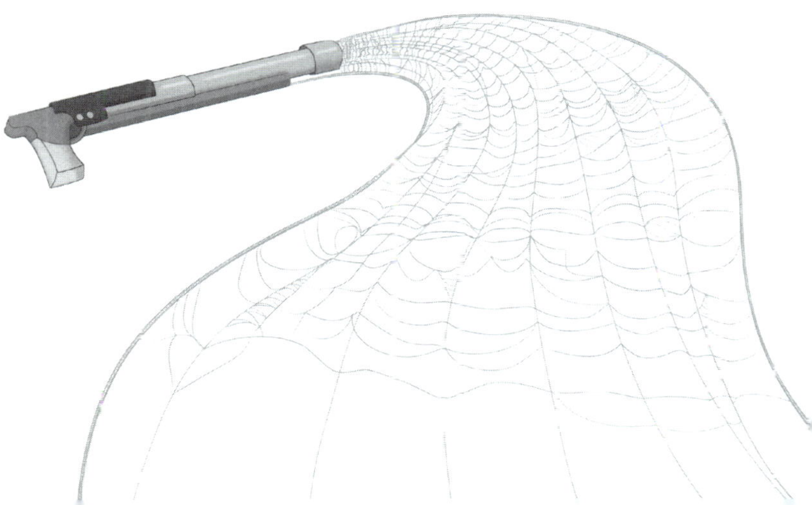

Kapitel 14
Von einem Schutzobjekt, das ausbüxt, dem Fliegenlernen und Blechungeziefer

Auf Lilli Krüger aufzupassen, war auch an den folgenden Tagen eine echte Strafe. Lilli nutzte jede Gelegenheit, um auszubüxen. Sie flitzte während der Stunde aufs Klo und kam nicht wieder. Im Sportunterricht kroch sie in einen Plastiktunnel und verschwand spurlos. Dass ein Loch in der Wand von der Sporthalle aus in die Bibliothek führte, merkte ich zu spät. Eines Nachmittags hüpfte Lilli sogar aus dem Fenster, während ich an der Tafel war. Unterm Fenster befand sich federnder Rasen, und der Klassenraum lag im ersten Stock, aber trotzdem schwitzte ich Blut und Wasser, weil es für Unaufmerksamkeit als Bodyguard Minuspunkte regnete. Sensi oder Officer Stein, je nachdem, wer gerade Dienst hatte, schoben Lilli nach jedem ihrer Ausflüge zurück in die Klasse, musterten mich verächtlich und kritzelten in ihr Bewertungsbüchlein.

Wir drei Kadetten hatten so viel zu tun mit der Ausbildung im Morgengrauen, der Schule und den Hausaufgaben, dass wir kaum zum Luftholen kamen. Papa und Berta sah ich so gut wie gar nicht mehr. Auch Ypsilon hatten wir seit einer Weile nicht mehr zu Gesicht bekommen.

Die erste Begeisterung von uns A.I.A.s hatte sich gelegt, vielleicht, weil wir so müde waren. Wir merkten gar nicht, wie wir von Tag zu Tag durchtrainierter wurden und immer besser mit unserer Ausrüstung und den Geheimwaffen umgehen konnten. Wir lernten unglaublich viel. Aber wozu war das alles eigentlich gut? Wir glaubten nicht daran, dass wir in naher Zukunft einen echten Fall zugeteilt bekommen würden. Das würden Sensi, Stein und Müller bestimmt verhindern.
Die Schmetterlinge in meinem Bauch flatterten jetzt schwächer, wenn ich Santi zu Gesicht bekam. Ich hatte mich richtig an ihn gewöhnt. An Shirin natürlich auch. Dass wir unsere Freizeit nicht miteinander verbringen durften, machte vor allem uns Mädchen traurig. Wir hätten uns bestimmt viel zu erzählen gehabt. Vorschrift war aber Vorschrift.
Endlich erschien Ypsilon wieder auf der Bildfläche und ich erhielt als Erste bei ihm eine Audienz. Vor ihm lag aufgeschlagen meine Akte und hinter ihm standen Sensi, Stein und Müller. Mir wurde blümerant. So nennt Papa diesen Zustand.
»Kadettin Panther«, sagte der Geheimdienstchef kopfschüttelnd, »was muss ich da hören?«
Meine Ausbilder grinsten siegesgewiss.
»Jetzt fliegt die Panther!«, geiferte Sensendengler. Die beiden anderen rieben sich schon die Hände.
Mir wurde schwindelig. Vor Angst hielt ich mich an der Tischkante fest. Ich hatte mich wirklich angestrengt und mein Bestes gegeben. »Bitte nicht, Ypsilon!«, rief ich. Der Boden schwankte unter meinen Füßen. Hoffentlich bekam ich jetzt keinen Asthmaanfall. Oder eine Panikattacke mit Weinkrampf.

»Sensendengler hat recht! Kadettin Panther fliegt!« Ypsilon donnerte seinen Stempel auf ein Papier und schob es mir zu. Ich wollte gar nicht wissen, wie mein Todesurteil als Agentin aussah, und schaute weg. Außerdem machten mir die Tränen in meinen Augen das Lesen schwer. Dann wagte ich doch einen Blick.

Flugsimulatortraining Stufe 1 für Kadettin Emma Panther genehmigt, stand da etwas verschwommen.

»Aber Chef!«, empörte sich Sensendengler.

Der Geheimdienstchef zwinkerte mir zu. »Ich wette, Kadettin Panther fliegt richtig gut«, sagte er.

Vor Erleichterung heulte ich in ein Papiertaschentuch, das Ypsilon mir reichte. Es war die gleiche Marke, die Mama immer verwendet hatte, ich kannte den Duft. Dann heulte ich noch mehr.

»Fliegen«, schluchzte ich, »war schon immer mein Traum!«

Der Flugsimulator, in dem wir Kadetten unsere ersten Flugstunden erhielten, würde uns nicht beibringen, wie man Düsenjets oder Kampfflugzeuge flog, aber ich war mit Hubschraubern vollauf zufrieden.

Weil alle drei Kadetten Unterricht bekommen sollten, losten wir die Reihenfolge mit Strohhalmen aus. Ich zog den kürzesten, Shirin den längsten.

Als sie nach einer halben Stunde aus dem Flugsimulator kletterte, schwankte sie wie ein Seemann beim ersten Landgang.

»Wie war's?«, fragte ich wissbegierig.

»Frag nicht«, antwortete sie hinter vorgehaltener Hand. Sie

hatte vor Aufregung Schluckauf. »Wenn ein Mädchen fliegen sollte, würde es mit Flügeln auf die Welt kommen.«
Santi torkelte nach der zweiten Einheit aus dem Simulator und übergab sich vor meine Füße, was ihm extrem peinlich war.
»Ich wollte dir mein Herz erst später und irgendwie anders zu Füßen legen«, stammelte er, dann rannte er Richtung Klo.
Um mir selbst Mut zu machen, plusterte ich mich auf und rief ihm hinterher: »*Ich* mache das mit links!«
Von dem Kopilotensitz im Cockpit aus streckte mir Ypsilon lächelnd eine Hand entgegen. »Willkommen, Kadettin Panther!«
Er nahm mir die Panthermütze ab und stülpte mir Kopfhörer und einen Fliegerhelm über. Dann setzte er die Panthermütze sorgsam darauf. Ohne dass wir jemals darüber gesprochen hatten, wusste Ypsilon, wie wichtig sie für mich war.
Ich setzte mich zögernd in den Pilotensessel und schloss den Sitzgurt. *Klick*. Gefangen!
Ypsilon bediente das Armaturenbrett. Vor mir auf dem Bildschirm tat sich eine Savannenlandschaft auf. Eine Giraffenherde rannte leichtfüßig auf ein Wasserloch zu. Eine Löwenfamilie döste träge in der Sonne. »Afrika«, sagte Ypsilon und legte einen Schalter um, auf dem *Rotor* stand.
»Der Rotor ist der Propeller«, erklärte Ypsilon.
Der Simulator rüttelte wie ein echter Helikopter. Ich fühlte, wie sich die Rotorblätter in Bewegung setzten.
»Es geht los!«, verkündete Ypsilon. Dann folgten in Windeseile Anweisungen, wie ich den Hubschrauber abheben lassen konnte. Ganz einfach sei das, erklärte mein Fluglehrer. An meiner linken Seite befand sich ein Hebel, der Pitch. Er erinnerte

an eine Autohandbremse. Damit konnte man die Rotorblätter verstellen und den Hubschrauber auf- und abwärtsbewegen.
Ich kam gerade mal so an die Fußpedale, mit denen man den Heckrotor bedient, damit die Maschine sich um die eigene Achse drehen kann. Der Stick, den ich mit der rechten Hand bedienen musste, würde die Flugrichtung vorgeben, sagte Ypsilon, und auch, dass ich jetzt den Pitch bedienen sollte.
Ich atmete tief durch und zog den Hebel. Der Hubschrauber ging in die Luft! Unter mir wurden die Giraffen kleiner und kleiner. Dann geschah etwas Seltsames: Ich wurde vollkommen ruhig. Es war, als würde ich richtig fliegen. Und als hätte ich noch nie in meinem Leben etwas anderes getan.
Ich flog über die Steppe, über Wasserlöcher, ich stieg über die Wolken und schrappte beinahe den Kilimandscharo an, bis ich eine halbe Stunde später problemlos unter einem kahlen Baum aufsetzte. Natürlich nur virtuell.
Mein Kopilot Ypsilon klatschte mir Beifall.
Es war einfach … GENIAL!

Kadettin Özman und Kadett Garcia Otero waren im Umkleideraum ungewöhnlich still. Ihnen war immer noch übel, was man an ihren blassen Gesichtern sah. Nur ich hüpfte fröhlich durch die Gegend. Die zwei taten, als wäre nichts Besonderes vorgefallen. Also tat ich auch so, als wäre Helikopter-fliegen-Lernen das Normalste der Welt.
»Und, wie läuft es mit euren beiden Schutzobjekten?«, fragte ich.
»Geht so«, sagte Santi. »Wenn man ihn regelmäßig füttert, ist

Groschengrab brav wie ein Lämmchen.« Das erinnerte ihn an etwas. Er kramte nach den Keksen, die er immer bei sich hatte. Ich fragte mich, wo er die herbekam, denn es war eine Sorte, die ich vorher noch nie gesehen hatte. Schon kehrte die Farbe zurück in sein wunderbares Gesicht.
»Meine Klobmann hat Läuse«, erzählte Shirin. »Leider zeigen die handelsüblichen Mittel wenig Wirkung und …«
»Läuse, das ist es!«, fiel ich ihr ins Wort.
»Das ist was?«, fragte Santi mit vollem Mund.
»Läuse wie Wanzen wie Abhörgerät!«, rief ich. »Ich muss Lilli Krüger eine Lauschwanze einpflanzen, so ein kleines elektronisches Ding, dann kann sie mir nicht ständig abhauen!«
Santi war Feuer und Flamme. Er schubste mich freundlich auf die Bank und öffnete die Klappe in meinem rechten Schuh. Daraus zog er eine winzige Kugel, die ein wenig an eine vollgesogene Zecke erinnerte. Er hielt sie mir unter die Nase.
»Da haben wir schon eine«, sagte er zufrieden.
»Ob diese Wanze nicht gegen die Datenschutzregeln verstößt?«, überlegte Shirin laut. »Ich glaube, laut Paragraf zwölf der Abhörverordnung …«
»Es dient ja nur Lillis Sicherheit«, versicherte ich schnell. Natürlich machte ich mir etwas vor, es diente vor allem mir. Ich wollte nicht immer wegen Lillis Eskapaden – auch so ein schönes Wort! – Minuspunkte kassieren.
So überlegten wir gemeinsam, wie ich Lilli die Wanze unterjubeln könnte. Sie wechselte ihre Kleidung täglich, sogar ihre Schulranzen.
Da fiel es mir ein. »Der Haarreif!«, platzte ich heraus. In einem

Fach meines Rucksacks befand sich immer noch der Haarreif, den Yamuna auf mein Pult gelegt hatte. Die Dinger ähnelten einander bis auf den kleinsten Kristall.

»Die Idee ist so gut, dass sie fast von mir sein könnte«, sagte Shirin, »wo ich doch hier die Spezialistin für Haare bin.«

»Wieso eigentlich?«, fragte ich.

Shirin schwieg. »Das ist privat«, sagte sie trotzig.

Leider konnte ich sie nicht weiter löchern, weil uns Sensendengler störte.

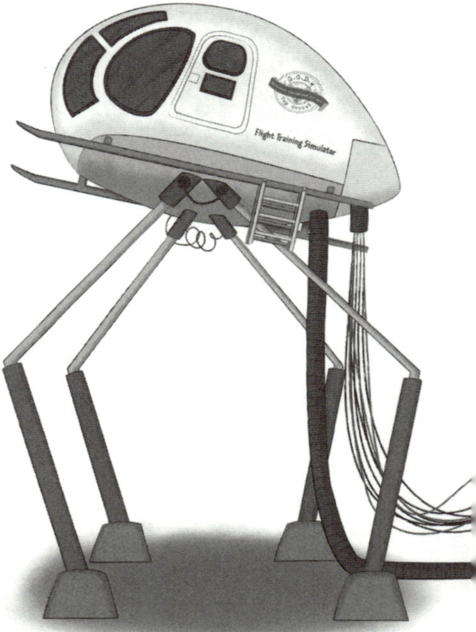

Kapitel 15
Von ersten Regelverstößen, einer lebendigen Statue und einer Enttäuschung

Daheim schloss ich mich im Bad ein, um den Tag Revue passieren zu lassen. So hat Mama das immer genannt, wenn sie sich an ein Erlebnis noch einmal genau erinnern wollte – *Revue passieren.* Außerdem wollte ich testen, ob ich durch die dicken Wände der alten Feuerwache einen Spyganizer-Kontakt zu Santi und Shirin herstellen konnte.

Das Bad war der einzige Raum in der Wohnung, in dem Ruhe herrschte, denn hier gab es keine Musik. Berta hatte aus ihrem früheren Leben gleich drei Radios eingeschleppt und sie im Flur, in der Küche und unserem Schlafzimmer verteilt. Manchmal quakten drei verschiedene Musikprogramme in voller Lautstärke.

Ich klebte den Spyganizer eben an den Spiegel, als ich hörte, wie sich der Schlüssel im Schloss drehte. Berta hatte mich gerade im Bad eingesperrt!

»Weißt du, was Thera jetzt von mir kriegt, Schrumpel?«, schrie Berta durch die Tür.

Ich beschloss, meine Halbschwester zu ignorieren, und stellte den Spyganizer ein. Als Projektionsfläche wählte ich »Spiegel«

und dann die 1. Kaum hatte ich das getan, grinste mir Santi aus dem Spiegel entgegen.
»Deinen Kokosjoghurt!«, schrie Berta dumpf. »Höhöhöhö!«
»Kokosjoghurt?«, fragte Santi. »Lecker! Aber wer war das?«
»Meine doofe Halbschwester Berta«, antwortete ich.
Verzückt betrachtete ich Santis Spiegelbild. Von seiner Übelkeit vor wenigen Stunden war ihm nichts mehr anzumerken. Er sah wieder aus wie ein Filmstar. Nur besser.
»Du starrst immer so«, sagte Santi besorgt. »Als hätte ich was an der Nase!«
»Tu ich nicht. Hast du nicht!«, verteidigte ich mich.
Er senkte seine Stimme: »Ich möchte dich treffen, Emma. Heute noch! Wir können die Wanze in den Haarreif bauen. Wie wär's, in einer halben Stunde? Ecke Pommelzeile/Geigenweg.«
»Unmöglich!«, rief ich. »Wir dürfen uns privat nicht treffen!«
Ich zitterte vor Aufregung. Santi verabredete sich mit mir!
»Sind Verbote nicht dazu da, übertreten zu werden?«, lockte er.
»Bin schon unterwegs!«, krächzte ich.
»Mit wem redest du, Schrumpel?«, kreischte Berta und hämmerte gegen die Tür. »Mach auf, ich muss pinkeln!«
War so viel Blödheit zu fassen? Sie brauchte doch nur aufzuschließen, *sie* hatte *mich* doch eingesperrt!
Berta trat mit Wucht gegen die Tür. Ein Glück, dass die aus dicken Brettern bestand. Endlich kam sie dahinter, dass der Schlüssel außen im Schloss steckte, und stürmte sofort mit halb heruntergelassener Hose herein.
Santi winkte freundlich aus dem Spiegel.

»Buenos días, bezaubernde Berta!«, flötete er.
Berta fielen fast die Augen aus dem Kopf. Sie raffte ihre Hose hoch, schubste mich zur Seite und tastete den Spiegel mit ihren klebrigen Stummelfingern ab.
Santi schickte ihr einen Kussmund, dann klinkte er sich aus.
»Da war einer!«, keuchte Berta. »Im Spiegel war einer! Der sah aus wie im Kino!«
Ich stellte mich dumm.
»Ein Gesicht war da, ich hab's genau gesehen!«, schrie sie.
»Jetzt seh ich's auch!«, tat ich überrascht. »Da ist wirklich ein Gesicht, ein total dummes!«
Berta glotzte sich selbst entgegen. Es dauerte eine Weile, bis sie den Witz kapierte. Wütend packte sie meinen Rucksack, den ich leider nicht verschlossen hatte. Sie hielt ihn unerreichbar hoch in die Luft und kippte den Inhalt ins Waschbecken.
»Meine Ausrüstung!«, schrie ich angstvoll. Zum Glück konnte ich den Schlangengürtel retten. Ich drückte zweimal auf das rechte Schlangenauge und richtete den Strahl auf Berta. Ich weiß, ich hätte das nicht tun sollen. Man verwandelt seine Schwester nicht in eine lebende Statue. Aber ich hatte keine andere Wahl. Berta erstarrte.
Ich verteilte hastig einen Stapel Handtücher auf dem Boden und ließ die Statue zu Boden gleiten, so konnte sie wenigstens nicht umkippen und sich verletzen.
Dann zog ich mich mit fliegenden Fingern um. Ich tuschte mir die Wimpern mit der Wimperntusche, die Berta kürzlich im Kaufhaus geklaut hatte. Es war das erste Mal, dass ich mich schminkte.

Ich sah doof aus, so angemalt, und wusch mir die Tusche wieder ab. Na super, jetzt leuchteten meine Augenlider feuerrot! Wahrscheinlich war ich allergisch auf die Farbe.
Mir fiel ein, dass ich meinen Termin bei der Mullmann verpasst hatte. Aber ich hatte im Moment andere Sorgen.
In der Eile hätte ich fast vergessen, Berta zu erlösen, bevor ich losdüste. Nicht auszudenken, wenn Papa nach Hause gekommen wäre und Berta als Statue vorgefunden hätte! Wie hätte ich das erklären sollen? Ich ließ den Strahl aus dem linken Schlangenauge über Bertas Gesicht wandern und wartete angespannt, bis sie sich regte. Sie schüttelte sich und blickte wild umher, blieb aber erst einmal liegen.
Ich legte Papa einen Zettel hin und machte, dass ich und mein Rucksack davonkamen, bevor Berta wieder richtig zu sich kam und mir ein Bein stellen konnte. Das tat sie nämlich gerne.
Auf der Straße achtete ich darauf, dass sich niemand vom GGDW an meine Fersen heftete. Man konnte nie wissen! Ich zählte die Hausnummern in der Pommelzeile, so aufgeregt war ich. Wo war der verflixte Geigenweg?
Unterwegs begann mein Magen zu knurren. Vor allem, als ich an einer Schaufensterscheibe vorbeikam, hinter der es Hunderte Sorten von Pralinen, Schokoriegeln, Marzipangebäck und Makronen zu bewundern gab. Leider hatte ich mein Geld vergessen, sonst hätte ich mir schnell noch etwas Marzipan gekauft.
Vor dem Süßwarenladen stand eine Frau, die mir bekannt vorkam, obwohl ich sie bestimmt noch nie gesehen hatte. Sie verteilte Kostproben ungewöhnlicher Süßigkeiten. Ich nahm eine

in Speck eingewickelte Dattel, die besonders verführerisch duftete, stopfte sie mir in den Mund und lief weiter.
An der Ecke stieß ich auf den Geigenweg und Santi. Geschäftsmäßig schüttelte er mir die Hand.
»Für den Fall, dass wir beobachtet werden«, raunte er.
Er war nicht allein. Aus einem Hauseingang winkte Shirin.
»Shirin ist auch hier?«, fragte ich etwas blöde. Meine angenehme Aufgeregtheit verpuffte. Mit Shirin hatte ich nicht gerechnet. Ich schämte mich, dass ich enttäuscht war. Wir Kadetten hatten uns schließlich einen Treueschwur geleistet. Ich musste mir dieses verrückte Santi-und-ich-Gefühl dringend aus dem Kopf schlagen. Ich wusste nur nicht, wie.
Mit hängenden Schultern tapste ich den beiden hinterher in Richtung Park. Sie unterhielten sich über etwas, von dem ich nichts verstand.
»Der Prototyp ist nur eine Vorstufe«, erzählte Santi Shirin. »Mein Ziel ist der Bau einer Selbstreplica-Maschine, die nicht nur ihre eigenen Ersatzteile herstellt, sondern auch Kopien von sich selbst bauen kann.«
»Verstehe. Es funktioniert also nach dem Prinzip der 3-D-Drucker«, sagte Shirin. »Ich beschäftige mich ebenfalls seit einer Weile mit diesem Thema, wenn auch nur theoretisch.«
Ich kam mir plötzlich dumm und unerfahren vor. Gut, die beiden waren ein Jahr älter als ich und hatten bei *Jugend forscht* mitgemacht. Aber mussten sie gleich sooo schlau sein?
»Ihr seid wohl total genial. Dagegen bin ich nur ein Würstchen«, meckerte ich. Ich hatte jetzt richtig miese Laune.
Die beiden sahen sich betroffen an.

»Das ist doch Quatsch, Emma«, sagte Shirin versöhnlich.
»Jeder hat andere Talente«, sagte Santi. »Du bist zum Beispiel eine geborene Pilotin, das wendigste Mädchen der Welt, hast ein fotografisches Gedächtnis, und die Schönste im ganzen Land bist du auch noch.«
Shirin musterte mich mitfühlend. »Halt mal die Luft an«, sagte sie zu Santi, und zu mir: »Emma, Ypsilon hätte uns niemals ausgesucht, wenn wir einander nicht ergänzen würden wie Mond und Stern.«
Ich grinste erfreut. Gleichzeitig wusste ich, dass ich lernen musste, mich besser zu beherrschen. So emotional, wie ich war, würde ich niemals Agentin des Jahres werden. In meinem Gesicht konnte man lesen wie in einem offenen Buch. Das war gar nicht gut.
»Woran denkst du?«, fragte Santi.
Ich erzählte es ihnen.
Shirin brachte mich zurück auf den Boden der Tatsachen. »Wir haben ja noch nicht mal einen ersten richtigen Einsatz gehabt«, sagte sie vernünftig, »und wer weiß, ob wir überhaupt jemals richtige Agenten werden.«
Natürlich hatte sie wieder einmal recht. Sie war wirklich schrecklich vernünftig.
Als wir im Park ankamen, braute sich ein Gewitter zusammen. Der Rasen war mit Müll übersät, weil am Tag zuvor die jährlichen Grillmeisterschaften stattgefunden hatten und die Teilnehmer anscheinend nicht nur Schweine gegrillt, sondern sich auch wie Säue verhalten hatten.
»Das ist kein guter Platz«, sagte Shirin angeekelt.

»Vielleicht können wir in ein Café gehen«, schlug Santi vor. »Habt ihr Geld dabei?«
Wir verneinten.
»Bei mir zu Hause ist es unmöglich«, sagte ich deprimiert.
»Und wir dürfen sowieso nichts über die privaten Lebensumstände der anderen erfahren«, erinnerte uns Shirin.
Wir dachten eine Weile ergebnislos nach. »Ich weiß einen Platz«, sagte ich schließlich. »Ich zeige ihn euch!«
Shirin blickte zweifelnd auf ihre Uhr. »Er sollte nicht zu weit weg sein. Es ist schon ganz schön spät.«
»Keine Angst, er ist gleich um die Ecke«, sagte ich übermütig. »Wir gehen zu meiner Mutter!«
»Aber die Regeln!«, rief Santi.
»Vertraut mir«, sagte ich. »Die gelten nicht für sie.«

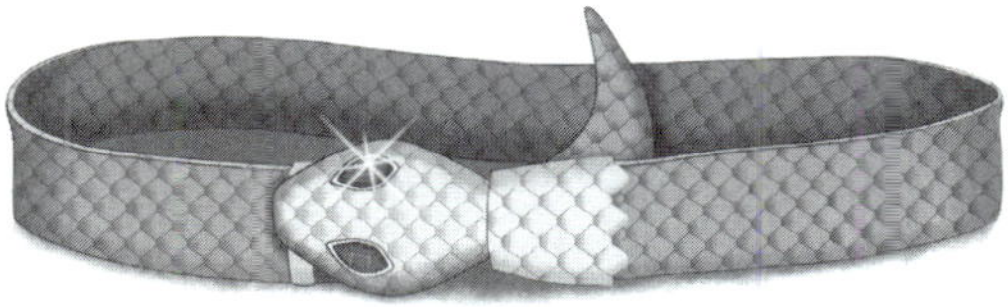

Kapitel 16
Von einem idealen Versteck, einem ziemlich schnellen Abgang und verpasstem Starruhm

Es war dunkler als sonst um diese Uhrzeit, denn das Gewitter kam näher. Das Haupttor zum Waldfriedhof war schon verriegelt. Es gab aber an der Längsseite der Mauer eine Holztür, die seit ewigen Zeiten schief in den Angeln hing.
»Gibt's zu deiner Mutter eine Abkürzung durch den Friedhof?«, fragte Shirin.
»Nicht wirklich«, antwortete ich.
»Aha. Wohnt sie drüben im Neubaugebiet?«, riet Santi.
»Nein. Sie wohnt in Reihe fünf, Grab sieben«, sagte ich beiläufig.
Die beiden trotteten schweigend neben mir her. Ich hielt vor Mamas Grab und rückte die rote Kerze zurecht. Santi zauberte ein Streichholz aus der Hosentasche und zündete sie an. Die Kerze, meine ich. Er betrachtete die Inschrift auf dem Grabstein.
»Kein Wunder, dass dir manchmal zum Heulen ist.« Shirin schnäuzte sich.
Ich wollte das Thema nicht vertiefen, sondern winkte Mama und deutete auf das Mausoleum gegenüber von ihrem Grab. »Wenn es noch belegt sein sollte, nehmen wir ein anderes«,

sagte ich. Eben war mir nämlich eingefallen, dass der Bodyguard von Prinz Yarvis am Abend unseres ersten Agententages dort herausspaziert war.

Das Gewitter legte donnernd los. Unter dem Schein heller Blitze flüchteten wir in die Gruft. Unsere Augen mussten sich erst an die Dunkelheit gewöhnen. Es war niemand hier, aber es roch stechend nach Müll. Auf dem Sarkophag lag ein ausgekühlter Schlafsack. Einige Dosen Bier und eine aufgeschlagene Zeitung vom letzten Wochenende erweckten den Eindruck, dass Kerbholzer seit einiger Zeit nicht mehr hier gewesen war. Eine Ameisenstraße führte direkt in eine leere Raviolidose. Auf dem Boden lagen trockene Brotreste mit Nagezahnabdruck.

»Das sieht nach Mäusen aus«, sagte ich.

»Ratten, der Abdruckgröße nach zu schließen«, widersprach Shirin. »Eine sehr intelligente Spezies mit hoher Überlebensfähigkeit, fast so langlebig wie Küchenschaben.«

Zum Glück verzog sich das Gewitter schnell. Wir streckten die Köpfe ins Freie und fanden ein gemütlicheres Mausoleum wenige Schritte weiter an der Friedhofsaußenmauer. Es war im Vergleich zu Kerbholzers Unterkunft picobello sauber. *Picobello sauber* wollte Mama unsere Küche immer haben.

»Sehr gemütlich für eine letzte Ruhestätte«, sagte Santi und schnalzte mit den Lippen. Er machte mit der Spyganizer-Kamera ein Foto von dem weißen Marmorsarkophag.

Bartholomäus Blotzmann, 1820–1880 stand in goldener Schrift auf dem kalten Stein. Ich hoffte, dass Herr Blotzmann uns nicht übel nahm, dass wir hier waren. Ich an seiner Stelle würde mich über jeden Besucher freuen, der meinen Namen liest.

Santi schnippte vor meinen Augen mit den Fingern. »Kadettin Panther, Sie wirken nicht sehr konzentriert«, sagte er. »Wir müssen jetzt die Wanze platzieren!«
Schnell zog ich meinen Haarreif aus dem Rucksack. Mit einer Reihe geschickter Handgriffe und dem Minischraubenzieher aus seinem Schuh beförderte Santi die Wanze zwischen die Kristallsteinchen auf dem Haarreif. Sie fiel überhaupt nicht auf.
»Genial«, sagte ich bewundernd. Morgen im Unterricht würde ich bei der ersten Gelegenheit meinen mit Lillis Haarreif vertauschen.
»Jetzt muss dein Spyganizer auf die Wanzenfrequenz eingestellt werden«, murmelte Santi.
Ich reichte ihm mein Gerät und ärgerte mich ein wenig, dass mir das nicht selbst eingefallen war. Wie sonst könnte ich Lilli in ihren Verstecken aufspüren?
Währenddessen sah sich Shirin auf ihrem Spyganizer die Landkarte des Friedhofs an. »Dieser Ort ist hervorragend für Geheimtreffen geeignet«, bemerkte sie. »Ich glaube nicht, dass im GGDW jemand auf die Idee kommt, uns hier zu suchen.«
Ich fühlte Santis Atem neben meinem Ohr.
»Das mit deiner Mutter tut mir echt leid.« Er ergriff meine Hand. »Wenn ich mir vorstelle, meine Mutter wäre tot …«
Aus heiterem Himmel plapperte Shirin los: »Wisst ihr, dass der Mond viereinhalb Millionen Jahre alt ist? Die Apollo-Missionen haben Gesteinsproben mitgebracht und man kann anhand der Häufigkeit des Vorkommens von Isotop Wolfram 182 relativ präzise deren Alter bestimmen.«

Sie klappte den Mund zu und strich mit der Hand nervös über ihr Kopftuch. Santi und ich tauschten verwunderte Blicke.
»Tut mir leid. Ich bekomme Zähneklappern, wenn ich jemand über den Tod reden höre«, erklärte Shirin. »Deswegen wähle ich immer schnell ein anderes Thema. Irgendeines.«
»Wer ist Wolfram?«, fragte ich.
Bevor unsere Klügste einen ausführlichen Vortrag über Isotope halten konnte – etwas, wovon ich noch niemals gehört hatte –, dudelte ihr Handy eine orientalische Melodie.
Shirin sprang panisch auf. »Ich muss sofort heim!«, rief sie.
Dann sahen wir nur noch ihre Rücklichter. Ich meine, die Lämpchen an den Fersen ihrer neuen Sneakers.
Santi schnüffelte mit seiner hübschen Nase an meinem Ohr.
Meine Nackenhaare stellten sich auf.
»Du duftest wirklich toll, Emma!«, sagte er bewundernd.
Mein Hals wurde schlagartig trocken. »Nach Da… Datteln und Speck wahrscheinlich«, stotterte ich.
Er sah mich hingerissen an. Einen verrückten Moment lang dachte/fürchtete/hoffte ich, Santiago Garcia Otero, der großartigste Junge der Welt, würde mir meinen ersten Kuss geben. Auch wenn ich erst elf war. Irgendwann musste dieser erste Kuss ja kommen. Nur jetzt nicht, bitte! Ich hatte Angst.
Ich schlug mir mit der Hand an die Stirn und rief: »Mist! Ich muss Thera füttern, die Vogelspinne, weil Berta mit ihren Kumpels Autos sprayen geht, und mein Wachstumsmittel muss ich auch einnehmen, heute ist Sichelmond!«
Während ich diesen Schwachsinn hervorstieß, sammelte ich hektisch meine Sachen zusammen, und weg war ich.

Wieso habe ich nicht einfach abgewartet, was passiert?, raste ein Gedanke durch meinen Kopf. *Wieso bin ich so feige? Wieso kann ich nicht ein Mal ins kalte Wasser springen?*

Dazu hatte ich am nächsten Morgen Gelegenheit. Sensi, Stein und Müller standen feixend dabei, als ich in einem Neoprenanzug von einem Kran in den Eiswassertank getaucht wurde, wo ich es ohne Sauerstoff zwei Minuten aushalten sollte.

»Wie … wie … wie la… la… lange?«, fragte ich, als ich prustend hochkam. Meine Zähne klapperten so heftig aufeinander, dass ich bestimmt bald neue brauchen würde.

»Eine Minute und fünfundfünfzig Sekunden, absolut ungenügend!«, sagte Officer Stein hämisch.

Es geschah ihnen recht, dass ich erst einen Asthmaanfall bekam und dann in Ohnmacht fiel. Als ich die Augen aufschlug, lag ich in Unterhosen unter einer riesigen Wärmelampe und bekam mit, wie Ypsilon unsere Ausbilder herunterputzte.

Kadettin Özman und Kadett Garcia Otero blieb die Tortur erspart. Dafür waren sie mir so dankbar, dass sie mir beim Mittagessen ihre Kuchenportionen abgaben. Erst da fiel mir die Wanze wieder ein.

Als ich Lilli in der ersten Nachmittagsstunde wiedertraf, machte sie sich neben mir so breit, dass ich kaum Platz hatte.

Ich wartete auf die richtige Gelegenheit, um die Haarreife zu vertauschen. Bis dahin übte ich mich unauffällig in Gelassenheit. Das hatte Meister Kim Yong Fu uns eingetrichtert, und es war eine der schwersten Übungen, weil sie nur im Kopf stattfand.

Die Lehrerin verteilte gerade einige eng bedruckte Seiten. Es handelte sich um ein kurzes, von ihr selbst verfasstes Theaterstück. Wir sollten es einstudieren und bald auf die Schulbühne bringen, zum hundertjährigen Jubiläum der Elitenwald.
Meine Mitschüler rutschten nervös auf ihren Stühlen herum. Jeder wollte die Hauptrolle ergattern. Ich hätte auch nichts gegen ein bisschen Starruhm gehabt, aber ich durfte mich nicht in den Vordergrund drängen. *Low profile halten* nannte Ypsilon das – immer unauffällig bleiben. Das ist ein Grundprinzip des Geheimagententums, wenn man nicht gerade James Bond ist.
»Ich vergebe jetzt die Hauptrolle des Schutzengels«, flötete die aufgeregte Lehrerin. Fast alle Mädchen außer mir und Lilli reckten die Arme in die Höhe. Lilli kritzelte gelangweilt in ihr Mathebuch. Auf dem Tisch vor ihr funkelte der Haarreif. Sie hatte ihn abgenommen und kratzte sich mit dem Stift am Kopf. Hatte sie sich etwa in der Umkleidekabine mit den Läusen von Kirsten Klobmann angesteckt? Das fehlte noch.
»Ich dachte an Lilli Krüger!«, rief die Lehrerin und klatschte. »Einen Applaus für unseren blonden Schutzengel!«
Die Entourage jubelte der Ersten Tochter im Staat zu.
Lilli nickte huldvoll in die Runde. »Die von Huckel hätte nicht gewagt, jemand anders als mir die Hauptrolle zu geben«, zischte sie mir ins Ohr. »Ein Schrumpel hat da null Chance!« Sie erhob sich und schlenderte Richtung Tafel, um ein Paar Engelsflügel entgegenzunehmen.
Blitzschnell legte ich den Reif mit der Wanze auf ihren Platz und steckte mir den von Lilli ins Haar. Hoffentlich waren nicht wirklich Läuse dran.

»Emma, du als Kleinste bist die diebische Indianerin«, sagte die Lehrerin, nachdem sie alle interessanten Rollen verteilt hatte.
Na großartig. Kein Starruhm. Dafür aber auch bloß eine Textzeile zum Auswendiglernen. Und die lautete: »Oh weh, oh ach!«
Lilli kehrte grinsend mit den Flügeln auf ihren Platz zurück und steckte sich den verwanzten Reif hinter den Pony.
Ich warf einen Blick auf den Spyganizer, der immer obenauf in meinem Rucksack lag. Er zeigte mir, dass die Wanze funktionierte.
Als ich später daheim im Badezimmer Bertas und Papas Jeans in die Waschmaschine packte, konnte ich mir ein bisschen Spitzelei nicht verkneifen. Obwohl wir von Officer Affenberg strenge Vorschriften zum Datenschutz erhalten hatten. Und obwohl es uns ab fünf Uhr nachmittags nichts mehr anging, wo unsere Schützlinge steckten oder was sie taten. Aber habe ich schon erwähnt, dass ich neugierig bin? Außerdem musste ich mich schließlich vergewissern, dass die Wanze immer noch funktionierte.
Nach dem anfänglichen Gekrackel hörte ich ein unappetitliches Schmatzen. Im Hintergrund plätscherte Wasser. Dann lauschte ich der Stimme von Bundeskanzlerin Krüger.

Lilli Krüger hörte mit zunehmender Verzweiflung ihrer Mutter zu, die sich darin übte, möglichst viele Dinge gleichzeitig zu tun: Sie schnippelte Gemüse, wusch ein Messer ab, strich ei-

nen Termin aus ihrem Kalender und telefonierte mit Professor Krüger.
Vor Lilli lag auf einem Teller ein verbranntes, qualmendes Fleischklötzchen neben pappigem Kartoffelbrei und giftgrünen Bohnen. Heute war Mama-ist-eine-gute-Hausfrau-und-Mutter-Tag. Die Bundeskanzlerin ließ es sich nicht nehmen, einmal im Monat die Küchenschürze umzubinden und persönlich für ihre Tochter zu kochen. Dann bekam die Haushälterin Rosita Ausgang.
»Knud, das geht zu weit!«, schrie die Krüger in ihr Handy. »Seit Wochen lässt du dich nicht mehr mit mir in der Öffentlichkeit blicken und jetzt hast du nicht mal Zeit für deine Tochter? – Was? Schrei nicht so! Was sind das für Leute? – Na, die mit den piepsigen Stimmen. – Wie, niemand? Da spricht doch jemand! – Also, versau mir morgen früh nicht den Fototermin, das wär 'ne Katastrophe.«
»Ihr werdet euch aber doch irgendwann wieder vertragen, oder?«, fragte Lilli, als ihre Mutter aufgelegt hatte. Die Bundeskanzlerin antwortete nicht. Sie steckte das Handy in die Spülmaschine und packte das Messer in ihre Hosentasche, so aufgebracht war sie.
Lilli hätte ihre Mutter auf den Irrtum hinweisen können. Stattdessen deutete sie auf ihr Essen und maulte: »*Das* ist eine Katastrophe! Ist das Eichhörnchen à la Staatschef?«
Dr. Monika Krüger zuckte zusammen, als hätte Lilli ihr eine Ohrfeige versetzt. Sie hatte sich große Mühe beim Kochen gegeben, aber die Küchenkunst gehörte einfach nicht zu ihren Talenten. Mit einer raschen Bewegung wischte sie das Essen in

den Müll. Dann belegte sie drei Toastscheiben mit Käse und reichte sie ihrer schlecht gelaunten Tochter.
»Rositas Fraß ist in letzter Zeit auch unter aller Sau«, beschwerte sich Lilli.
»Wir könnten Emma Panther für dich kochen lassen«, überlegte die Kanzlerin. »Man könnte es so drehen, dass es Teil der Spezialausbildung ist.«
»Was für eine Spezialausbildung?«, fragte Lilli kauend.
»Zum Bodyguard natürlich«, sagte ihre Mutter ein bisschen zu schnell. Dass Emma tatsächlich Geheimagentin werden sollte, unterlag der Schweigepflicht, die sogar gegenüber Lilli galt.
»Dieser Schrumpel weiß garantiert nicht mal, wie man Hummer isst. Die ist ein Voll-Proll, wie alle armen Leute.«
Sprachlos sank die Bundeskanzlerin auf einen eleganten Hocker. Irgendetwas musste in Lillis Erziehung völlig schiefgelaufen sein, dachte sie verzweifelt.
»Wo hast du nur diese Vorurteile her, Lilli!«, stöhnte die Bundeskanzlerin. »Es wird Zeit, dass du dich an das niedere Volk gewöhnst und seine Leistungen zu schätzen lernst. Diese Leute essen oft nur trockenes Brot und überleben trotzdem! Die kleine Panther bekommt daheim vielleicht nicht mal das, so wie wir die Mittel für die Feuerwehr gekürzt haben!«

Kapitel 17
Von der Wut, dem verengten Blickfeld und einer Powerpack-Enttäuschung

Dass die Kanzlerin und ihre Tochter dachten, ich würde von trockenem Brot leben, machte mich fuchsteufelswild. Und jetzt wollten sie mich auch noch als Hausangestellte einsetzen! Das ging eindeutig zu weit.

Trotzdem fieberte ich dem heutigen Tag entgegen. Jemand hatte das Gerücht gestreut, dass die Kadetten im Hangar zum ersten Mal ihre Powerpacks ausprobieren durften. Angeblich hatte man extra dafür zwei Wände gepolstert und ein Fangnetz installiert. Ausnahmsweise war sogar Langschläfer Kadett Garcia Otero noch vor mir an der Bushaltestelle. Ich hörte, wie er und Shirin über den Powerpack-Antrieb fachsimpelten.

»Hallo, mein Augenstern! Mi estrella!« Santi troff mal wieder vor Charme, und zum ersten Mal war ich mir nicht sicher, ob er mich nicht doch veräppeln wollte, so heruntergekommen, wie ich heute aussah. Ich hatte zu spät bemerkt, dass meine Schuluniform völlig zerknittert war und meine Bluse einen dicken Fettfleck hatte.

Als ich Santi und Shirin meine Erkenntnisse aus dem Hause Krüger mitteilte, waren die beiden genauso empört wie ich.

»Trotzdem musst du ruhig bleiben, Emma«, sagte Shirin. »Wut verengt das Blickfeld. Es ist doch egal, was die von dir denken.«
Ich kam nicht mehr dazu, etwas zu entgegnen, denn schon quietschten Bremsen, und es waren nicht die vom Bus. Jemand packte mich am Arm und zog mich schneller, als ich »Hilfe« keuchen konnte, auf den Rücksitz einer Limousine.
»Die sieht ja vielleicht aus«, sagte Lilli Krüger voller Verachtung.
»Voll-Proll eben«, sagte ich wütend. Daran hatte sie erst einmal zu kauen.
Der Wagen schoss mit uns davon. Vorbei an Berta, die gähnend von einer nächtlichen Sprayertour heimwankte.
»Emma Panther, guten Morgen!«, sagte die Bundeskanzlerin. »Du wirst gebraucht!«
Lilli rückte ein Stück von mir ab. »Von mir nicht«, knurrte sie.
»Das beruht auf Gegenseitigkeit«, keifte ich zurück.
»Die Erste Tochter im Staat hat mit Respekt behandelt zu werden«, fuhr Frau Dr. Krüger mich an. Und zum Fahrer sagte sie: »Gas geben! Ich habe meine Zeit nicht gestohlen! Schließlich muss ich heute noch regieren!«
Gehorsam trat der Chauffeur das Gaspedal bis zum Anschlag durch. Zwei Polizeiautos überholten uns, aber statt den Wagen anzuhalten, begleiteten sie die Limousine mit blinkenden Blaulichtern. Hinter uns fuhr auch noch ein Motorrad her. Auf ihm saß ein Mann im dunklen Anzug mit Hosenbeinen, die kaum bis über die Waden reichten. Sensi!
Fieberhaft versuchte ich zu begreifen, was hier vorging. Ges-

tern hatte die Kanzlerin mich als Köchin eingeplant, aber ich glaubte nicht, dass sie mich jetzt zum Einkaufen entführte. Was tat Lilli Krüger überhaupt schon so früh auf den Beinen? Die musste doch erst um halb elf zur Schule und jetzt wurde es gerade erst hell! Sie wirkte auch tatsächlich nicht sehr ausgeschlafen.
»Wieso kommt die eigentlich mit, Mama?«, beschwerte sie sich.
»Es macht sich gut für die Presse, wenn du eine normale Freundin hast. Eine aus dem Volk. Du weißt schon, was ich meine«, sagte Frau Dr. Krüger. Dann begann sie ein langes Telefonat.
Ich versuchte, mich zu beruhigen, und die Wut abzuschütteln. Aber ich konnte nur denken: *Powerpack, Powerpack*. Shirin und Santi bereiteten sich bestimmt schon auf das erste Training vor. Ich hätte heulen können. Bloß hätte das gar nichts geändert.

In seinem Labor untersuchte Professor Krüger immer noch die Bestandteile des Malina-Mamaqs. Er musste die Zusammensetzung bis ins kleinste Detail kennen, wenn er es patentieren und eventuell später künstlich herstellen lassen wollte. Ein Mittel, das Tiere auf das Intelligenzniveau von Menschen hob und Menschen möglicherweise auf das von wirklich vernünftigen Wesen, war eine absolute Sensation.
In den Käfigen erwachten die Tiere gerade. Einige Hamster hatten sich aus Ästen Zahnbürsten gebastelt und standen vor ihren Wasserschalen für die morgendliche Zahnreinigung an.

»Fünfunddreißigste Versuchsreihe«, murmelte der Professor in ein altmodisches Diktafon, »und keine neuen Erkenntnisse. Immer noch drei unbekannte Elemente.«

Irritiert blickte er auf. Über dem Dach des Instituts war deutlich das Geknatter eines Hubschraubers zu vernehmen.

»Monika ist eine halbe Stunde zu früh«, murmelte Krüger verärgert. Dann rumste es auf dem Labordach. Der Professor räumte einen angebrochenen Joghurtbecher zur Seite und packte den Mamaq-Stern in den Aluminiumkoffer, der unter seinem Schreibtisch lag.

Er prüfte im Spiegel seine Frisur und kämmte sich mit einem Kamm, den Toxi ihm reichte.

»Rührt euch nicht von der Stelle!«, sagte der Professor dann. »Und sollte sich jemand hierherverirren, dann benehmt euch wie normale Versuchstiere!«

»Man tut, was man kann«, bellte Toxi. Jedenfalls hörte es sich so an.

Krüger verließ den Laborraum, um seine zukünftige Exfrau und den Fotografen in Empfang zu nehmen. Warum nur hatte er den Termin zugesagt? Er würde sich sehr zusammenreißen müssen, um auf einem Foto mit Frau und Tochter eine kleine, harmonische Familie vorzuspiegeln.

»Etwas verfrüht!«, sagte Knud Krüger unwirsch, als er die Eingangstür des Instituts öffnete. Doch es war nicht seine Frau, die geklingelt hatte. Im Türrahmen erschien Prinz Yarvis von Minimalien. Er schwenkte einen Metallkoffer. Erschrocken trat der Professor einen Schritt zurück.

»Eher reichlich verspätet!«, knurrte Prinz Yarvis. Hinter ihm

kam ein unrasierter Kevin Kerbholzer zum Vorschein. Professor Krüger begann, unkontrollierbar zu zittern.
»Sie haben etwas, was uns gehört! Und wir haben etwas, was Ihnen gehört, Krüger!« Yarvis spazierte am Professor vorbei und nahm Kurs auf die Labortür.
»Halt!«, rief Professor Krüger panisch. »Das ist eine Hochsicherheitszone!«
Kevin Kerbholzer hielt ihm ein Zeitungsfoto vor die Nase. Es zeigte eine grinsende Lilli Krüger.
»Wenn Sie uns nicht geben, was uns gehört, nehmen wir Ihnen weg, was Ihnen gehört!«, drohte der Bodyguard.
Yarvis schnalzte mit der Zunge. »Es ist zwar unfein, aber in der Sache richtig«, sagte er zufrieden.
Professor Dr. Knud Krüger hatte sich noch nie in einer ähnlichen Situation befunden und bemühte sich angestrengt, sie zu verstehen. Versuchte der Thronfolger eines Zwergstaates tatsächlich, ihn, den angesehenen Wasserwissenschaftler und Ehemann der Bundeskanzlerin, einzuschüchtern und zu erpressen? Der Schweiß lief ihm in Strömen über die Stirn und in die Augen. Der Professor ruderte verzweifelt mit den Armen.
»Prinz Yarvis, wie schö… schön, dass Sie mich besuchen«, hauchte er. »Es ist nur gerade etwas ungünstig, ich erwarte ein Kind. Ich meine, Frau und Kind, und die Presse.«
Mit einem gezielten Fußtritt trat Kerbholzer die Labortür ein. Zielstrebig steuerte er auf den Koffer zu, der unter dem Arbeitstisch hervorblitzte. »Da ist er ja!«, rief er.
Professor Krüger sah sein zukünftiges Leben an sich vorbeiziehen. Er würde unrühmlich und in Armut enden, wenn man

ihm das Mamaq nahm! Dabei waren Ruhm, Geld und Ehre doch zum Greifen nah.

»Nein!«, schrie er. »Bitte nicht! Schicksal, lass das nicht zu!«

In diesem Augenblick fuhr die Kanzlerinnenlimousine vor.

Kapitel 18

Von der Wahnsinnsentdeckung, einem unerwarteten Wiedersehen, meinem zweiten Diebstahl und einem Hund, der pokert

Die Limousine der Bundeskanzlerin hielt vor einem unscheinbaren, aber gut gesicherten Gebäude. Auf seinem Dach parkte ein altmodischer Hubschrauber. Er hatte hölzerne Rotorblätter und trug die ineinander verschlungenen Buchstaben *KM*.

Die Bundeskanzlerin faltete sich aus dem Wagen. »König Yonnos Hubschrauber! Was hat das zu bedeuten, Dengelsenser?«

So angestrengt Georg Sensi Sensendengler auch nachdachte, ihm wollte keine Antwort einfallen.

»Sei's drum«, sagte die Staatschefin schnippisch. Sie winkte ihre Tochter herbei und schob sie ins Gebäude.

»Die Tür sollte eigentlich geschlossen sein, Frau Dr. Krüger«, sagte Sensi wichtigtuerisch. Er hatte recht.

Unterwegs hatte die Kanzlerin mir mitgeteilt, dass wir einen Fototermin im Institut für Wasserwirtschaft hätten. Das Bild von den drei Krügers und mir käme in eine Zeitschrift, die den Wahlkampf der Kanzlerin aktiv unterstütze. Es sollte bei den Wählern Vertrauen erwecken, und was war dazu besser geeignet als ein glückliches Ehepaar, eine hübsche reiche Tochter und ihre zu klein geratene Spielgefährtin aus dem Volk?

»Du bist ja noch im Laborkittel!«, rief Frau Dr. Krüger empört, als sie dem blassen Professor im Vorraum des Labors gegenüberstand. Er wankte ein wenig und hielt sich an einer Tischkante fest.
»Ja–a, t–tut mir leid«, stammelte er.
Hinter ihm trat grinsend Prinz Yarvis hervor. »Yökl-Yökl-Yepp, *liebe* Frau Dr. Krüger!« Seine Stimme troff wie Zuckersirup.
»Hallo, hallöchen!«, sang Kevin Kerbholzer.
Meine Bronchien fiepten. Noch hatten mich die beiden nicht entdeckt. Ich drückte mich in den Schatten, stolperte durch die Labortür und lehnte mich dort gegen die Wand. Hektisch kramte ich nach meinem Asthmaspray.
Ich sah mich nach einem passenden, bequemen Versteck um. Ich hatte nämlich wenig Lust, von Prinz Yarvis als der Teufelsbraten erkannt zu werden, der ihm auf dem Staatsbankett die Luft aus den Schuhen gelassen hatte. Der mörderische Blick, den er mir damals zugeworfen hatte, hatte sich fest in meinem Gedächtnis eingebrannt.
Um mich herum blubberten verschiedene Flüssigkeiten in Reagenzgläsern. Eine sah besonders interessant aus, weil sie schillerte wie ein Regenbogen. Über einen Bildschirm flitzten Zahlenreihen. Hier wurden anscheinend vollautomatisch Formeln berechnet. Wenn Shirin hier gewesen wäre, hätte sie bestimmt etwas damit anfangen können.
Dann entdeckte ich die Käfige. Und in den Käfigen Tiere: Hamster, Ratten, Mäuse und Vögel. Ich wunderte mich, wozu ein Wasserwissenschaftler Versuchstiere brauchte.
Eine Maus starrte mir böse in die Augen. Zwei Hamster hat-

ten ein Blatt vor sich, hielten Stummelbleistifte in den Pfoten und spielten in einem Affenzahn Schiffeversenken. Einige Ratten schauten einem Artgenossen beim Stabhochsprung zu. Sie klatschten, weil die Messlatte oben blieb, und der Springer schlug sich mit den kleinen Pfoten auf die Brust.

Eine Amsel piepte offenbar zwei Spatzen die Gebrauchsanweisung für einen Dosenöffner vor.

»Qué pasada!«, entfuhr es mir. Es hörte sich ganz gut an. Ich wünschte mir Santi und Shirin herbei, denn ich wusste nicht, ob ich meinen Augen wirklich trauen konnte. Vielleicht befand ich mich in einem Halluzinationslabor? Es gab nur einen Weg, um festzustellen, ob ich nicht völlig *gaga* war: den Spyganizer!

Santi und Shirin würden leider nicht sofort erreichbar sein. Sie düsten bestimmt munter mit ihren Powerpacks durch den Hangar. Allein daran zu denken, versetzte mir einen kleinen Stich.

Ich wischte die doofen Gedanken beiseite und schaltete die Videofunktion an. Dann zeichnete ich die Geschehnisse im Labor in einem langsamen Schwenk auf. Immerhin konnte ich sie Shirin und Santi dann später zeigen. Als ich die Regenbogenflüssigkeit ins Bild bekam, ließ ich die Kamera sinken. Was nützte eine Videoaufzeichnung? Wenn Shirin das seltsame Zeug untersuchen sollte, brauchte sie eine Probe.

In meinem Rucksack befand sich ein gläsernes Röhrchen. Bevor ich es mir anders überlegen konnte, griff ich mir das Reagenzglas und füllte die bunte Flüssigkeit in das Röhrchen um, verkorkte es und ließ es in eine Seitentasche gleiten.

Als ich Schritte und Stimmen hörte, floh ich unter den Tisch. Das Unterm-Tisch-Verstecken wurde langsam zur Gewohnheit. Der Angstschweiß stand mir auf der Stirn. Ich konnte nur beten, dass der Professor nichts von meinem Diebstahl bemerkte.
Die Kanzlerin trat zuerst ein, gefolgt von Yarvis und Kerbholzer. »Was ist hier los?« In Dr. Monika Krügers Stimme schwang ein Alarmton.
»Er hat etwas, was uns gehört!«, begann Kerbholzer.
»Klappe!«, zischte Yarvis ihm zu. Er strahlte die Kanzlerin mit falschem Lächeln an. »Wir interessieren uns sehr für die großartigen Forschungen des werten Herrn Gemahls!«
»Jaja, das tun sie, Minimalien ist an meiner Arbeit höchst interessiert!«, versicherte Professor Krüger schnell. Er stellte sich vor die Käfige. Offenbar wollte er die Tiere vor neugierigen Blicken verbergen. Obwohl es nicht heiß war, perlten auf seiner Stirn Schweißtropfen.
Ich wollte Richtung Wand robben, stieß aber gegen einen Koffer. Es gab ein schepperndes Geräusch, als er umfiel. Der Koffer klappte auf. In ihm lag ein gläserner Stern voller Regenbogenflüssigkeit. Der Professor hatte also noch mehr von dem Zeug. Was konnte das nur sein?
»Komm auf der Stelle heraus, Emma Panther!«, befahl die Krüger. Lilli zog mich grob am Handgelenk.
»Das ist übrigens Lillis kleine Freundin Emma«, flötete die Bundeskanzlerin, denn eben waren der Fotograf und ein Assistent eingetroffen.
»Klein stimmt, Freundin nicht!«, sagte Lilli empört. Ehe sie

mich treten konnte, fiel ihr Blick auf den Stern, der in dem Alukoffer schillerte. »Was ist das, Papa?«, fragte sie aufgeregt.
»Nichts, gar nichts!« Der Professor klappte hastig den Koffer zu und schob ihn mit dem Fuß ganz nach hinten an die Wand.
Prinz Yarvis starrte gierig auf den Koffer und Lilli Krüger auf den Prinzen. Sie kaute nachdenklich an ihrem Daumennagel und dachte einen Moment nach. »Ich spiele die Hauptrolle im Theaterstück von Frau von Huckel«, tönte sie, »den Engel. Wenn du nicht zur Aufführung im Schulgarten kommst und mich bewunderst, kriegst du kein geteiltes Sorgerecht, wenn ihr euch scheiden lasst, sagt Mama.«
Kevin Kerbholzer kritzelte *Schuhlgartn* auf einen Block.
Währenddessen starrte mich Prinz Yarvis mit seinen fiesen Äuglein an. Er kramte wohl in seinem Gedächtnis, um herauszufinden, wieso er mich auf den ersten Blick hasste. Na, in Wahrheit war es der zweite Blick. Gleich würde er sich erinnern, wo wir einander schon einmal begegnet waren.
Ich wich zurück, und er machte Anstalten, mir zu folgen, kam aber nicht an der Putzfrau vorbei. Die trat eben ihren Dienst an und verkündete die Ankunft von zwei weiteren Fotoreportern. »Da sind welche, wegen der glücklichen Familie!«
Professor Krüger drängte alle Anwesenden aus dem Labor hinaus in den Vorraum. Dort befand sich Georg »Sensi« Sensendengler und spielte Karten mit einem Hund.
»Zwei Pärchen!«, rief Sensendengler eben.
»Große Straße!«, bellte die Dogge.
Sensendengler brach in hysterisches Gelächter aus. Der mini-

malische Thronfolger knirschte beim Anblick der sprechenden Dogge mit den Zähnen.

»Hören Sie auf mit dem Bauchreden, Dengelsenser, und bringen Sie die Hoheit und seinen Begleiter hinaus. Sie möchten das Institut gern verlassen!«, befahl die Kanzlerin in einem Ton, der keinen Widerspruch duldete.

Der Hund bellte zustimmend.

Als Yarvis mit hocherhobenem Haupt davonstapfte, streifte er mich mit einem eiskalten Blick und quetschte aus dem Mundwinkel: »Wir sehen uns noch, Satansbraten! Prinz Yarvis vergisst und vergibt nichts.«

Da war mir klar: Ich hatte außer Berta noch einen Feind.

Auf dem Weg zum Konferenzraum, wo die beiden Reporter warteten, lauschte Lilli aufmerksam dem Gezank ihrer Eltern. Ihr Gesicht nahm einen traurigen Ausdruck an, den ich an ihr noch nicht kannte.

»Wenn du dich mit Yarvis auf dunkle Geschäfte einlässt, Knud, sind wir geschiedene Leute!«, schimpfte die Krüger leise, damit der Fotograf und sein Assistent sie nicht hörten.

»Das sind wir doch sowieso bald, wenn es nach dir geht, und alles andere geht dich gar nichts an!«, zischte der Professor.

»Woran arbeitest du, Verräter? Und was will Yarvis von dir?«

Der Professor nahm einige beruhigende Atemzüge und behauptete, es habe sich nur um einen Höflichkeitsbesuch zur Vorbereitung seines Vortrags auf dem Weltwassergipfel gehandelt.

»Bei dem minimalischen Giftzwerg ist nichts höflich!«, entgegnete die Bundeskanzlerin unwirsch. »Ich kenne ihn, seit er ein kleiner Hosenscheißer war!«

Einen Augenblick lang herrschte unheilvolle Ruhe.
»Minimalien unterstützt mich, gewissermaßen, mein Nobelpreis ist zum Greifen nah«, flüsterte der Professor.
Als wir den Konferenzraum betraten, nahmen die wartenden Fotografen Haltung an.
»Da sind wir!«, flötete die Krüger. »Das ist mein Lillilein mit ihrer lieben Freundin Emma! Und hier ist mein lieber Mann Knud!«
Wohl oder übel musste ich mich mit der glücklichen Familie neben einer Vase aufstellen und in die Kamera lächeln.
Mir war alles andere als wohl dabei. Hier war nicht nur etwas faul, hier war etwas oberfaul. Wo steckten Yarvis und Kerbholzer? Ich konnte das Abheben des minimalischen Hubschraubers vom Institutsdach unmöglich überhört haben. Meine Haare stellten sich im Nacken auf. Meine Nase juckte. Und die Bronchien – wie üblich. *Krrr-krrr.*
Während einer Blitzlichtpause blickte ich zur Decke. Kevin Kerbholzer starrte von oben durch ein gekipptes Flachdachfenster in den Raum, mir direkt in die Augen.
Ich starrte zurück. Weil eine Schnur von der Decke baumelte, die das Fenster bediente, zog ich kurz daran. Staub rieselte auf uns herab. Dann hörte ich einen erstickten Schrei.
Bestimmt hatte ich Kerbholzer die Nase poliert. Finger eingeklemmt.
»Stell dich nicht so an«, sagte die Kanzlerin. Sie dachte wohl, sie wäre ihrem zukünftigen Exmann auf den Fuß getreten.
»Ich möchte ein Foto von mir allein«, motzte Lilli und schubste mich zur Seite.

Das war mir nur recht. Ich musste herausfinden, wohin sich Kerbholzer und wahrscheinlich auch Yarvis auf dem Dach bewegten. Also schlich ich mich davon und in den Laborraum, immer den schweren Schritten nach, die übers Gebäudedach trampelten.

Über den Hamsterkäfigen in Professor Krügers Labor befand sich ein weiteres Dachfenster. Prinz Yarvis versuchte keuchend, es aufzustemmen. Blitzschnell kniete ich nieder, stellte die rechte Ferse auf und zog an der Lasche meines Agentenschuhs: Ein Laserblendstrahl schoss durchs Glas. Yarvis zuckte zurück. Dann hörte ich Fluchen und Schritte, die sich entfernten.

Ich spitzte die Ohren, als ein Motor gestartet wurde. Endlich schrappten die hölzernen Rotorblätter. Für heute hatte der Thronfolger Minimaliens anscheinend genug. Aber mir war klar: Yarvis wollte an den Regenbogenstern. Das bunte Zeug musste etwas ganz Besonderes sein.

Ich hatte keine Zeit, weiter darüber nachzudenken, denn Lilli tänzelte mit den Fotografen im Schlepptau durch die Tür. Hinter ihr tauchte Professor Krüger auf und stammelte vergeblich etwas von »Nicht … hier … drin … lieber … im … Freien … bitte«, aber seine Tochter bestand auf einem Foto mit niedlichen Tieren.

»Es muss ein Starfoto sein, so wie das von Daisy Dobson in der letzten Supergirl-Ausgabe!«, rief sie aufgekratzt.

»Pack mal den Mondlichtfilter auf den Scheinwerfer«, wies der eine Fotograf seinen schläfrigen Assistenten an.

Sekunden später war Lilli für immer festgehalten, wie sie im Schein des künstlichen Mondlichts grinsend zwei strampelnde Hamster an sich drückte.

»Genug für heute!« Die Bundeskanzlerin war eingetreten. Seit einigen Minuten klingelte ihr Handy pausenlos die Nationalhymne. Sie fürchtete bestimmt, der Staat würde gleich zusammenbrechen, wenn sie sich nicht sofort an die Arbeit machte.
Mit Frau Dr. Krüger war auch der Hund ins Labor gekommen. Er leerte im Schein des ungewohnten Mondlichts die Futterschüssel. Die anderen Versuchstiere schienen sich leise über die seltsamen Geschehnisse auszutauschen. Manche blinzelten irritiert in das bläuliche Licht, das ihnen anscheinend gar nicht gefiel.
Professor Krüger tupfte sich erschöpft die Stirn trocken, als die Fotografen ihr künstliches Mondlicht endlich abbauten. Dann scheuchte er alle hinaus und öffnete seiner zukünftigen Exfrau vor dem Institut die Autotür. Die beiden Krügers stritten schon wieder.
Ich wurde von Sensendengler unsanft auf den Rücksitz verfrachtet.
»Hach, ich hab was vergessen!«, schrie Lilli plötzlich und flitzte zurück ins Institut. Zehn Sekunden später kam sie zurückgesprintet und hüpfte ins Auto. Sie war merkwürdig gut gelaunt, kicherte in sich hinein und zwinkerte mir zu.
»Stell dir vor, Mama, die Schrumpel hier spielt eine diebische Elster.«
»Ach, das ist ja schön!«, sagte Frau Dr. Krüger. Sie war mit den Gedanken ganz woanders.
Und so was leitet unser Land.

Professor Krüger fühlte sich nach dem Besuch wie durch die Mangel gedreht. Er schickte Frau Kratochvil vorzeitig nach Hause. Er musste jetzt allein sein mit sich selbst, Toxi und seinen Versuchstieren. Die Arbeit rief. Es würde noch einige Zeit dauern, bis er sein Intelligenzmittel vorstellen konnte. Bis ein Patent dem Erfinder zugesprochen wurde, konnten Monate vergehen.
Eine heiße Dusche würde ihm guttun. Unter dem prasselnden Wasserstrahl ließ es sich vorzüglich nachdenken.
Zum Beispiel über Yarvis. Der Professor erschauerte trotz des heißen Wassers. Ja, er fürchtete sich vor diesem Giftzwerg. Was für eine glückliche Fügung war es doch gewesen, dass der Fototermin heute stattgefunden hatte! Ohne die Ankunft von Frau, Kind und Presse wäre er Prinz Yarvis und diesem Kerbholzer schutzlos ausgeliefert gewesen. Sie hätten ihn früher oder später nicht mehr nur mit Worten bedroht. Es war gerade noch einmal gut gegangen.
Das Labor würde ihm bis zur Vollendung seiner Forschung ein sicheres Nest sein. Hier gab es alles, was er brauchte. Sollten Yarvis' Leute ihn belagern, konnte er bequem einige Tage überleben. Er hatte Trinkwasser, Brot und Konserven. Den Vortrag auf dem Weltwassergipfel würde er absagen. Auf keinen Fall würde er sich im Moment freiwillig nach Minimalien begeben. Wenn das Patent erst angemeldet war, konnte Yarvis sich auf den Kopf stellen – dann war der Professor der rechtmäßige Erfinder des Mamaqs. Vielleicht würde er dem Prinzen später einmal ein wenig von dem Wundermittel überlassen, nur damit er Ruhe gab.
Wenn er diesen Kerbholzer richtig verstanden hatte, drohte man mit Lillis Entführung. Nur, damit er das Malina-Mamaq

herausrückte! Monika durfte keinesfalls von diesen Drohungen erfahren.
Es war eigentlich ein Segen, dass die Haushälterin gerade angekündigt hatte, dass sie Urlaub nehmen wollte. So gab es einen guten Grund, das Kind an einem Ort unterzubringen, an dem Yarvis es nicht vermutete. Etwa bei ihrer neuen Freundin Emma Panther! Eine heruntergekommene Wohnung in einer noch heruntergekommeneren Feuerwache war genau das Richtige. Seine Frau würde von diesem kostensparenden Vorschlag begeistert sein.
Der Professor fühlte sich wie neugeboren, als er aus dem Bad ins Labor zurückkehrte.
Toxi hatte sich Frau Kratochvils Schürze umgebunden und wischte mit einem nassen Lappen den Laborboden. Ein Hund war eben doch der beste Freund des Menschen, dachte Professor Krüger gerührt.
Plötzlich jaulte Toxi auf und begann zu zittern. Ein heftiger Ruck lief durch seinen Körper. Er begann, sich zu kratzen. Auch die anderen Tiere schienen ein Problem zu haben. Sie zwitscherten und fiepten erbärmlich.
Was ging hier vor? Es war verstörend.
Das Fiepen und Kreischen wurde immer lauter. Und höher wurde es auch.
Bis es plötzlich verstummte.
Der Professor traute seinen Augen nicht. Die Haare stellten sich ihm im Nacken auf, denn was er sah, war so unglaublich, dass ihm fast die Augen aus dem Kopf fielen.
»NEIN!!!!!«

Professor Krüger erwachte aus seiner Ohnmacht, weil eine winzige Zunge quer über seine Nase leckte. Er blinzelte und erblickte ein Hündchen, das kaum größer war als seine Handfläche. Es kläffte in einem hohen, verzweifelten Ton.
Der Professor tastete nach seiner Brille, die sich rätselhafterweise neben seinem linken Ohr befand. Er versuchte, die Schrift auf dem winzigen Hundehalsband zu entziffern. *Toxi Krüger, Tel.: 8749827.*
Benommen zog Krüger sich auf die Knie hoch. Es gab nur eine Erklärung für dieses Phänomen: Er selbst musste extrem gewachsen sein. Aber als er sich im Labor umschaute, waren Stühle und Tische genau auf seine Körpergröße zugeschnitten. Nur der Hund war winzig klein.
Professor Krüger schluckte trocken. Langsam kehrte seine Erinnerung wieder. Er hatte einen Schock erlitten, ausgelöst durch … wodurch eigentlich? Durch das Fiepen seiner Versuchstiere? Wo waren die hin?
Der Professor setzte den Miniaturhund in einen unbenutzten Aschenbecher und durchwühlte die Käfige. Es krabbelte zwischen seinen Fingern, so als hätte sich eine Gruppe Marienkäfer dorthin verirrt. Die Hamster! Sie waren auf Käfergröße geschrumpft! Die Vogelkäfige und die Terrarien der Mäuse und Ratten boten das gleiche Bild. Sämtliche Versuchstiere waren kaum noch von Ameisen zu unterscheiden.
Professor Krüger rannte zu seinem Computer. Die Schrumpfung der Tiere musste irgendetwas mit dem Mamaq zu tun haben. Er musste dringend eine neue Analyse machen. Aber das Reagenzglas, das auf einem Gestell neben dem Computer

thronte, war leer! Krügers Hände zitterten. Blitzschnell hastete er zu seinem Schreibtisch und zog den Koffer darunter hervor.
Als er ihn aufklappte, blieb ihm fast das Herz stehen. Der Mamaq-Stern war VERSCHWUNDEN!
»NEIN!!!!«, schrie Professor Krüger.
Wütend und enttäuscht trommelte er auf den Tisch.
Dann begann er, unkontrollierbar zu schluchzen.

Kapitel 19

Von Analysen, blonden Haaren, der minimalischen Geschichte und dem gefährlichsten Joghurt der Welt

Wir trafen uns nachmittags in der Gruft. Ich erzählte Shirin und Santi alles, was im Labor geschehen war. Dann zeigte ich ihnen die Aufnahmen, die ich mit dem Spyganizer gemacht hatte, als Hologramm. Ich ließ quasi die klugen Mäuse auf dem Gruftdeckel tanzen. Und die spielenden Hamster und Amseln. Es war mir sogar gelungen, die Dogge und Sensendengler beim Pokern zu filmen.

»Qué pasada!«, wiederholte Santi ein ums andere Mal. Es fing an, mich ein wenig zu nerven.

»Seht ihr, was ich meine?«, fragte ich. »Da stimmt doch etwas nicht!«

Konzentriert starrte Shirin auf die chemischen Formeln, die ich vom Computerbildschirm des Professors aufgenommen hatte.

»Hochpotente Aminosäuren! Ein Gehirndopingmittel!«, flüsterte sie aufgeregt. »Wenn wir nur eine winzige Probe von dem Regenbogenzeug hätten! Dann könnte ich das in meinem Heimlabor analysieren!«

Stolz öffnete ich meinen Rucksack und überreichte Shirin das Röhrchen.

»Du bist genial!«, schrie Santi.
Mit glänzenden Augen ließ Shirin das Röhrchen in ihrer Jackentasche verschwinden. »Bin gleich zurück!«, rief sie und stürmte hinaus.
»Wohnt Shirin denn hier in der Nähe?«, fragte ich Santi überrascht.
»Keine Ahnung. Wir können ja die Zeit stoppen, die sie braucht, bis sie zurück ist«, schlug er verschmitzt vor.
Aber dann verwarfen wir diesen Plan. Wir sollten nicht noch mehr gegen die GGDW-Regeln verstoßen. Mit dem Wanzenlauschangriff auf Lilli, dem Spyganizern bei Professor Krüger und unseren Geheimtreffen gingen wir ohnehin schon weit über die Grenzen hinaus.
Der schönste Junge der Welt hatte ein Holzbrett angeschleppt und reihte nun kleine Maschinen darauf auf.
»Wozu sind die gut?«, fragte ich. »Ist eine davon deine Selbstreplica-Maschine?«
»Das sind nur Versuchsprototypen«, erklärte er. »Daheim kann ich die nicht länger herumstehen lassen, sonst flippen meine Eltern aus. Die nehmen zu viel Platz weg im Zuckerlager.«
»Zuckerlager? Wohnst du bei beiden Eltern? Habt ihr eine große Wohnung?«, fragte ich lauernd.
Kadett Garcia Otero schaute mich mit geneigtem Kopf an. »Du bist unglaublich süß, Emma!«
Ich war heilfroh, als Shirin genau vier Minuten und zweiunddreißig Sekunden später keuchend zurückkam. Und zwar aus östlicher Richtung. Das wusste ich, weil ich gerade aus der Tür gelinst hatte. Unter Shirins Ferse klebten blonde Haarbüschel.

Das fiel mir auf, als sie auf den Sarkophag hüpfte und aufgeregt mit den Beinen baumelte. Hatte sie etwa eine helle Katze? Oder eine blonde Mutter?
»Die Zusammensetzung des Regenbogenelixiers entspricht genau den Formeln, die wir gesehen haben. Es handelt sich tatsächlich um einen chemischen Stoff, der die Gehirnfunktionen verbessert«, sagte sie. Sie hatte anscheinend kaum einen Tropfen für ihre Untersuchung gebraucht, denn das Röhrchen war noch fast voll. Sie drückte es mir in die Hand und ich ließ es schnell wieder in meinem Rucksack verschwinden.
»Wenn es bei Säugetieren wirkt, könnte es auch Menschen superintelligent machen«, überlegte ich laut. »Wieso hast du eigentlich Haare unter den Schuhen?«
»Lenk nicht vom Thema ab«, fuhr Shirin mich scharf an.
So einen Ton war ich von ihr nicht gewohnt. »Man kann nie neugierig genug sein«, verteidigte ich mich.
»Auf jeden Fall wüsste ich gerne, was es mit dem Zeug auf sich hat. Wenn Professor Krüger damit arbeitet und wenn gleichzeitig Yarvis von Minimalien im Labor auftaucht, ist das kein Zufall.«
»Es wäre ein Zufall, wenn das ein Zufall wäre«, sagte Santi.
»Und wenn der kleine Prinz gute Absichten hat?«, fragte Shirin.
»Hat er nicht!«, versicherte ich. »Das spüre ich hier.« Ich klopfte mir auf den Bauch.
»Was wissen wir über Prinz Yarvis eigentlich?«, fragte Santi.
Wir verbrachten die nächste Stunde damit, aus dem Internet alle verfügbaren Informationen über Minimalien und die Kö-

nigsfamilie zu saugen. Es brachte uns nicht viel weiter. Wir erfuhren, dass Königin Ylda das Land, ihren Mann und ihren Sohn bei Nacht und Nebel verlassen hatte, um in einem anderen Fürstentum mit einem zwei Meter zehn großen Fürsten zu leben. Mit ihm bekam sie drei riesige Söhne.
König Yonno hatte versucht, den kleinen Yarvis gemeinsam mit bürgerlichen Kindern erziehen zu lassen, was aber gescheitert war. Der Kindergarten hatte dem König nahegelegt, den kleinen Tierquäler von Privatlehrern unterrichten zu lassen, und ein Versuch in der Grundschule des Zwergkönigreichs hatte ebenfalls schlecht geendet, weil der Thronfolger zum Spaß die Turnhalle niedergebrannt hatte.
»Ein richtiges Problemkind also«, sagte Santi.
Shirin war mit den Gedanken längst woanders.
»Die Flüssigkeit scheint fotosensitiv zu sein, sie enthält einige Hypericum-Moleküle.«
»Das hat vielleicht nichts zu bedeuten«, meinte ich rasch, denn ich verstand kein Wort.
»Ich meine, sie könnte ihre Wirkung durch Einstrahlung bestimmter Lichtfrequenzen verändern«, erklärte mir Shirin.
Ich bemerkte zum ersten Mal, was für wunderschöne Augen Kadettin Özman hatte, groß und braun und glänzend. Aber das sah man nur, wenn sie die Brille abnahm, wie jetzt.
Wir überlegten, ob wir Ypsilon einweihen sollten. Nachdem wir das Für und Wider diskutiert hatten, entschieden wir uns dagegen. Es war zu früh, die Pferde scheu zu machen. Außerdem wollten wir unser Stipendium nicht riskieren.

Als ich spätabends nach Hause kam, öffnete Papa mir verärgert die Tür. Er hatte mich heranschleichen gehört.
»So geht das nicht, Emma! Es ist fast dunkel. Ich kriege dich gar nicht mehr zu Gesicht«, schimpfte er.
Er hatte recht! Bestimmt habe ich so zerknirscht ausgesehen, dass Papa mir nicht länger böse sein konnte.
Er drückte mich an sich. »Du erzählst mir ja gar nichts mehr, Emma«, klagte er.
Gemeinsam gingen wir in die Küche. Von Berta war keine Spur zu sehen. Sogar ihr Computer stand nicht wie sonst im Weg herum.
In einem unbeobachteten Moment packte ich das Röhrchen mit dem Regenbogenelixier in den Kühlschrank. Shirin hatte mir fest eingetrichtert, dass ich es unbedingt kühl lagern sollte. Ich überlegte einen Augenblick, dann ratschte ich einen Becher Kokosjoghurt auf und steckte das Röhrchen hinein. Sicherer konnte man es nicht verstauen.
Das Fläschchen Wachstumsmittel starrte mich aus dem Milchfach an. Ich hatte schon ewig nichts mehr davon getrunken. Ich glaubte einfach nicht länger an seine Wirkung.
Auf dem Küchentisch lagen Papas aufgeschlagene Bücher. Er hatte bestimmt stundenlang gebüffelt. Es waren noch sechs Wochen bis zu seiner Prüfung zum Oberbrandmeister. Ich wünschte mir so sehr, dass er bestand. Nicht nur wegen seines beruflichen Aufstiegs. Vor allem, damit er endlich einmal genug Schlaf bekam.
Wir machten uns Kräutertee und verdrückten den Apfelkuchen, den ich am Tag zuvor aus der Schulkantine mitgebracht hatte.

Dann erzählte ich Papa alles, was ich erzählen durfte. Natürlich kein Wort von der Spezialausbildung. Nur, dass ich neben der Tochter der Bundeskanzlerin saß und wir einander nicht mochten. Papa fragte mir Löcher in den Bauch. Mir wurde klar, wie sehr ich ihn vernachlässigt hatte.
Schließlich berichtete ich ihm von dem schönsten Jungen der Welt, der Santiago Garcia Otero hieß. Papa war eine Weile still. Dann umarmte er mich ganz fest.
»Du bist ja bis über beide Pantherohren verliebt, Emma«, sagte er zärtlich.
»Bin ich nicht!«, rief ich.
»Hab ich dir jemals erzählt, dass ich Mama schon kannte, als ich zehn war?«, fragte Papa.
Zum ersten Mal hörte ich, dass sich schon der elfjährige Martin Panther in die niedliche Elise Eisenmann verknallt hatte. Und umgekehrt.
»Drei Jahre lang sind wir Hand in Hand zur Schule gegangen, und es war uns egal, dass uns alle ausgelacht haben«, berichtete Papa. »Wir wussten einfach, dass wir zusammengehören. Dann sind Elises Eltern mit ihr nach Südafrika gezogen. So haben wir uns aus den Augen verloren.«
»Bis du sie im Zirkus wiedergesehen hast?« Ich schmiegte mich in Papas Armbeuge und dachte an meine Großeltern, die ich nur von Fotos kannte. Südafrika ist weit weg.
»Ja«, sagte er.
Wir hingen unseren Gedanken nach. Es war so kuschelig und gemütlich, als ob Mama noch bei uns wäre. Jedenfalls, bis Berta hereintrampelte. Sie trug neue, weite Jeans und ein riesiges

grünes Jungenhemd. Die Haare hatte sie sich auch geschnitten. In einem Beutel schleppte sie mindestens zwölf verschiedene Spraydosen, Eddingstifte und Schablonen.
»He, Leute!«, bellte sie. »Erstens brauch ich ’nen neuen Rechner und zweitens was zu futtern.«
»Dein alter Computer ist noch ganz in Ordnung, Berta«, sagte Papa mit Engelsgeduld.
»Den hab ich verkauft. Hab die Kohle gebraucht.«
Papa wurde fuchsteufelswild und sagte ihr, dass sie sich einen neuen Computer abschminken könne.
»Dann klau ich eben einen«, meinte sie gleichgültig und stierte gierig in den fast leeren Kühlschrank. Ausgehungert packte sie mit ihren Schweinepfoten den Kokosjoghurt, schob den Deckel zur Seite, legte den Kopf in den Nacken und schüttete sich den gesamten Inhalt in den Hals.
Ich schnellte hoch und wollte ihr den Becher aus der Hand schlagen. »Berta, nicht!«
Zu spät.
Das Glasröhrchen knirschte zwischen ihren Zähnen.
Angewidert spuckte Berta die Glasscherben in die Spüle. Ein Blutstropfen quoll aus ihrer Unterlippe. Im Mundwinkel schillerte ein Tropfen Regenbogenelixier. »Was war ’n das für ein Scheiß!«, schrie sie. »Das machst du extra, Schrumpel!«
Ich war heilfroh, dass sie keine Scherbe verschluckt hatte. Das Regenbogenelixier konnte ich allerdings vergessen. Hoffentlich hatte Shirin wenigstens ihre Ergebnisse gut verwahrt, falls wir unsere Geschichte untermauern mussten.
Eine gemeine Drohung und vier Rülpser später verabschiedete

sich Berta in die Feuerwehrkantine. Papa und ich waren erleichtert und unglücklich zugleich.
»Glasscherben in einem Joghurtbecher, das ist lebensgefährlich«, sagte Papa noch und meinte, dass man sich beim Verbraucherschutz beschweren sollte.
Es hätte keinem etwas gebracht, wenn ich ihm die Wahrheit gesagt hätte. Also ließ ich es bleiben.

Yarvis hasste es, sich das einzugestehen, aber es war die Wahrheit: Er hatte sich noch nie so klein gefühlt. Daran änderten auch die aufgepumpten Schuhe nicht das Geringste.
Das Malina-Mamaq musste her!
Der Prinz grübelte über die Verkettung unglücklicher Zufälle nach. Erst dieser Eklat in der Staatskanzlei, wo diese kleine Ratte Emma Panther ihn bloßgestellt hatte, dann die vertauschten Koffer, das Auftauchen der Bundeskanzlerin im Labor des Professors, wo das Malina-Mamaq zum Greifen nahe war … Und was hatte es zu bedeuten, dass ihm auch dort dieses schreckliche Panther-Balg in die Quere gekommen war und ihn mit einem gefährlichen Laserstrahl – was sonst sollte es gewesen sein – bedroht hatte? Das Mädchen war ihm nicht geheuer. Wenn es ihm noch einmal zwischen die Finger kam, würde er kurzen Prozess mit ihm machen. Das Verschwinden kleiner Wesen fiel nicht weiter auf. Das war das einzig Gute am Kleinsein, zumindest bei anderen.
Der Prinz löffelte die Kürbissuppe mit Blaubeeren – eine mini-

malische Delikatesse – lustlos in sich hinein, während Britney Pommeranschs Schimpftiraden auf ihn herunterprasselten. Sie gab doch tatsächlich ihm die Schuld daran, dass die Aktion im Labor des Professors gescheitert war. Es war das erste Mal überhaupt, dass sie sich ihm gegenüber einen solchen Ton herausnahm. Es wäre besser für sie, wenn es auch das letzte Mal wäre, dachte er voller Groll. Er sollte sie von Kerbholzer in hohem Bogen über den minimalischen Grenzwall werfen lassen, in den Wald, in dem der Sage nach wilde Wölfe hausten. Aber erstens hatte Yarvis selbst dort bei der Jagd nie mehr als Füchse oder Eichhörnchen gefangen, zweitens wollte er König Yonno, der von Britney nichts hielt, den Triumph nicht gönnen, und drittens war Herr Pommeransch, der Marmeladenfabrikant, einer der Großabnehmer der minimalischen Blaubeerernte.
»Und, wie soll es jetzt weitergehen?«, keifte Britney.
Es war eine Sache, sich mit einem Prinzen abzufinden, der mehr breit als hoch war, aber eine andere, mit einem Totalversager verlobt zu sein. Die Familie Pommeransch hatte ein klares Ziel vor Augen. Sie wollte durch Britney die Königinnenwürde erlangen und letztendlich die Herrschaft über die gesamten minimalischen Blaubeerfelder.
»Plan C!«, sagte Kevin Kerbholzer. »Jetzt kommt Plan C, stimmt's, Hoheit? Der mit der Entführung.«
Der Thronfolger warf seinen Suppenteller nach ihm.
»Plan B, du Trottel!«, schrie er. »Auf in den Kampf! Putz den Hubschrauber, wir müssen zum Schultheater!«

Kapitel 20

Von gruseliger Freundlichkeit, Bertas Wandlung und einer alten Sage

Keiner weiß, wie es funktioniert, aber jeder kennt das Gefühl: Man weiß, dass man angestarrt wird, obwohl man dem Starrer den Rücken zuwendet. Dafür ist es auch völlig egal, ob es Tag oder Nacht ist.

In meinem Fall war es kurz vor Mitternacht, als ich unruhig die Decke wegstrampelte und die Augen aufschlug. Ich drehte mich um und sah Berta im Schein eines blinkenden Blaulichts aufrecht im Bett sitzen und zu mir herüberschauen.

Anscheinend überprüfte die Nachtschicht unten in der Feuerwehrgarage die Lichter der Einsatzwagen. Das Licht warf gespenstische Blitze auf unsere Vogelspinne Thera. Ja, ich sage »unsere«, denn ich hatte sie mittlerweile fast ins Herz geschlossen und fütterte sie sogar manchmal mit Spezialspinnenfutter.

»Emma«, sagte Berta, »liebe Emma.«

Ich zog mir vor Angst die Decke bis ans Kinn. Nicht, weil ihre Stimme einen drohenden oder bösen Klang gehabt hätte. Ganz im Gegenteil! Dieses »Emma« hörte sich freundlich an, ganz ohne fiesen Unterton. Beinahe, als hätte sie mich gern. Es war richtig gruselig.

Ich tat, als hätte ich nichts gehört, und stellte mich schlafend.
Sie fuhr sanft zu sprechen fort. »Wusstest du, dass Theraphosidae, wie Vogelspinnen auf Latein heißen, bis zu zwölf Zentimeter groß werden können?«
Ich öffnete vorsichtig ein Auge.
»Wie schön, dass du dich nicht mehr vor ihr fürchtest, kleine Schwester«, sagte Berta zärtlich. »Ich hatte mich beinahe mit dem Gedanken abgefunden, Thera fortzugeben, da der Lustgewinn, den ich persönlich aus dem Besitz einer Vogelspinne ziehe, in keinem Verhältnis steht zu dem Unbehagen, das ihr Anblick dir bereitet hat.«
Jetzt war ich hellwach. Wäre ich ein Feuerwehrwagen gewesen, hätte mein Blaulicht wie irre rotiert und die Sirenen hätten mit voller Lautstärke losgeheult.
Berta setzte sich an den Rand meines Bettes und ergriff sanft meine Hand. »Du musst jetzt weiterschlafen, Emma. Schlafmangel ist dem Schulerfolg abträglich. Gerade Kinder in der Vorpubertät brauchen ein großes Maß an Erholung, da sonst der Wachstumsprozess unterbrochen wird.«
Sie gähnte hinter vorgehaltener Hand, hauchte mir einen Kuss auf die Stirn und zog sich in ihr Bett zurück.
Ich war wie gelähmt. Aber in meinem Gehirn ratterte es.
Es war jetzt stockfinster, denn die Nachtschicht hatte den Lichtcheck beendet. Als ich die Wandlampe über mir anknipsen wollte – sie hängt neben einem Foto von Mama –, machte die Birne *krkrkr* und verlosch.
Berta hatte vor einigen Tagen die Mondlichtlampe im Terra-

rium installiert, weil sie plante, ein Spinnenmännchen zu kaufen, wegen der Spinnenzucht. Ich fand im Dunkeln das Kabel, tastete nach der Steckdose und fingerte den Stecker hinein. Blaues kühles Licht tauchte das Terrarium in einen gespenstischen Schein.

Berta schreckte aus dem Halbschlaf hoch. Ihr Kopf näherte sich dem Terrarium und sie hauchte einen Kuss an die Scheibe. Das blaue Licht zeichnete tiefe Ringe unter ihre Augen. Danach sank sie zurück auf ihr Kuschelkissen.

»Ich schätze dich übrigens sehr, liebe Emma«, murmelte sie und tauchte in den Tiefschlaf ab.

Ich streifte mir mit fliegenden Fingern die Klamotten über. Nichts wie weg hier!

Aus dem Bad schickte ich über den Spyganizer unser Kadettennotsignal an Shirin und Santi. Ich rutschte die Stange hinunter, sprang auf mein Düsenskateboard, raste versehentlich gegen den Haufen alter Autoreifen in der Garage und riss fünf Minuten später splitternd ein Loch in die Bretterwand neben dem Friedhofseiteneingang.

Ich warf Mama in ihrem Grab ein Küsschen zu und keuchte mit abgeschürften Knien und einer Beule in die Gruft.

Drei Atemzüge später kamen auch meine Kollegen an. Kadettin Özman trug noch ihre herausnehmbare Zahnspange und Kadett Garcia Otero hatte nur eine Jacke über seinen Schlafanzug geworfen.

»Berta ist intelligent geworden!«, sagte ich grußlos. Leider fiepten meine Bronchien schon wieder. »Sie hat versehentlich das Röhrchen geschluckt.«

»Qué pasada! Sei froh!«, sagte der verpennte Santi.
»Esch funkschioniert alscho auch beim Menschen?«, fragte Shirin und holte sich die Zahnspange aus dem Mund. »Wir sollten Ypsilon unverzüglich informieren.«
Santi rubbelte sich die Augen. »Ich glaube, ich habe als Kleinkind auch ein Intelligenztränklein ins Essen bekommen. Wäre ich sonst so klug?«
Shirin und ich waren uns nicht sicher, ob er einen Witz machte oder es ernst meinte.
»Bevor wir Ypsilon alles erzählen, sollten wir mehr Beweise sammeln«, sagte ich. »Von dem Regenbogenelixier ist jetzt ja nichts mehr übrig.«
Ehrlich gesagt hatte ich einfach Bammel davor, dass der unerlaubte Gebrauch des Spyganizers im Labor von Professor Krüger mir jede Menge Minuspunkte einbringen könnte.
»Ich habe noch nicht alle Ergebnisse ausgewertet«, legte Shirin mit erhobenem Zeigefinger los, »aber es gibt etwa fünfundzwanzig proteinogene Alpha-Aminosäuren, dazu noch viel mehr natürliche Aminosäuren, die man unter anderem in Peptidantibiotika findet, und auch solche, die die Aminogruppe nicht am C-Atom 2 tragen, etwa die Gamma-Aminobuttersäure …«
Kadett Garcia Otero beschäftigte sich während Shirins einschläferndem Vortrag mit einem dünnen Gewebe, das er von einer Mauer zur anderen quer durch die Gruft spannte. Zwischen den Fäden schillerte eine durchsichtige Fläche, die aussah wie eine abgeflachte Seifenblase.
»Was ist *das* denn?«, fragte ich begeistert. Santi winkte mit dem

GGDW-Handbuch für Junioragenten. Beschämt gestand ich mir ein, dass ich noch keine Zeit gefunden hatte, mich damit zu beschäftigen.

»Es ist ein durchsichtiger Bildschirm, den jeder in seinem Rucksack findet, wenn er danach sucht. Oder sie.« Er ging mit dem Spyganizer ins Internet und ließ einen Webbrowser auf der durchsichtigen Fläche erscheinen.

Ich tippte »Aminosäuren« in die Spyganizer-Tastatur und bekam 2680000 Einträge in der Suchmaschine.

»Wie wär's mit *kluge Tiere*?«, schlug Santi vor.

Aber auch dafür gab es 360000 Einträge. Wir versuchten es auf Englisch – *clever animals* – und auf Spanisch – *animales inteligentes* –, aber auch das brachte uns nicht weiter. Die Ergebnisse waren entmutigend.

Sogar *kluge Tiere durch Aminosäuren* ergab mehr als 2000 Einträge, in denen es teilweise um die schlechte Verdaulichkeit von Ackerbohnen ging.

Shirin stand kopfschüttelnd daneben. »So geht das nicht. Wir sollten es mit Emmas Biocomputer versuchen.«

»Ich habe keinen«, gestand ich.

Shirin zeigte auf meine Stirn. »Mit dem da oben«, sagte sie. »Da sind doch alle Informationen drin. Ich denke, du hast das absolute Gedächtnis? Geh noch einmal alles genau durch, was Yarvis und der Professor im Labor gesagt und getan haben.«

Ich konzentrierte mich. »Okay. Da haben wir Prinz Yarvis«, murmelte ich.

Santi und Shirin starrten mich erwartungsvoll an.

»Und Kevin Kerbholzer«, machte ich weiter »Minimalien.

Professor Krüger. Den Weltwassergipfel. Die Bundeskanzlerin. Kluge Tiere. Eine intelligente blöde Halbschwester.«

Ich klappte den Mund zu, dachte nach und lauschte dem tropfenden Wasser, das sich an der Decke gebildet hatte.

»Prinz Yarvis«, wiederholte ich langsam.

Alle Fäden liefen in Minimalien zusammen. Ein buntes Fläschchen. Das Regenbogenelixier.

»Denk weiter«, forderte Shirin.

»Pst. Lass sie in Ruhe«, sagte Santi.

Dann wusste ich es. »Das Staatsbankett!«, rief ich.

Ich schloss die Augen und ließ den Abend, an dem Ypsilon mich entdeckt hatte, Revue passieren, in Bild und Ton. Dann kramte ich in meinem blauen Kopfordner nach Wichtigem, das ich dort abgelegt haben könnte.

Genau. Es war kurz vor dem *Eklat* gewesen, da hatten sich doch Professor Krüger und Prinz Yarvis miteinander unterhalten. Britney Pommeransch war vom vielen Champagnertrinken ziemlich beschwipst gewesen und hatte Yarvis genervt.

»Yarvis hat den Professor gefragt, ob er Vollmond mag«, berichtete ich. »Dann hat Britney irgendetwas über die Sternwarte gesagt, in der der Weltwassergipfel stattfindet … dass man die Kuppel öffnen kann.«

»Kann man in jeder Sternwarte«, warf Santi ein.

»Pst!«, mahnte Shirin.

»Ich habe gehört … Moment, da war ein Wort, das Britney verwendet hat, und darauf hat Yarvis verärgert reagiert und ihr den Mund verboten. Es war Ma … Mamaq. Und noch etwas, aber ich komme nicht drauf …«

Schon hatte Santi den Begriff in die Suchmaschine getippt.
»Mamaq«, las Shirin vor, »etwas, das köstlich schmeckt. Es ist ein sagenumwobener Trank der Inuit …«
Santi las weiter: »… der vermutlich nie existiert hat. Während der Vorzeitkriege, sagt die Überlieferung, verabreichte ein listiger Häuptling das Malina-Mamaq seinen Kriegern, um sie für den Kampf zu stärken.«
»Malina-Mamaq! Das war's!«, unterbrach ich ihn.
Über den transparenten Bildschirm flimmerte ein langer Text, der sich mit dem Sagentrank beschäftigte. Santi las weiter. Ich mochte seine tiefe Stimme, die manchmal ein wenig kiekste. Sie hatte etwas sehr Beruhigendes. Anders als die Geschichte, die er weiter vortrug.
»Aber der Häuptling hatte Pech. Angeblich wurden die Krieger durch das Malina-Mamaq so klug, dass sie die Waffen fallen ließen. Sie setzten den Häuptling ab und schlossen mit ihren Gegnern Frieden. Doch auch den klugen ehemaligen Kriegern erging es schlecht. Denn als das Licht des aufsteigenden Vollmondes sie berührte, schrumpften sie. Sie wurden winzig klein und zum Opfer wilder Tiere.«
»So ein Unsinn«, sagte Shirin kopfschüttelnd. »Da ist wohl irgendeinem Märchenerzähler die Fantasie durchgegangen.«
»Kinderkram«, bekräftigte Santi. »Richtiger Quatsch. Das kann es wohl nicht sein.«
»Auch wenn der erste Teil der Sage wahr ist? Das mit dem Intelligentwerden?«, gab ich zu bedenken.
Wir schwiegen nachdenklich. Es war kalt und klamm, wie es sich in einer anständigen Gruft gehört. Als ich fröstelte, reichte

Santi mir seine Jacke. Shirin warf ihm einen schiefen Blick zu. Ihre Nasenspitze war gerötet, denn ihr war genauso kalt wie mir.
»Ich hab doch nur eine Jacke«, sagte Santi etwas hilflos.
Ich lud Shirin unter die Jacke ein. Wir kuschelten uns zusammen und rieben die Nasenspitzen aneinander wie die Inuit.
»Als Yarvis und seine Verlobte beim Staatsbankett vorgefahren kamen, waren sie eingemummelt, als kämen sie direkt aus Grönland«, sagte ich. »Vielleicht war es ja wirklich so.«
Wir gähnten, als hätten wir uns abgestimmt. Wenn man müde ist, werden auch die Gedanken träge.
»Wenn Berta so intelligent bliebe, wäre das gar nicht schlecht«, meinte ich schließlich.
Santi rollte den durchsichtigen Bildschirm auf. Heute würde uns keine Erleuchtung mehr kommen.
Es war stockdunkel, der Himmel bedeckt. Die Straßenbeleuchtung war abgeschaltet. Das passierte öfter nach Mitternacht, die Stadt fuhr ein Sparprogramm. Mich beschlich ein ungutes Gefühl. Ich wünschte mir, Papa würde mich abholen.
Santi blätterte im Schein seines Spyganizers im Handbuch. »Hier steht es«, sagte er. »Sich über Regeln hinwegzusetzen, ist im Gefahrenfall erlaubt. Außerdem haben wir die Regeln durch unsere Geheimtreffen sowieso schon gebrochen. Ich begleite euch nach Hause.«
»Das hier ist aber kein Gefahrenfall. Jeder Agent geht allein heim. Wir können ja die Taschenlampen aus unseren Agentenschuhen benutzen«, sagte Shirin abweisend.
Sie hatte recht. Ich richtete mich auf. Ich war kein ängstliches

Kleinkind, sondern eine A.I.A. Bestimmt würde ich noch oft meine Angst besiegen müssen. Heute Nacht war eine gute Gelegenheit, das zu üben.

Ein Windstoß riss die Wolkendecke auf. Bald war Vollmond.

Shirin blickte in den Himmel. »Wusstet ihr, dass es Lampen gibt, die künstliches Mondlicht erzeugen? Es hat genau die gleiche Wellenlänge wie das echte Mondlicht. Vor allem in Speziallampen für Terrarien wird das bereits verwendet, wegen der Paarungszeiten …«

Einundzwanzig, zweiundzwanzig, dreiundzwanzig

So lange dauerte es, bis Shirins letzte Sätze in mein Hirn gesickert waren.

Kapitel 21

Von Lügen, Lügen, Lügen und dem zweitschrecklichsten Erlebnis meines Lebens

Der Boden unter meinen Füßen schwankte. Dabei wohnen wir in keiner Erdbebenzone. Meine Bronchien zogen sich zusammen. Santi kramte schnell mein Spray hervor. Ich würgte und hustete, dann kriegte ich wieder Luft.

»Was, wenn die Sage wahr ist!«, stammelte ich keuchend. »Berta ist intelligent geworden wie die Tiere und ich habe das Licht im Terrarium angeschaltet! Sie schläft direkt im künstlichen Mondschein! Was, wenn …«

Ich konnte nicht weitersprechen.

»Emma!« Shirin lachte hilflos. »Du glaubst nicht wirklich …«

Dann beeilte sie sich, Santi und mir hinterherzukommen.

Regeln waren uns jetzt gleichgültig. Wir schalteten die Skateboards auf die höchste Stufe und düsten zur Feuerwache.

»Cool«, sagte Santi, als wir durch die Garage zu meiner Wohnung hinauftrampelten.

»Du wohnst in der Feuerwache«, stellte Shirin fest.

Wir stiegen im Flur über Bertas verstreute Sachen und stürmten, ich natürlich voran, ins Kinderzimmer.

Berta war nicht da.

»Puh!« Ich fiel erleichtert auf mein Bett. Santi und Shirin setzten sich neben mich. »Sie ist bestimmt im Bad. Oder mit ihren Sprayern unterwegs.«
»Sagen sind eben doch nur Sagen«, meinte Shirin achselzuckend. Sie beobachtete interessiert Thera, die schläfrige Vogelspinne, die sich im künstlichen Mondlicht bewegte.
»Und Märchen nur Märchen«, sagte Santi. »He, habt ihr eine Katze?« Etwas bewegte sich unter Bertas Bettdecke.
Es lief mir eiskalt den Rücken hinunter, als Santi die Decke vorsichtig lüftete.
Darunter lag: BERTA! KLEIN WIE MIT EINEM JAHR!
»Haltet mich fest«, wimmerte ich. Mein Herz raste.
»Nein, mich!«, rief die Mini-Berta mit piepsiger Stimme. »Emma, hilf mir! Du bist sooo groß!«
Papas Schritte polterten durch den Flur Richtung Klo. Auf dem Rückweg würde er kurz hereinschauen. Das tat er immer.
Plötzlich war ich glasklar im Kopf. Ich hatte zwei Möglichkeiten: Ich konnte völlig abdrehen oder mich so verhalten, wie man es von einer Geheimagentin erwartet, auch wenn sie noch in Ausbildung ist. Nämlich cool und überlegt.
Die Tür ging auf. Santi setzte sich geistesgegenwärtig auf Bertas Bett und legte ein Kissen über Mini-Berta.
»Erstick sie nicht!«, flüsterte ich flehentlich.
»Das ist ja später Besuch!«, sagte Papa überrascht. »Marsch, nach Hause, Kinder, es ist nach Mitternacht! – Wo ist Berta?«
»Die ist doch zum Basketballcamp gefahren. Hast du das schon vergessen, Papa?«, log ich.
»Was für ein Basketballcamp?«, fragte Papa verdattert.

»Na, dieses Programm für rückfällige Sprayer«, sprang Santi mir bei. Zum Glück. Noch so eine Riesenlüge hätte ich nicht herausgebracht.
»Wir haben sie zum Bus begleitet, der ging erst um halb zwölf«, setzte Shirin noch eins drauf.
»Ach so«, sagte Papa, »davon habe ich gar nichts gewusst.«
»Ich gehe schon, Herr Panther.« Santi lächelte artig und drückte mir das zappelnde Kissen in die Hand.
»Ich natürlich auch«, versicherte Shirin schnell. »Schlaf gut, Emma!«
»Mach ich!« Ich winkte ihnen mit einem verkrampften Lächeln hinterher.
Kaum war Papa wieder im Bett, öffnete ich die Wohnungstür und hoffte, dass meine Kollegen noch da waren. Waren sie natürlich.
Ich nahm Berta auf den Arm, und damit sie nicht zu laut quäkte, schob ich ihr ein Stück Banane in den Mund.
»Sie kann hier nicht bleiben«, flüsterte ich.
»Wir bringen sie zu mir nach Hause«, schlug Santi leise vor.
»Ich komme mit«, sagte Shirin.
Berta spuckte das Bananenstück aus und weinte.
Ich drückte sie an mich und fand ihr Ohr. »Berta, vertrau mir! Ich werde dir helfen!«
Wir packten Berta mitsamt dem Kissen in ihre eigene Sporttasche, in der sich einige übel riechende Socken befanden, und zogen leise die Tür hinter uns zu.

Zehn Minuten später steckte Santi einen Schlüssel in eine Ladentür. Und zwar nicht in irgendeine Ladentür. Es war die der Konditorei Ramón, der großartigste Süßwarenladen der Welt, vor dem ich die köstlichen Datteln probiert hatte. Unter anderen Umständen wäre ich begeistert gewesen, aber mit der Mini-Berta in der Sporttasche und dem Morgengrauen im Nacken hatte ich bloß Angst. Riesenangst.

Wir durchquerten den Laden und schlichen eine knarzende Holztreppe hoch in die Wohnung.

Dann standen wir vor Santis Eltern.

Jetzt ist alles aus, dachte ich. Ich begann zu weinen. Das hört sich jetzt vielleicht langsam so an, als wäre ich eine wirkliche Heulsuse. Ich kann dazu nur sagen, dass ich nicht weine, weil ich traurig bin. Oder weil ich jemanden mit meinen Tränen erpressen will. Ich heule, wenn mir alles zu viel wird. Andere schreien dann oder kreischen. Ich weine eben.

Wenn ich damit fertig bin, ist der Druck weg, und alles ist gut.

Diesmal allerdings war mir klar, dass gar nichts gut sein würde, wenn meine Tränen versiegt waren. Dazu brauchte ich nur die kleine verzweifelte Berta anzuschauen.

»Qué pasada! Was ist denn *das* für ein seltsames kleines Mädchen?«, rief Santis Mutter aus. Sie meinte nicht mich. Sie meinte Berta.

Schnell legte ich ihr meine Halbschwester in den Arm und kicherte blöde, weil mir auffiel, dass das Wort Halbschwester noch niemals so passend gewesen war. Viertelschwester wäre noch besser gewesen. Sie kam mir noch kleiner vor als vor einer halben Stunde.

»Wer sind Sie?«, rief Berta und strampelte hilflos. »Ich brauche einen Arzt!«
Eine Standuhr schlug eins. Shirin erschrak. »Ich muss heim, bevor mein Vater sein Morgengebet hält!« Ehe sie davonzischte, brabbelte sie etwas wie: »… werde versuchen, aus den Ergebnissen meiner Untersuchung ein Gegenmittel zu entwickeln.«
»Siehst du, die liebe Shirin wird ein Gegenmittel machen!«, versuchte ich Berta zu beruhigen.
Die Kleine sah mich mit großen verzweifelten Augen an. Es zerriss mir fast das Herz. Was, wenn Shirin gar kein Gegenmittel herstellen konnte? Dazu brauchte man vielleicht ein Hightechlabor. So eines wie das im Hauptquartier des GGDW. Das würde aber bedeuten, dass wir Ypsilon einweihen müssten.
Durch eine Katzenklappe schob sich ein zerzauster roter Kater in die Wohnung. Er war fast so groß wie Berta. Wütend fauchte er sie an. Ihr kleiner Körper wurde von Angst geschüttelt.
»Diabolo, lass das!«, sagte Santi wütend.
»Wie ist das denn mit diesem Kind passiert?«, fragte mich Santis Vater. Ihm war sofort klar, dass Berta kein echtes Baby war. Sie war zwar größer als ein sechs Monate alter Säugling, aber die können normalerweise nicht sprechen.
»Das können wir euch nicht sagen, Papa«, stammelte Santi. »Aber es ist Berta, Emmas Halbschwester, und sie ist vierzehn.«
»Lass den Jungen, Ramón«, rügte Santis Mutter. »Auf einer Hochbegabtenschule kann so etwas schon mal vorkommen, die machen da komplizierte Experimente.« Sie streichelte Ber-

tas Wange. »Du hast sicherlich Hunger, Kleines. Ich werde dir jetzt ein schönes Happa-Happa machen!«
Santi versicherte mir, ich könne beruhigt nach Hause gehen, seine Mutter würde sich um Berta kümmern wie um ihr eigenes Kind.
»Und Diabolo sperre ich in die Küche«, versprach er.
»Emma, lass mich nicht allein!«, rief Berta jämmerlich und streckte die Ärmchen nach mir aus.
»Hab keine Angst!«, flehte ich.
Ich riss mich los, floh die Treppen hinunter und rannte ins Freie. Mir war richtig schlecht von dem Schokoladenduft, der im Treppenhaus gehangen hatte. Ich stolperte tränenblind zu Fuß nach Hause, weil ich mit dem Skateboard bestimmt gegen die nächstbeste Mauer geknallt wäre.
Den Rest der Nacht tat ich kein Auge zu. Ich musste mir sogar eine Wärmflasche auf den Bauch legen. Nicht, weil es so kalt war. Sondern weil ich vor Panik nicht mehr aufhören konnte zu zittern und die Wärmflasche mich beruhigte.
Mama hatte mir früher oft eine auf den Bauch gelegt, wenn ich Bauchweh hatte – *Mama.* Nach dem Ereignis auf dem Feuerwehrfest, bei dem sie in die nächste Dimension verschwand, war die Schrumpfung von Berta das zweitschrecklichste Erlebnis meines Lebens.
Für Berta selbst musste es die Hölle sein.

Es raschelte im Wäldchen hinter der Elitenwaldschule.
Auf einer Lichtung, gut verborgen hinter den dichten Tannen, parkte der Hubschrauber mit den hölzernen Propellern. Yarvis war selbst geflogen und hatte zwei Tannenwipfel abrasiert.
Nun mühte sich Kevin Kerbholzer im Schein des Dreiviertelmondlichts mit dem Aufstellen eines Zeltes ab. Ungeduldig schauten Prinz Yarvis und Britney Pommeransch ihm dabei zu.
Am Horizont ließ sich das erste Morgenrot erahnen. Die drei hatten seit dem Abflug vom Palastdach kein Auge zugetan, weil sie sich hoffnungslos verflogen hatten. Es war nur Britneys Geografiekenntnissen zu verdanken, dass sie doch noch den Lauf des Grenzflusses Mongel gefunden hatten, dem sie folgen mussten.
»Wir sollten uns umschauen, Bärchen«, befahl Britney. Yarvis nickte stirnrunzelnd. Seine Verlobte riss immer mehr das Kommando an sich. Das ging eigentlich gar nicht, auch wenn sie recht hatte: Die Umgebung musste gründlich besichtigt werden, wenn das Vorhaben gelingen sollte.
Der kleine Prinz und seine große Verlobte ließen den Bodyguard allein und robbten durchs Unterholz in Richtung Schulgebäude. Sie verschnauften an einem ungewöhnlich dicken Baum am Rande des Schulgeländes. Britney legte ihr Ohr daran, weil es im Stamm summte und ratterte. Es hörte sich beinahe an, als würde ein Aufzug durch den Stamm fahren.
»Eigenartig«, sagte sie verwundert.
»Es werden Borkenkäfer sein.« Yarvis ließ den Lichtkegel seiner Taschenlampe über das Gelände streichen. Am Rand einer

Wiese befand sich eine Freilichtbühne, in der schon die Kulisse für das Theaterstück aufgebaut war.
»Sehr gut«, brummte der Prinz zufrieden, »alles wie bestellt.«
Sie schlichen sich an die Rückseite der Bühne.
»Noch besser«, knurrte Prinz Yarvis, als er den Flaschenzug hinter einer künstlichen Wolke erkannte, »ein Schwebemechanismus. Der kann nur für den Engel sein. So könnte es gehen.«
»So *wird* es gehen!«, sagte Britney scharf.
»Klappe, Britney! Hol Kerbholzer!«
Britney fand den Bodyguard auf der Lichtung hoffnungslos in die Strippen des Zeltes verheddert und schickte ihn zu Yarvis. Binnen Minuten hatte sie das Zelt allein aufgebaut. Als Yarvis und sein Bodyguard zurückkehrten, lag sie bereits im Tiefschlaf.
Auch Yarvis gönnte sich nun den Luxus eines dreistündigen Schönheitsschlafes.
Kevin Kerbholzer dagegen machte sich widerwillig auf den Weg zum nahe gelegenen Parkplatz der Großwäscherei Blitz & Blank, um einen rostigen Lieferwagen zu knacken.

Kapitel 22
Von einer schrecklichen Erkenntnis, aufmüpfigen A.I.A.s und einem wütenden Ypsilon

Als ich am nächsten Morgen im Bus zur Elitenwaldschule fuhr, kam mir die Stadt so grau vor wie nie. Beim Frühstück hatte ich keinen Bissen hinuntergebracht. Kaum war Papa fort gewesen, war ich zur Konditorei Ramón gerast, um Berta vor der Schule noch schnell zu besuchen. Shirin kam gleichzeitig mit mir an. Sie hatte dunkle Ringe unter den Augen.

Entsetzt stellten wir fest, dass Berta weitere eineinhalb Zentimeter geschrumpft war. Wir legten die Arme umeinander und taten eine halbe Stunde lang nichts anderes, als die Kleine anzuglotzen und zu hoffen, dass der Albtraum vorüberginge.

Das tat er aber nicht. Er ging erst richtig los.

Shirin hatte die ganze Nacht über den Ergebnissen der Mamaq-Analyse gebrütet, ohne einen Schritt weitergekommen zu sein. Fieberhaft suchten wir während der Busfahrt auf den Spyganizern nach weiteren Informationen zum Malina-Mamaq.

»Hier steht's.« Shirin las fast tonlos vor. »Das Malina-Mamaq wurde, der Überlieferung nach, skrupellosen Mördern als Höchststrafe verabreicht. In größeren Dosen führte es dazu,

dass die Minimierung kontinuierlich fortschritt und zur völligen Entmaterialisierung der Übeltäter führte. Berta hat offensichtlich eine Überdosis bekommen.«
Wenn man die Fremdwörter übersetzte, hieß das, dass das Schrumpfen bei einer Überdosis immer weiterging, bis man am Ende vollkommen verschwand.
»Mit einem Wort: Todesstrafe«, fasste Santi dumpf zusammen.
Ich heulte Rotz und Wasser. Ich hatte Berta zum Tode verurteilt! Ich war eine Mörderin!
Shirin tätschelte mir hilflos den Kopf. »Vielleicht tröstet es dich, Emma, dass die Wissenschaft die Existenz einer ewigen Seele nicht mehr ausschließt. Alle Informationen, die das System Mensch ausmachen, können auch ohne körperliche Hülle existieren.«
Ich starrte sie wild an. Ich hatte mal wieder nichts verstanden.
»Ach, halt doch die Klappe!«, sagte ich grob.
Santi übersetzte Shirins seltsames Gerede: »Auch wenn Berta stirbt, ihre Seele kriegt man nicht klein.«
NEIN! Es war mehr als genug, dass Mama in ihre Dimension verschwunden war. Wir konnten nicht auch noch Berta verlieren. Egal, wie schwierig und eklig und unmöglich sie bisher gewesen war.
»Mir ist jetzt alles egal«, sagte ich mit zittriger Stimme. »Wir müssen mit Ypsilon reden. Nur er kann uns helfen.«
Bedrückt starrten wir aus dem Fenster. Die Sache mit Berta bedeutete das Aus für unsere Agentenausbildung.
»Ich wollte immer etwas Besonderes sein«, sagte Shirin traurig.

»Ich hätte gerne einen fliegenden Sportwagen gehabt«, murmelte Santi.
»Es ist meine Schuld, ich werde alles auf mich nehmen«, versicherte ich meinen Kollegen. Shirin und Santi schauten sich an. Dann legten sie ihre Hände auf meine. Gemeinsam wiederholten wir unseren Schwur.

»Scharf wie ein Messer die Gedanken.
Klar wie Kristall sei dein Verstand.
Warm wie die Sonne deine Liebe.
Tief wie das Meer der Freundschaft Band.«

Natürlich liefen mir wieder die Tränen über die Wangen. Freunde sind das Wichtigste im Leben. Ohne Freunde bist du nichts.

Wir stürmten zu Ypsilons Büro und hämmerten gegen die Tür. Ausgerechnet Sensendengler machte auf, aber nur einen Spaltbreit. Ich erkannte Officer Stein, Sergeant Müller und Ypsilon, die um einen frei schwebenden dreidimensionalen Plan herumstanden, der Schloss Minimalia zeigte. Offensichtlich besprachen sie gerade die Sicherheitsvorkehrungen für den Weltwassergipfel. Aber mir war jetzt alles egal.
»Das hier ist eine geschlossene Gesellschaft!«, schnauzte mich Sensendengler an und wollte die Tür wieder schließen. Doch da hatte ich bereits einen Fuß in den Rahmen gestellt.
»Es geht um Leben und Tod!«, schrie ich und wand Sensi mit einer Taekwondo-Bewegung zu Boden, die wir in unserer letzten Übungseinheit gelernt hatten. Mein überraschter Ausbilder

blieb reglos liegen, während Shirin, Santi und ich über ihn hinwegstiegen.
Der sonst so freundliche Ypsilon starrte mich entsetzt an. Es war klar, dass er wenig begeistert über unser Eindringen war.
»Berta … ist … geschrumpft!«, stieß ich hilflos hervor. Dass Sensendengler so mir nichts, dir nichts in die Knie gegangen war, obwohl ich von Taekwondo kaum Ahnung hatte, fiel mir in meiner Aufregung gar nicht auf.
Ypsilon nahm hinter seinem Schreibtisch Platz. »Ich gebe Ihnen fünf Minuten, Kadetten. Die Uhr läuft!«, sagte er.
»Geht das unter … acht Augen, bitte?«, fragte ich.
»Diese Frechheit führt zu weit, Chef!«, regte sich Sensendengler auf. Er hatte sich gerade erst hochgerappelt.
»Vierzehn Augen, Kadettin Panther. Ich wünsche die Anwesenheit Ihrer Ausbilder. Was sollte dieser Scherz mit *Berta ist geschrumpft*?«
Plötzlich brachte ich keinen Ton mehr heraus. Shirin sprang mir bei. »Es fing mit Kadettin Panthers Besuch im Labor von Professor Krüger an«, berichtete sie. »Es gelang ihr, die Probe eines regenbogenfarbigen Elixiers zu entwenden …«
»… namens Malina-Mamaq!«, warf Kadett Garcia Otero ein.
Ich mischte mich wieder ein. Das ging mir alles nicht schnell genug. »Prinz Yarvis war auch dort, und dann bin ich auf die intelligenten Tiere gestoßen, hier, bitte!« Ich zeigte Ypsilon die Aufnahmen, die die Hamster beim Schiffchenversenken zeigten. »Sie sind richtig klug, und nicht nur die Hamster.«
Das nächste Hologramm zeigte Sensendengler beim Pokern mit der Dogge.

»Die Aufnahmen sind echt, Chef, aber der Hund hat gemogelt«, sagte Sensi mit hochrotem Gesicht. »Eine dressierte Dogge eben. Vermutlich vom Zirkus.«
Ypsilon verzog keine Miene. »Weiter«, sagte er auffordernd.
Ich holte tief Luft. »Wir wissen nicht, was später mit den Tieren passiert ist, aber es ist vermutlich so, dass, wenn man nach Einnahme des Malina-Mamaq …«
»Das ist das Sagengetränk der Inuit!«, unterbrach mich Shirin.
Ich schob sie genervt zur Seite und sprach eindringlich auf Ypsilon ein: »Wenn man dann ins Mondlicht kommt, dann schrumpft man, auch in künstlichem Mondlicht, so ist es nämlich mit Berta passiert, weil sie doch die Mondlichtlampe für Thera, unsere Vogelspinne …«
Ich verhaspelte mich und verstummte. Ich wusste, wie das alles klingen musste: total bescheuert.
»Und jetzt liegt Berta in Diabolos Körbchen und schrumpft immer weiter, und wenn uns der GGDW nicht hilft, wird sie verschwinden!«, sagte Santi.
Shirin dachte kurz nach. »Von Bertas schlimmem Zustand abgesehen, besteht auch die Möglichkeit, dass Prinz Yarvis und der Professor unter einer Decke stecken. Es könnte ein Anschlag auf den Weltwassergipfel geplant sein.«
»Von Bertas schlimmem Zustand kann man nicht absehen!«, schrie ich. Am liebsten hätte ich Shirin den Mund zugehalten. Hier ging es um Berta und nur um Berta!
»Bitte helfen Sie uns!«, rief ich flehentlich und heulte schon wieder. Zu blöd.

Georg »Sensi« Sensendengler, Officer Stein und Sergeant Müller heulten auch. Aber vor Lachen.

»Panther war wohl die Erste, die zu viel Schrumpflicht abgekriegt hat, höhöhö!«, brüllte Sergeant Müller.

»Zu viel Licht? Für mich hat das Kind eher 'nen Schatten!«, keuchte Officer Stein. Sie kriegte sich gar nicht mehr ein.

Nur Ypsilon lachte nicht. Er umrundete den Schreibtisch und ging vor mir in die Hocke. Mit seinen braunen Augen, die mich so sehr an Mama erinnerten, schaute er mich lange kopfschüttelnd an.

»Emma. Kadettin Panther. Ich weiß, wie ungeduldig Sie sind. Es ist aber keine Lösung, sich einen an den Haaren herbeigezogenen Agentenfall zusammenzubasteln, nur um sich als richtige Agentin zu fühlen. Machen Sie mir keine Schande bitte.«

»Zusammenzubasteln? Hört mir keiner zu?«, schrie ich empört.

Ypsilon wich verärgert zurück. »Beherrschen Sie sich, Panther, und Respekt vor Ihrem Dienstherrn! Wir sind zurzeit damit beschäftigt, die Sicherheit der hundert wichtigsten Staatschefs des Planeten beim Weltwassergipfel zu garantieren. Ich werde ab morgen in Minimalien sein. Und Sie werden sich weiterhin der Überwachung Ihrer Schutzbefohlenen widmen. Ihre Ausbildung ist derzeit zweitrangig. Nach dem Gipfel sehen wir weiter. Sie können gehen.« Er wandte sich ab.

Wir standen da wie begossene Pudel. Stein und Müller feixten um die Wette. Sensendengler griff eine Karte, die eingerollt in dem Schirmständer stand, und scheuchte uns damit aus dem Raum.

»Wir finden schon allein hinaus!« Santi riss Sensi die Karte aus der Hand und zeigte ihm ein unfeines Zeichen. Gar nicht gut!
Sensendengler rastete aus und bellte: »Bis zehn Uhr: Garcia Otero zum Toilettenschrubben! Özman und Panther in den Flugsimulator, unbegleitet und fehlerfrei, sonst fünfzig Minuspunkte! Dalli, dalli!«
Ich glaube, Ypsilon wollte Einspruch erheben. Aber dann überlegte er es sich anders. Man hätte fast meinen können, er wäre traurig.

Kapitel 23
Von Einbruchsplänen, einem Absturz und Bertas genialer Idee

Bedröppelt fanden wir uns im Flur wieder.

Uns blieb keine Zeit, über das Geschehene nachzudenken und uns einen Plan B auszudenken, denn Officer Affenberg drückte Santi sofort eine frische Klobürste, Gummihandschuhe und Putzmittel in die Hand.

»Schöne Scheiße«, murrte Santi und bekam ein hämisches »Allerdings!« zu hören.

Eine Minute später stiegen Shirin und ich in den Flugsimulator ein. Ich krabbelte auf den Pilotensitz. Nach kurzem Zögern stellte meine Kopilotin Kadettin Özman das Berg-und-Tal-Programm ein. Zufällig – aber eigentlich glaube ich nicht an Zufälle, mehr an Fügungen des Schicksals, wie Mama das genannt hat – nahm der Computer sich die Berge von Minimalien zum Vorbild.

Ich war extrem unkonzentriert, denn ich bekam Berta nicht aus dem Kopf. Schon kurz nach dem Abheben verriss ich das Höhenruder.

»Vorsicht«, warnte Shirin, »wir kriegen Ärger, wenn du jetzt einen Fehler machst.«

»Noch mehr Ärger kann man gar nicht kriegen«, schniefte ich. Das kam nicht nur vom ständigen Geheule, sondern von der Kälte in der Gruft. Ich hatte mir einen Schnupfen geholt.
Endlich erreichte der Simulator die vorgeschriebene Höhe und wir flogen einen gewundenen Fluss entlang. Um meine Gedanken von Bertas Zustand abzubringen, studierte ich die Landschaft unter mir und prägte mir jedes Detail ein. Aber es ging mir wie in der Geschichte mit den blauen Elefanten: Wenn man versucht, unter keinen Umständen an einen blauen Elefanten zu denken, stellt man ihn sich sofort vor. Je mehr ich versuchte, nicht an die geschrumpfte Berta zu denken, desto deutlicher erschien sie vor meinem inneren Auge.
Shirin erging es ähnlich. »Wenn wir wenigstens noch *einen* Tropfen Malina-Mamaq hätten«, sagte sie verzweifelt, »dann könnte ich es doch noch schaffen. Ein Gegenmittel zu finden, meine ich.«
Plötzlich drängte sich mir ein Bild auf. Ein Schreibtisch. Ein silberner Aluminiumkoffer … der Stern!
»Der Professor hatte doch mehr Malina-Mamaq als das bisschen, das ich geklaut habe!«, rief ich. »Einen ganzen Stern voll! Ich muss ins Labor, und wenn ich einbrechen muss. Krüger ist wahrscheinlich längst in Minimalien, der muss dort morgen einen Vortrag halten.«
»Wir gehen alle drei oder keiner!«, sagte Shirin. Dann kreischte sie: »Achtung!«
Ihr Warnruf kam eine Zehntelsekunde zu spät. Der Hubschrauber geriet ins Trudeln, drehte sich um die eigene Achse, kippte vornüber und sauste im freien Fall abwärts. Es war wie auf

einer Achterbahn. Wir rasten kreischend auf einen simulierten Jet zu, der unter uns flog. Der Zusammenstoß verursachte einen ohrenbetäubenden Lärm. Der Jet ging in Flammen auf und explodierte. Seine Einzelteile flogen uns um die Ohren. Flugzeugsitze, Aktentaschen, Schwimmwesten. Es war alles wie echt. Nur hatte der Computer netterweise keine abgerissenen Körperteile von der Besatzung im Programm.

Santi riss die Tür zum Simulatorraum auf.

»Das war die *Luftkraft 1*, Emma. Ihr habt eben die Kanzlerin gekillt!«

»Nur virtuell«, sagte ich und schluckte trocken.

Es war trotzdem schlimm.

Weil die Elitenwaldschule an diesem Tag ihr hundertjähriges Jubiläum feierte, ging der Betrieb erst um elf Uhr los, mit allem *Pipapo*, wie Mama das genannt hätte. Nach der Ansprache des Schuldirektors würde meine Klasse das Theaterstück von Frau von Huckel aufführen.

Wir Kadetten nutzten die Stunde zwischen zehn und elf Uhr, um heimlich in die Konditorei Ramón zu verschwinden. Berta hockte auf einem Stühlchen in einem quietschblauen riesigen Puppenhaus. Santis Mutter hatte meiner klitzekleinen unglücklichen Schwester ein rosa Puppenkleid mit schwarzen Punkten und Rüschen übergezogen, weil ihr Schlafanzug zehn Nummern zu groß geworden war.

Mini-Berta wirkte inzwischen noch zarter und zerbrechlicher.

»Ich will nicht in einem rosa Puppenhaus sterben«, flüsterte sie

und reckte mir die Ärmchen entgegen. Als ich sie hochnahm, spürte ich ihr Gewicht kaum, so federleicht war sie.
»Du musst doch nicht sterben, Bertalein«, krächzte ich, denn ich hatte Mühe, das Zittern in meiner Stimme zu unterdrücken. »Wir müssen nur das Gegenmittel besorgen, dann wird alles gut.«
»Was für ein Gegenmittel? War der Kokosjoghurt vergiftet?«
Ich nickte zögernd. »Irgendwie schon, ja.«
»Womit? Und wieso bin ich geschrumpft?«, fragte Berta.
»Ich … weiß nicht«, log ich. Ich brachte es einfach nicht über mich, ihr die Wahrheit zu erzählen.
Berta seufzte. »Das Häuschen hat noch nicht mal eine Toilette«, beschwerte sie sich.
»Es ist seit drei Generationen im Besitz meiner Familie«, sagte Frau Otero beleidigt, »und außerordentlich wertvoll.«
»Tut mir leid«, piepste Berta, »ich wollte Sie nicht kränken.«
»Ich hab dich so lieb, Berta«, hörte ich mich plötzlich sagen. Und das war nicht gelogen. Berta und ich weinten jetzt beide.
Ihre Händchen mit den schwarz gelackten Fingernägeln und Totenköpfen streichelten meine Wange. Die Bemalung ihrer Nägel war das Einzige, was noch an die alte Berta erinnerte.
»Ich mache mir nichts vor, Emma. Ich fühle, dass ich mich in einem fortwährenden Schrumpfungsprozess befinde. Wie lange wird das weitergehen? Wie klein kann man sein, ohne zu sterben?«
Das Intelligentsein war Berta geblieben, obwohl ihr Hirn bestimmt mitgeschrumpft war.

»Sehr klein«, sagte Santi. Er war ungewöhnlich still.
»Wir wissen es aber nicht«, gestand Shirin ein. »Das kleinste Säugetier der Welt ist die Etruskerspitzmaus mit ungefähr vierzig Millimetern, den Schwanz nicht mitgerechnet.«
»Dann bleibt mir noch ein wenig Zeit. Ich möchte Papa einen Brief schreiben und mich für alles entschuldigen«, sagte meine Halbschwester, »solange ich noch einen Bleistift halten kann.«
Um sie abzulenken, fragte ich Berta, ob ich ihr versuchsweise ein wenig von meinem Wachstumsmittel einflößen dürfe, auch wenn es widerlich schmeckte. Sie schlang mir die Ärmchen um den Hals und gestand, dass sie das Wachstumsmittel vor Wochen in den Abfluss gekippt hatte. Stattdessen hatte sie das Fläschchen mit einem Gemisch aus Altöl und Resten aus einer Sardinendose aufgefüllt.
Ich war sprachlos. Ich konnte mich nicht entscheiden, ob ich vor Wut im Dreieck springen oder wieder heulen sollte. Kein Wunder, dass ich nicht größer wurde!
Wenn man wütend ist, soll man keine kleinen Kinder halten. Ich reichte Berta an Shirin weiter und atmete tief durch. Da war es wieder, mein Bronchiengerassel.
Santis Mutter brachte ein Fläschchen Kakao. Berta nuckelte dankbar daran und ich schämte mich; was die große, dumme Berta getan hatte, war im Angesicht des nuckelnden, klugen Minimädchens vollkommen gleichgültig.
Meine kleine Schwester rülpste zart. »Verzeihung«, piepste sie, »das war ungehörig. Wird es lange dauern, bis ihr ein Gegenmittel findet?«
Wir mussten ihr wohl oder übel vom Malina-Mamaq erzählen.

Dass wir im Dienste des GGDW standen, behielten wir aber für uns.
»Wir müssen die Grundsubstanz auftreiben«, gab Santi zu. »Nur wenn wir an ein bisschen Malina-Mamaq kommen, kann Shirin vielleicht ein Gegenmittel finden.«
»Sie hat einen *Jugend forscht*-Preis in Chemie«, erklärte ich.
»Bisher habe ich mich mehr mit der Auswirkung von Haarfarbe auf das Wachstumsverhalten von Kopfhaar beschäftigt«, sagte Shirin zerknirscht.
Mini-Berta seufzte herzzerreißend und rieb sich die Augen. Ich legte sie ins Katzenkörbchen. Irgendwo öffnete sich eine Tür. Ein roter Blitz schoss durch den Raum auf Berta zu.
»Diabolo! Nicht!«, brüllte Santi.
Einen Wimpernschlag zu spät bekam er den Kater zu fassen. Da hatte er der kleinen Berta schon einen bösen Kratzer am Bein zugefügt. Diabolo flog durch die Luft, landete maunzend auf allen vieren und verzog sich beleidigt.
Frau Otero schimpfte erst auf den Kater und dann auf ihren Mann, der die Tür geöffnet hatte. Danach machte sie sich auf die Suche nach der Hausapotheke.
»Wir müssen gleich los, Schwesterchen«, sagte ich schweren Herzens, »die Zeit wird knapp. Ich weiß noch nicht, wie wir in das Labor mit dem Mamaq kommen, und es ist ziemlich gefährlich, aber …«
»Das Mamaq ist doch hier«, sagte Berta.
Ich wunderte mich nicht, dass sie den gerade erst erworbenen Verstand schon wieder verlor. In dieser Situation wäre wohl jeder ausgetickt.

»Wir müssen jetzt wirklich los«, drängte Shirin zur Eile. Santi wartete ungeduldig an der Tür.
»Aber es ist hier«, beharrte Klein-Berta. Sie deutete auf den Kratzer, aus dem ein kleiner Blutstropfen quoll.
Nicht Berta war dumm, wir waren es. Sie hatte vollkommen recht. Der Trank der Inuit floss durch ihr Blut.
»Allah sei Dank«, murmelte Shirin. »Wenn wir Glück haben, reicht das!« Schnell zückte sie ein Röhrchen und fing den Tropfen darin auf.
Dann kam Santis Mutter und verarztete den Kratzer.
»Sie sind ganz schön großartig, Frau Otero«, sagte ich, denn sie stellte überhaupt keine Fragen. Sie vertraute Santi und damit seinen Freunden bedingungslos. So sollten Eltern sein. So war Mama. Und Papa ist dazu noch voller Vertrauen in die ganze Menschheit, mit Ausnahme von Politikern.
»Sagt Sensi, ich hätte plötzlich Fieber gekriegt!«, rief Shirin, ehe sie mit der Blutprobe Richtung Friedhof davonhetzte. Dorthin hatte sie ihr kleines Labor verlegt, damit ihre Eltern keinen Verdacht schöpften.
»Emma?« Berta wollte wieder auf meinen Arm. »Du stellst dich doch deiner Verantwortung?«, fragte sie unglücklich.
»Natürlich, Berta«, schwor ich.
»Ich möchte bei euch sein, wenn ich weniger und weniger werde, Emma. Ich habe ja keine Familie außer Papa und dir.«
Man konnte sehen, wie erschöpft sie war, denn ihr fielen beinahe die Augen zu. Santi und ich betteten sie wieder in den Katzenkorb und deckten sie fest zu.

Santis Mutter bestand darauf, uns in der Küche noch Brote zu machen, und scheuchte uns aus dem Zimmer, damit Berta in Ruhe einschlafen konnte. Wir kehrten nach dem Imbiss nur schnell in Bertas Schlafraum zurück, um unsere Rucksäcke zu holen.

Auf der Lichtung inmitten des Schulwäldchens parkte neben dem minimalischen Hubschrauber der schäbige Lieferwagen der Wäscherei Blitz & Blank. Prinz Yarvis machte einen unkö-niglich zerknitterten Eindruck. Britney Pommeransch kippte als Frühstück lösliches Kaffeepulver in eine Thermoskanne mit Wasser und hoffte insgeheim, dass das Getränk die unleidliche Stimmung ihres Verlobten verbessern würde.
Yarvis brütete auf einem wackligen Campingstuhl vor sich hin und beobachtete Kevin Kerbholzer, der ungelenk mit einer Schere Buchstaben aus der Tageszeitung ausschnitt und auf ein Blatt klebte.
»Schreibt man Tochter mit Do oder To?«, fragte er.
»Tee wie Tee, O wie Ort, du Idiot!«, fauchte Yarvis.
Kerbholzer nickte eifrig und setzte seine Arbeit fort.
»Ist an der Elitenwaldschule nicht auch dieses widerlich flinke Balg, das mich beim Staatsbankett vor aller Welt blamiert hat?«, fragte der Prinz.
»Emma Panther«, sagte Kevin Kerbholzer und fasste sich ängstlich an die Nase. Er erinnerte sich nur zu gut an Lilli Krügers kleine Freundin.

»Die sollten wir uns mal zu Gemüte führen«, knurrte Yarvis.
Britney Pommeransch überprüfte den zur Hälfte fertig geklebten Text. »Ich werde mir nach vollbrachter Tat auf der Hauptstraße ein Taxi heranwinken und den Brief selbst im Labor abliefern«, sagte sie. »Wir treffen uns dann hier wieder.«
»Ruhe!«, schrie Yarvis so laut, dass Britney zusammenfuhr und die Buchstaben, die Kerbholzer mühsam ausgeschnitten hatte, in alle Windrichtungen davonflatterten. »Wenn hier einer Pläne macht, dann ich! Ich habe den Oberbefehl «, wütete der kleine Thronfolger.
Britney verdrehte die Augen. »Also?«, fragte sie gelangweilt.
»Du wirst dir nach vollbrachter Tat auf der Hauptstraße ein Taxi heranwinken und den Brief im Labor abliefern!«, befahl Yarvis. »Wir treffen uns dann hier wieder.«
»Ach, *das* ist ja eine großartige Idee!« Britney klatschte begeistert in die Hände.
Wieso beschlich Prinz Yarvis nur das komische Gefühl, dass seine zukünftige Gemahlin ihn veräppelte?

Kapitel 24
Von meinem großen Auftritt, dem verschwundenen Engel, einem ungebetenen Gast und Santis Sprungfederproblem

Die Schüler aller Klassen und viele Eltern hörten dem Schuldirektor bei seinem begeisterten Rückblick auf die Geschichte der Schule zu. Hundert Jahre Elitenwald! Er tat, als wäre er bei der Gründung dabei gewesen.

In der Aula herrschte große Aufgeregtheit. Deshalb fielen niemandem Shirins Abwesenheit, unsere dunklen Augenringe und die Tatsache, dass wir schwer gestresst waren, auf. Santi kaute pausenlos auf seinen Fingernägeln und kümmerte sich kaum um seinen Schutzbefohlenen Groschengrab. Kerstin Klobmann, Shirins Schutzbefohlene, hockte unglücklich neben Officer Affenberg, die das arme Mädchen ständig aufforderte, endlich gerade zu sitzen. Und ich krümmte mich alle paar Minuten zusammen und schlang die Arme um mich selbst, als könnte ich die Berta-Katastrophe ungeschehen machen.

Der Direktor bekam stehende Ovationen für seine Rede. Das bedeutete, dass alle aufspringen mussten, um ihn irre laut zu bejubeln. Danach schritt Frau von Huckel zum Podium und verkündete, dass meine Klasse in einer halben Stunde im Garten das Theaterspiel aufführen würde.

Ich schlich deprimiert und gedankenverloren zum Umkleideraum und merkte zu spät, dass ich den Rucksack mit der gesamten Ausrüstung auf meinem Platz vergessen hatte. Hoffentlich würde Santi ihn in Sicherheit bringen.
In der Garderobe versammelte sich Lillis Entourage um die Hauptdarstellerin und schnürte sie in das Engelsgewand.
»Das ist meine neue Freundin!«, flötete Lilli und deutete spöttisch auf mich.
Die anderen Mädchen brachen in Gelächter aus, während ich in mein durchlöchertes Fransenlederkostüm stieg. Das hatte ich als indianische Diebin am Marterpfahl zu tragen. Es stank bestialisch.
»Wohin bist du im Sommer verreist, Emma? An die Côte d'Azur, zum Segeln? Oder zum Gletscherskifahren in die Schweiz?«
»Ich wette, Schrumpelchen war noch nicht mal in New York!«
»Wir fliegen öfter am Wochenende hin.«
Diesmal gingen mir die Bemerkungen völlig am Arsch vorbei, wie Berta immer unfein sagt. Ich hatte wirklich andere Probleme. Als ich nicht reagierte, ließen Lillis Freundinnen von mir ab.
»Du musst deinen Kristallhaarreif aufsetzen, Lilli!« Tabea packte ihn Lilli ins Haar.
»Mein Vater, der Professor, befindet sich bestimmt bereits im Publikum«, erzählte Lilli geziert. »Meine Mutter ist leider schon in Minimalien beim Weltwassergipfel. Papa und ich fliegen natürlich in einem Hubschrauber des Geheimdienstes hinterher.«
Die Entourage rief neidisch »Oh!« und »Ah!«.
Ich hatte nur eines im Sinn: Berta. Immer wieder Berta.

Ich sehnte den Moment herbei, an dem die Aufführung zu Ende war und Santi und ich aus der Gruft das Gegenmittel holen konnten, das Shirin aus Bertas Blut *bitte, bitte* zusammengebraut haben würde. Es war verrückt, aber ich fühlte mit einem Mal große Zuversicht.

Ich hatte gar keine andere Wahl.

Dann begann das Theaterstück. Schon nach den ersten holprigen Worten von Tabea Erickson in der Rolle der Erzählerin war auch dem Dümmsten im Publikum klar, dass die Aufführung eine Katastrophe werden würde.

Ein Junge aus der Achten, der hinter der Bühne für die Technik sorgen sollte, war nicht aufgetaucht. Frau von Huckel hatte ausgerechnet den dicken Groschengrab aus den Zuschauerreihen gezerrt, um für ihn einzuspringen.

Santi joggte auf einen freien Platz in der ersten Reihe, um in der Nähe zu sein, falls Groschengrab versagte. Der war nämlich als totaler Tollpatsch verschrien.

Lilli Krüger schaute sich die Augen nach ihrem Vater aus. Auf dem für Professor Krüger vorgesehenen Platz saß nun Santi. Ich an Lillis Stelle wäre sehr traurig gewesen. Es sah nicht so aus, als ob Professor Krüger noch auftauchen würde. Vermutlich war er ohne Lilli nach Minimalien geflogen. Gut möglich, dass er sie einfach vergessen hatte, schusselig, wie er war.

Als ich wie aufgetragen stöhnend und mit gefesselten Handgelenken auf die Bühne schwankte, winkte Santi mir zu und machte einige aufgeregte Gesten und Grimassen, die ich nicht deuten konnte. Ich bemerkte aber erleichtert, dass mein Rucksack zwischen seinen Beinen stand.

Trotz meines lauten Gestöhns als ausgehungerte Gefangene eines feindlichen Stammes hörte ich hinter dem Vorhang die Anweisungen von Frau von Huckel an Groschengrab. Der Dicke sollte auf ihr Kommando an einer Strippe ziehen. An deren anderem Ende hing Lilli Krüger hinter einer Wolkenkulisse versteckt in zwei Metern Höhe. Sie sollte nämlich bald als Schutzengel zu meiner Rettung vom Himmel schweben.

Während ein kriegsbemalter Junge namens Tom mich knurrend an den Marterpfahl fesselte, rannte Yamura von Pöseldamm mit einer Gummiaxt bewaffnet um den Pfahl herum und stieß spitze Schreie aus.

Keiner hatte damit gerechnet, dass der dicke Groschengrab ausgerechnet jetzt einen Niesanfall bekommen würde und ihm das Seil mit Lilli Krüger zwischen den Wurstfingern durchrutschte. Lilli sauste hinter der Bühne mit einem Aufschrei in Richtung Boden und landete auf dem Hintern.

Das Publikum klatschte und johlte vor Vergnügen. Frau von Huckel wurde knallrot, denn das Stück hatte einen ernsten Hintergrund und war keineswegs als Komödie gedacht.

»Äh, wir beginnen noch mal!«, rief die von Huckel verlegen und bat um Ruhe.

Lilli verschwand wieder hinter ihrer Wolke. Ich wankte zum zweiten Mal stöhnend auf die Bühne und ließ mich noch einmal fesseln.

»Oh weh, oh ach! Was soll nur aus mir werden «, rief ich verzweifelt. »Wenn mir doch nur der Himmel beistünde!« Das war so zwar nicht geplant, aber nur *Oh weh, oh ach* zu sagen, war mir doch zu wenig Text gewesen.

Ich blickte nach oben, in der Erwartung, Lilli jetzt über mir schweben zu sehen, als meinen rettenden Engel.
Aber da schwebte nichts.
Auch als Frau von Huckel dem fetten Groschengrab ein drittes Mal das Kommando zum Ziehen zuzischte, war vom Engel weit und breit keine Spur. Stattdessen gab es zwei dumpfe Geräusche, gefolgt von einem erstickten Schrei.
Mich beschlich ein eigenartiges Gefühl. Meine Nase juckte.
Auch Santi war in höchster Alarmbereitschaft: Er saß kerzengerade auf seinem Stuhl und spitzte die Ohren.
Hinter der Bühne knallte eine Autoschiebetür ins Schloss. Ein Motor jaulte auf.
Mir wurde eiskalt. Plötzlich wusste ich, was das zu bedeuten hatte.
»Lilli wird entführt!«, rief ich Santi von der Bühne aus zu.
Das Publikum klatschte begeistert, denn es dachte natürlich, das sei Teil der Aufführung. Mit den Eltern amüsierten sich mindestens fünf Agenten des GGDW aufs Köstlichste. Weil ich ja im Theaterstück mitspielte, lag die Verantwortung für Lilli Krügers Sicherheit ausgerechnet bei Sensendengler, der am lautesten klatschte und grölte.
Santi sprang auf die Bühne und löste meine Fesseln. Er packte mir meinen Rucksack auf den Rücken und flüsterte: »Achtung, kostbare Fracht!«
Da fühlte ich Bertas Händchen an meinem Ohr.
»Du hast versprochen, mich nicht allein zu lassen«, flüsterte meine kleine Schwester, die in einem gut gepolsterten Seitenfach hockte. Sie musste aus dem Puppenhaus dort hineinge-

klettert sein, während wir in der Küche gefrühstückt hatten. Mir wurde übel vor Angst.

»Halt dich fest!«, sagte ich zwischen zusammengebissenen Zähnen. Ich bückte mich zu meinen Agentenschuhen und ließ die Sprungfedern aus den Sohlen schnellen. Mit einem großen Satz hechtete ich hinter die Bühne, mitten hinein in eine Staubwolke, die ein schlingernder Lieferwagen hinterließ. Er nahm Kurs auf den Wald.

»Halt, stehen bleiben!«, rief ich blödsinnigerweise.

Hinter mir murmelte Berta mit ihrem feinen Stimmchen ein Stoßgebet. Dann kotzte sie mir in den Kragen. Zum Glück hatte sich nur ein kleines bisschen Kakao in ihrem Magen befunden.

Wenige Meter weiter kämpfte Santi mit einer Ladehemmung seiner Sprungfedern und hüpfte einbeinig hinter mir her.

»Berta«, keuchte ich, »in der Tasche unter dir ist ein Kopfhörer und so eine Art Handy!«

Winzige Hände reichten sie mir. »Was machst du, Emma?«, fragte Berta ängstlich.

»Erklär ich dir später!« Im Hüpfen steckte ich die Kopfhörer in die Spyganizer-Buchse. Nun konnte ich klar und deutlich Lilli Krügers weinerliche Stimme hören: »Das sag ich meiner Mama, die ist Staatschefin und wird Sie lebenslang einsperren!«

Eine Männerstimme, die mir sehr bekannt vorkam, sagte kichernd: »Davor haben wir aber ganz dolle Angst!«

Kevin Kerbholzer, die rechte Hand von Prinz Yarvis!

Wer sonst hätte auf die dumme Idee kommen können, Lilli Krüger zu entführen?

Prinz Yarvis war sich nicht zu vornehm gewesen, selbst an der Aktion teilzunehmen. Eigenhändig hatte er die strampelnde Lilli von ihrem Schwebegerüst aufgesammelt. Am Steuer des Lieferwagens schwitzte Kevin Kerbholzer.

Es handelte sich um ein altes Modell, das kaum noch über Stoßdämpfer verfügte. Das merkte man besonders, wenn man in der freien Natur über Stock und Stein hoppelte, so wie jetzt.

»Fahr anständig, Kerbi!«, schrie der Prinz. Es warf ihn hin und her und es gab keine Schlaufen zum Festhalten. Der Wäschesack, in den er Lilli gepackt hatte, prallte ungesichert zwischen der Rückbank und dem Fahrersitz vor und zurück. So viele blaue Flecke wie an diesem Tag hatte Lilli in ihrem ganzen Leben noch nicht davongetragen. Sie hörte gar nicht mehr auf zu fluchen.

Yarvis versetzte dem strampelnden Wäschesack mit der schimpfenden Bundeskanzlerinnentochter einen Tritt. »Ruhe jetzt, Schandmaul! Zittere vor Angst und schweig!«

Aber das Entführungsopfer dachte nicht daran, den Mund zu halten. Und Angst hatte Lilli auch nicht. Sie war so sehr von ihrer Großartigkeit überzeugt, dass sie gar nicht auf die Idee kam, ihr könne ernsthaft Gefahr drohen. Sie empfand die Entführung nur als die gewaltigste Frechheit, die ihr jemals untergekommen war. Genau genommen hätten der größenwahnsinnige Prinz Yarvis und Lilli Krüger richtig dicke Freunde werden können.

Kerbholzer blinzelte in den Rückspiegel und verriss das Steuer.
»Hast du den Führerschein in der Lotterie gewonnen?«, herrschte Yarvis seinen Bodyguard an.
»Da ist ein Ka–Karnickel hinter uns her!« Kerbholzer brachte den schlingernden Wagen gerade noch unter Kontrolle. Beinahe wäre er in einen Baum gekracht!
Prinz Yarvis starrte durch die Heckscheibe. Tatsächlich! Ein Mädchen in einem Indianerkostüm mit einem Rucksack auf dem Rücken und riesigen Turnschuhen hüpfte hinter dem Wäschewagen her, als hätte es Sprungfedern in den Sohlen.
»Das ist die kleine Ratte Emma Panther!«, fauchte Yarvis. »Vollgas, Kerbi!«
Der Lieferwagen tauchte ächzend durch ein flaches Flussbett und raste die gegenüberliegende Böschung hinauf. Kevin Kerbholzer lenkte ihn waghalsig zwischen zwei Tannen hindurch auf die Lichtung mit dem parkenden Hubschrauber und kam im Schlamm zum Stehen.
»Los, pack an!«, brüllte Yarvis, riss die Tür auf und galoppierte zu seinem Hubschrauber. Der Bodyguard ergriff den zappelnden Wäschesack, trampelte hinterher und schleuderte ihn in den Innenraum.
»Auaaaaaa!«, kreischte Lilli Krüger.
Ein Taxi schoss auf die Lichtung. Britney Pommeransch hüpfte heraus. Sie warf ihre teuren Stöckelschuhe in die Büsche, um schneller rennen zu können, und rief: »Der Professor hat den Brief! Ich komme!«
Mit einem gewaltigen Satz hechtete sie über Prinz Yarvis hin-

weg, der noch damit beschäftigt war, den Pilotensitz zu erklimmen. Weil das morsche Holztreppchen kaputt war, versuchte der kleine Prinz angestrengt, sich mit einem Klimmzug auf den Sitz hochzuziehen.

Schon begannen die Rotoren, sich zu drehen. Kevin Kerbholzer bemerkte nicht, wie der Thronfolger sich abstrampelte.

»Hilf mir, verdammt noch mal!«, fluchte Yarvis. Vom Kopilotensitz aus zerrte Britney an den Armen ihres Verlobten.

Die Rotoren drehten sich schneller.

Lilli Krüger hatte sich heiser geschrien und verstummte.

Wo waren die Sicherheitsleute, die sie beschützen sollten?

Und wo, verdammt noch mal, war Emma Panther?

Kapitel 25
Von aufpumpbaren Schuhen, einer rasanten Fahrt und einem riskanten Entschluss

Das Flussbett zu übersehen, hätte mir nicht passieren dürfen. Beinahe hätte ich Berta ersäuft, als ich ins Wasser stürzte und sie in hohem Bogen aus ihrem Seitenfach flog.

»Schon gut«, fiepte sie und warf die klatschnasse Babymütze weg, die Santis Mutter ihr aufgesetzt hatte.

Tropfnass krabbelte ich samt Rucksack und Berta die Böschung hoch. Ich musste bis zehn zählen und zwei Stöße Asthmaspray nehmen, bis sich nicht mehr alles in meinem Kopf drehte.

Hinter mir hechelte Santi heran, immer noch auf einem Bein.

»Wo … ist … Lilli … Krüger?«, keuchte er.

Ich deutete auf den Helikopter, den man nicht nur zwischen den Bäumen erkennen, sondern jetzt auch hören konnte.

Entschlossen drückte ich Santi meinen Rucksack mit Berta in die Arme. Ich sammelte mich, atmete gaaanz tief durch und rannte wie ein wild gewordener Stier in Richtung Hubschrauber.

Der Rotor drehte sich jetzt so schnell, dass man seine einzelnen Blätter nicht mehr auseinanderhalten konnte. Gleich würde der Hubschrauber abheben, mit Lilli an Bord. Das musste ich um jeden Preis verhindern!

Aus der geöffneten Hubschraubertür guckten zwei strampelnde Beine. Sie steckten in Schuhen mit aufblasbaren Sohlen. »Halt!«, kreischte ich und sprungfederte hoch. Ich bekam Prinz Yarvis' Unterschenkel in genau dem Moment zu fassen, in dem der Helikopter vom Boden abhob.
»Emma!« Santi keuchte mit der armen Berta unter dem Hubschrauber her, der zunehmend an Höhe gewann und bereits zwei Meter über dem Boden der Lichtung schwebte.
Von oben zerrte Britney Pommeransch an Yarvis, und unten an seinen Schuhen hing ich und schwebte davon. Santi packte mich an den Knöcheln, um mich auf den Boden zu ziehen.
»Loslassen, du Ratte!«, brüllte Yarvis.
Beinahe hätte Britney das Kommando befolgt, das natürlich nicht an sie, sondern an mich gerichtet war. Mit einem letzten Ruck zog sie den Thronfolger Minimaliens an Bord. Ich purzelte mit Yarvis' aufblasbaren Schuhen in den Händen zurück ins Gras.
»Da bin ich aber froh«, sagte Santi erleichtert. »Wer war denn dieser fette Zwerg?«
Ich hatte keine Zeit, über irgendetwas froh zu sein. Im Gegenteil.
»Mistmistmist!«, schrie ich. »Das war Prinz Yarvis persönlich!«
Einige Meter von uns entfernt stand der Lieferwagen, mit dem Yarvis Lilli zum Hubschrauber gekarrt hatte. Ich rannte so schnell hinüber, dass Santi kaum Schritt halten konnte. Der Schlüssel steckte im Zündschloss. Fahrunterricht hatten wir in der kurzen Zeit unserer Kadettenausbildung zwar noch nicht erhalten, aber wozu war ich von klein auf mit den Feuerwehrmännern mitgefahren? So viel anders würde ein klappriger

Lieferwagen auch nicht funktionieren. In meinem Kopfhörer quakte Lilli Krüger. Schon wurden die Signale schwächer.
»Rein mit dir!«, herrschte ich Santi unfreundlich an. Warum zögerte er? Wir hatten keine Zeit zu verlieren! Ich rupfte einen halb gefüllten Wäschesack vom Rücksitz und stopfte ihn mir unter den Po, damit ich übers Lenkrad hinweg sehen konnte. Ohne die Sprungfedern in den Schuhen wäre ich nicht an die Pedale gekommen. Ich startete den Wagen und betätigte den Schalthebel. Der Wagen hüpfte vorwärts.
»Vollgas!«, rief Santi.
Wir sausten einen gut befestigten Waldweg entlang. Als die Bäume sich lichteten, kam der Hubschrauber in Sicht. Er war weder besonders schnell noch besonders hoch, und es gelang uns, ihn gut im Auge zu behalten.
»Die fliegen Richtung Minimalien!«, rief Santi nach einem Blick auf den Spyganizer-Kompass.
Wir hätten nicht so viel in den Himmel starren sollen. Dann wäre uns keine Forstschranke splitternd um die Ohren geflogen. Als ich mit beiden Beinen auf die Bremse hüpfte, war es leider zu spät.
»Qué pasada!«, rief Santi, als wir endlich zum Stehen kamen.
Deprimiert starrten wir dem Helikopter mit der *Ersten Tochter* an Bord hinterher.
»Eine waschechte Entführung«, sagte ich erschüttert. Es war schließlich der erste Menschenraub, den ich miterlebte.
Plötzlich wurde mir klar, was zu tun war. »Wir brauchen einen Hubschrauber, Kadett Garcia Otero«, sagte ich entschlossen, »am besten die *Libelle 1*.«

»Spinnst du? Wir können doch nicht fliegen! Das im Simulator zählt nicht!«
»Das werden wir ja sehen«, sagte ich zähneknirschend.
»Wir können nicht einfach einen Hubschrauber klauen!«, sagte Santi entsetzt.
»Wir klauen nicht, wir leihen ihn, und es handelt sich um einen Notfall im Sinne der Staatssicherheit. Und im Sinne von Berta, denn in Minimalien ist auch der Professor. Und wenn Shirin das mit dem Gegenmittel nicht hinbekommt, müssen wir eben ihn um Hilfe bitten«, sagte ich trotzig. »Wenn jemand das Gegenmittel finden kann, dann er.«
»Ja, schon.« Santi kaute hektisch an seinen Nägeln. »Aber ich meine, wir sind noch keine richtigen Mitglieder des GGDW.«
Er verstummte. Wir wandten unsere Köpfe Berta zu. Die sah uns nämlich mit großen Augen an.
»Was wird hier gespielt, Emma?«, fragte sie mit zartem Stimmchen. »Wovon redet ihr?«
Santi und ich tauschten Blicke und nickten einander schließlich zu. Was hatten wir schon zu verlieren?
»Wir sind Geheimagenten«, gestand ich.
»In Ausbildung«, ergänzte Santi der Ordnung halber.
»Ich wusste immer, dass du etwas ganz Besonderes bist, Emma«, hauchte meine kleine Schwester. »Jetzt wird vielleicht doch alles gut.«
Wie sie mich so vertrauensvoll mit ihren Minihändchen tätschelte, da … na, was wohl? Ich musste heulen.
Als ich damit fertig war, spyganizerten wir mit Shirin. Es gab ein paar einfache Dinge zu besprechen, nämlich:

Wie sieht es mit dem Gegenmittel für Berta aus? – Schlecht. Wie klauen wir einen Hubschrauber? – Nachts, und heimlich. Und wie bringen wir unseren Eltern bei, dass wir heute und vielleicht auch morgen nicht zu Hause schlafen? – Wir haben keinen blassen Schimmer.

Es war Professor Krüger gelungen, seinen Vortrag beim Weltwassergipfel in Minimalien in letzter Sekunde abzusagen. Er arbeitete unter Hochdruck. Der Schreck über das Auftauchen von Yarvis und seinem Bodyguard, die ihm das wertvolle Mamaq wieder abjagen wollten, saß ihm noch in den Knochen.

Andererseits war der Mamaq-Stern ja verschwunden. Yarvis musste ihn eben doch in einem unbeobachteten Moment an sich genommen haben, zusammen mit dem Mamaq, das sich im Reagenzglas befunden hatte. Der Professor fragte sich noch immer, wie Yarvis der Diebstahl geglückt war. Schließlich hatte er ihn und den Bodyguard die ganze Zeit über nicht aus den Augen gelassen.

Es half alles nichts. Er musste mit den Daten auskommen, die er vorher schon gesammelt hatte. Mit ein bisschen Glück könnte er aus ihnen die genaue Zusammensetzung der Flüssigkeit ableiten. Gleichzeitig suchte Krüger nach einem Mittel, um die geschrumpften Tiere – allen voran Toxi – wieder auf Normalgröße zu bringen. Die ersten Ergebnisse stimmten ihn hoffnungsfroh: Einem der fliegenkleinen Hamster wuchsen bereits die Ohren. Es wäre natürlich fantastisch, wenn die Tiere beim Wachsen auch ihre neu erworbene Intelligenz behalten könnten. Der Professor rätselte allerdings immer noch, was den Schrumpfungsprozess ausgelöst hatte. Wenn er das in Erfahrung bringen könnte, wäre ihm sehr geholfen.

Frau Kratochvil hatte wie jeden Tag grantig die Räumlichkeiten des Instituts für Wasserwirtschaft gereinigt. Als sie sich am späten Nachmittag auf den Weg nach Hause machte, warf sie noch einen Blick in den Briefkasten und fand einen unscheinbar aussehenden Briefumschlag.

»Da ist was für Sie gekommen, Herr Professor.« Mürrisch hielt sie ihm den Umschlag hin.

»Ich bin beschäftigt«, brummte Professor Krüger abweisend.

»Und wenn's wichtig ist? Das muss immerhin jemand extra eingeworfen haben.«

»Nichts kann so wichtig sein wie meine Arbeit, Frau Kratochvil«, belehrte er sie. »Aber wenn es Sie beruhigt, können Sie meine Post gerne lesen. Vermutlich ist es eine Rechnung.«

Frau Kratochvil öffnete den Umschlag und las laut und stockend vor:

»Wenn Sie Ihre Tochter lebend wiedersehen wollen, bringen Sie das Malina-Ma… Mamaq im Mamaq-Stern auf der Stelle nach Minimalien.«

Dem Professor entglitt ein Röhrchen. Es zerschellte auf dem Boden. Vor Schreck kläffte Klein Toxi in einer unangenehm hohen Tonlage. Krüger riss seiner Putzhilfe den Brief aus der Hand und überflog die Zeilen. Er hatte richtig gehört!

»Ich *habe* den Mamaq-Stern doch gar nicht!«, rief er entsetzt.

»Na, wer weiß!«, sagte die Kratochvil misstrauisch.

Der Professor deutete verzweifelt auf den leeren Mamaq-Koffer.
»Andere Eltern würden alles dafür tun, ihre Kinder zurückzubekommen«, sagte die Putzfrau vorwurfsvoll.
»Ich haaabe den Mamaq-Stern nicht, verdammt!«
»Andererseits«, sagte Frau Kratochvil, »ist so ein Kind in der Hand von manchen Verbrechern besser dran als bei unbeherrschten und ungehobelten Eltern wie Ihnen.«
Siedend heiß erinnerte sich Professor Krüger daran, dass er Lilli versprochen hatte, bei der Theateraufführung anwesend zu sein und sie anschließend mit nach Minimalien zu nehmen. Das hatte er in seiner Aufregung über das Schrumpfen der Tiere völlig vergessen.
Oh Gott. Monika würde ihn verantwortlich machen. Der Geheimdienst hatte sie bestimmt unverzüglich über die Entführung ihrer Tochter informiert. Wieso hatte man eigentlich ihm nicht Bescheid gegeben?
Professor Krüger wählte zitternd Sensendenglers Nummer. Ypsilons Stellvertreter war schließlich während der Abwesenheit des Geheimdienstchefs für Lillis Wohlergehen verantwortlich.

Eine halbe Stunde später trafen sich der Professor und Sensendengler in einer Gaststätte von zweifelhaftem Ruf, wo niemand sie erkennen würde. Um ganz sicherzugehen, hatten beide Männer Sonnenbrillen aufgesetzt und die Kragen ihrer Mäntel aufgestellt.
»Die Kanzlerin darf auf keinen Fall etwas von Lillis Entführung

erfahren, sonst lässt sie sich sofort von mir scheiden!«, keuchte der Professor.

»Die Kanzlerin darf auf keinen Fall etwas von Lillis Entführung erfahren, sonst ist meine Karriere im Eimer!«, platzte Sensendengler heraus.

Dann starrten sie einander an. Professor Krüger überreichte dem Chefagenten den Erpresserbrief. Hastig überflog Sensi die Zeilen.

»Was ist der Mamaq-Stern?«

»Gar nichts!«, versicherte der Professor eilig. »Wir dürfen auf keinen Fall die Polizei einschalten.«

»Auf gar keinen Fall!«, pflichtete Sensendengler dem Professor bei und klopfte ihm auf die Schulter. »Polizisten sind Plaudertaschen und über die Entführung darf nichts an die Öffentlichkeit dringen, nichts an die Ohren der Kanzlerin, nichts an die Ohren Ypsilons.«

»Meine Rede.«

»Meine auch.«

Sie schüttelten einander die Hände und verabredeten, dass der Professor die Angelegenheit als Vater selbst in die Hand nehmen würde.

Auf nach Minimalien!

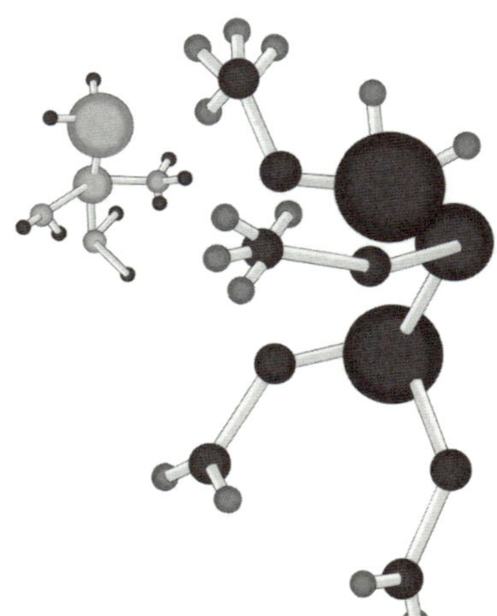

Kapitel 26
Von Blutarmut, Santis Karten und Prinz Yarvis' teuflischem Plan

Berta schrumpfte zusehends. Als Santi und ich auf dem Friedhof eintrafen, maß meine Minischwester nur noch fünfundzwanzig Zentimeter. Sie wurde immer schwächer.

Kadettin Özman versuchte, sich ihren Schreck nicht anmerken zu lassen, als sie Berta sah. »Ich werde als Trägersubstanz Guarkernmehl nehmen. Seine Eigenschaften sind neutral und werden die Aminosäuren nicht negativ beeinflussen.« Sie hantierte hektisch mit Röhrchen, Objektträgern, Mikroskopen und Bunsenbrennern herum, die auf dem Sarkophag von Herrn Blotzmann standen.

Berta krabbelte schwach aus dem Rucksack.

»Eine Gruft. Ein Sarkophag. Eine klassische letzte Ruhestätte«, wisperte mein Schwesterchen. Wie sie das so sagte, hätte ich mich am liebsten selbst in einen Sarg gelegt, Deckel zu und aus.

Santi sorgte für Ablenkung. »Was will Yarvis mit Lilli Krüger?«, fragte er.

»Etwas erpressen, vermutlich«, antwortete ich.

»Von der Kanzlerin? Oder vom Professor?«, überlegte Shirin.

Erst jetzt wurde mir klar, was der kleine widerliche Thronfolger des Zwergkönigreiches wollte: das Malina-Mamaq!
»Damit könnte er seine eigene Blödheit bekämpfen«, schimpfte Santi. »Gar nicht schlecht.«
»Professor Krüger wird ihm den Trank bestimmt geben«, überlegte ich weiter.
»Es gibt Töchter, die ihren Eltern gleichgültig sind«, piepste Berta kläglich. Sie dachte bestimmt an ihre eigene Mutter, der es schnurzegal war, was aus Berta wurde.
»Aber ihren Schwestern sind sie wichtig«, sagte ich ergriffen.
Santi hüstelte. Shirin klapperte mit ihren Werkzeugen.
»Bist du auch Agentin?«, fragte Berta.
»Kadettin Özman, ja«, gab Shirin überrascht zu und warf einen vorwurfsvollen Blick zu mir herüber. Sie war gar nicht damit einverstanden, dass wir Berta unser Geheimnis verraten hatten.
»Shirin, sag mir die Wahrheit, dauert es noch lange mit dem Gegenmittel?«, fragte Berta kläglich.
Niedergeschlagen erklärte Shirin, dass die Konzentration des Malina-Mamaq in dem einen Blutstropfen zu gering war, um ein wirksames Gegenmittel herzustellen.
»Dann nehmt mehr Blut!« Flehentlich hielt mir Berta ihr dünnes Ärmchen hin.
Aber ich schüttelte den Kopf. Jeder konnte sehen, dass Berta einen weiteren Blutverlust nicht überleben würde.
Ich nahm meine Schwester wieder auf den Arm und wiegte sie tröstend. »Wir finden eine Lösung«, raunte ich ihr ins Ohr. »Wir lassen dich nicht im Stich. Der Professor ist bestimmt

schon in Minimalien, mit dem Mamaq. Und genau dorthin müssen wir!« Ich schniefte.

Santi tupfte mir die Tränen von den Wangen und erzählte einen Witz, den ich nicht kapierte. Er mochte es nämlich gar nicht, wenn wir Mädchen zu emotional wurden. Also Berta und ich, meine ich damit. Shirin ließ sich ihre Gefühle noch weniger anmerken als Santi.

Kadett Garcia Otero zog einen Stapel zusammengefalteter Pläne aus seiner Hosentasche. Es waren genau die, mit denen uns Sensendengler vor wenigen Stunden aus der Tür gejagt hatte, und sie zeigten Schloss Minimalia. Santi breitete die Pläne auf dem Sarkophag aus, filmte sie mit dem Spyganizer ab und verwandelte die Karten in ein Hologramm. Berta machte große Augen, denn sie sah so etwas zum ersten Mal.

»Wenn wir den Professor finden und Lilli aufspüren wollen, sollten wir uns mit den Gegebenheiten im Schloss vertraut machen«, schlug Santi vor.

Klein-Berta krabbelte auf das Hologramm zu und setzte sich hinein. »Diese Kuppel hier könnte das Dach einer Sternwarte sein«, hauchte sie kaum verständlich.

»Dort findet der Weltwassergipfel statt, das habe ich ja auf dem Staatsempfang mitbekommen«, sagte ich. »Aber wer kann schon wissen, wo Yarvis Lilli gefangen hält?«

Ich betrachtete das Schloss, das für ein so kleines Land erstaunlich groß war. Es war unterirdisch von dünnen Adern durchzogen. Der König hatte sicherlich dafür gesorgt, dass die mittelalterlichen Geheimgänge erhalten blieben, es würde Verliese geben und Folterkammern, und Yarvis kannte sich in dem

Schloss bestimmt aus wie in seiner Westentasche. Lilli aufzuspüren, konnte schwierig werden. Andererseits hatten wir die Wanze in ihrem Haarreif. Wir mussten darauf hoffen, dass Lilli ihn aufbehielt.

»Wenn du mit den Geheimgängen recht hast, können wir hier rein.« Santi deutete auf einige halb unterirdische Öffnungen.

»Um sich darin zurechtzufinden, müssen einem die Sterne gut gesinnt sein!«, seufzte unsere kleine Berta.

Ich starrte sie an. Was hatte sie eben gesagt? Sterne? Wieso juckte meine Nase? Angestrengt kramte ich in meinem Gehirnordner.

Die Sternwarte hat eine Kuppel zum Aufmachen, hatte Britney gelallt. *Mögen Sie Vollmond, Professor?*, hatte Yarvis gefragt. Und kurz darauf sagte er: *Die kriege ich klein! Die werden sehen, was ein großer Staatsmann ist!*

Plötzlich ergaben die Sätze einen Sinn.

»Das Dach der Sternwarte! Morgen Abend ist Vollmond! Yarvis will die Kuppel öffnen und die ganzen Staatsmänner und Wissenschaftler vom Mondlicht bescheinen lassen!«, rief ich entsetzt.

»Ja, wenn's Glück bringt und dem Weltfrieden dient«, meinte Santi achselzuckend.

Ich verdrehte die Augen. Er stand manchmal echt auf der Leitung.

Shirin hielt in der Arbeit inne und starrte mich an. Ich konnte förmlich sehen, wie bei ihr der Groschen fiel.

»Santi!«, rief ich eindringlich. »Er wird ihnen vorher das Malina-Mamaq einflößen!«

»Klugheit kann den Politikern auch nicht schaden«, gab Santi patzig zurück.
»Er will sie schrumpfen! Yarvis will die Großen dieser Welt schrumpfen!«, sagte Shirin fassungslos.
»Aber warum denn?«, fragte Santi.
»Damit er der Größte ist!«, ließ sich Berta vernehmen.
Nun passte alles zusammen.
Es war jetzt so still, dass man die berühmte Stecknadel hätte fallen hören können, wenn wir eine Stecknadel gehabt hätten. Gegen das Schrumpfen von ungefähr zweihundert Staatsmännern und -frauen, Wissenschaftlern und Wissenschaftlerinnen, einem Großteil der Weltpresse und einem Dutzend Geheimdienstchefs war Lilli Krügers Entführung gar nichts.
»Wir müssen Ypsilon Bescheid geben!«, rief Santi.
Shirin und ich schüttelten gleichzeitig den Kopf. Nein, er würde uns wieder nicht glauben. Und auch sonst niemand. Die Geschichte klang zu verrückt.
Wir hatten nur eine Möglichkeit: selbst einzugreifen. Immerhin hatten wir das ohnehin vorgehabt.
Wir mussten nach Minimalien.
Wegen Berta.
Wegen Lilli Krüger.
Und um mal schnell die Welt zu retten.

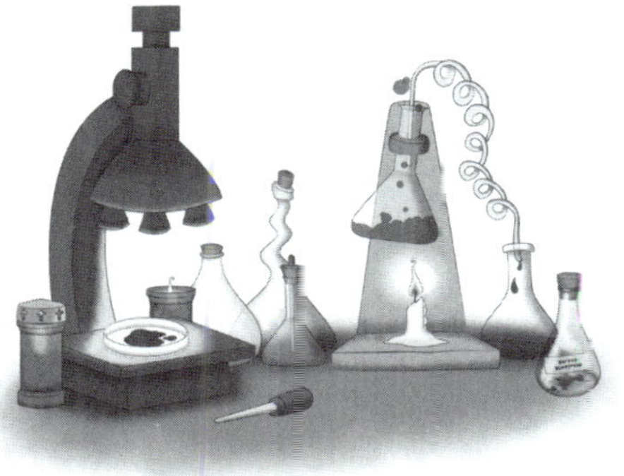

Kapitel 27
Von unerlaubtem Waffeneinsatz, Konfuzius und dem wechselhaften Schicksal

Eigentlich war ich nie gut im Lügen, aber heute musste ich unbedingt so überzeugend sein, dass kein Zweifel bei Papa aufkam. Schließlich hing das Schicksal des Planeten davon ab.

Papa glaubte mir tatsächlich, dass die Elitenwaldschule mich und einen guten Freund im letzten Moment ausgesucht hatte, um für die Schülerzeitung über den Weltwassergipfel in Minimalien zu berichten. Wir würden heute Abend noch fliegen, behauptete ich, im Hubschrauber der Kanzlerin.

Weil doch Lilli mit in der Klasse war.

Stolz meinte Papa, dass man sich eine solche Chance nicht entgehen lassen sollte, und vielleicht wäre das der Beginn einer großen Karriere als Journalistin. Mama hätte das gefallen, meinte er.

Nur mit Mühe waren er und auch Santis Eltern (er hatte ihnen die identische Geschichte aufgetischt) davon abzuhalten, uns zum Flughafen zu fahren. Wir würden von einem Bus abgeholt, behaupteten wir.

Dass wir in Wahrheit planten, bei Nacht und Nebel einen Hubschrauber zu entwenden und damit allein nach Minimalien zu

fliegen, im Dunkeln und völlig ohne Flugerfahrung, behielten wir lieber für uns.
Nur Shirin fiel keine passende Ausrede ein. Ihr Vater erlaubte eine solche unbegleitete Reise einfach nicht. Das erzählte sie Santi und mir über den Spyganizer. Bevor wir auflegten, erneuerten wir unseren Schwur:

»Scharf wie ein Messer die Gedanken.
Klar wie Kristall sei dein Verstand.
Warm wie die Sonne deine Liebe.
Tief wie das Meer der Freundschaft Band.«

»Allah sei mit euch«, murmelte Shirin und legte auf.
»Und mit dir«, piepste Berta neben mir. Ich hatte sie im Rucksack unbemerkt in unser Zimmer geschmuggelt.
Ich packte das Nötigste, also meine gesamte Kadettenausrüstung. Dann verabschiedete ich mich von Papa und tat so, als würde ich zur Bushaltestelle gehen. Nach ein paar Metern drehte ich mich um, lief zurück und wartete versteckt in der Feuerwehrgarage auf den Einbruch der Dunkelheit. Kurze Zeit später stieß Santi zu mir. Berta lag im Tiefschlaf. Wir lauschten ihren schwachen Atemzügen. Santi legte seinen Arm um mich.
Mit einem Mal fiel mir auf, dass die Schmetterlinge im Bauch davongeflogen waren und mit ihnen meine komische Verliebtheit. Auch wenn Kadett Santiago Garcia Otero immer noch der schönste Junge der Welt war. Dann hatte ich eben den schönsten Jungen der Welt zum allerbesten Freund. Das war viel besser. Für den Augenblick jedenfalls.

Als es an der Zeit war, schlugen wir den Weg zur Schule ein. Unten in der Zentrale des GGDW herrschte Stille. Viele Agenten waren in Minimalien, und diejenigen, die an diesem Abend zum Dienst eingeteilt waren, hatten sich in der Kommandozentrale versammelt und verfolgten an Monitoren die Geschehnisse auf dem Weltwassergipfel.

Nur Meister Kim Yong Fu stand allein im Flur vor einer Leinwand. Der Taekwondo-Lehrer angelte geschickt mit zwei Essstäbchen Hühnerstücke aus einer kleinen Box. Sorgenvoll betrachtete er die Liveübertragung vom Weltwassergipfel.

»Seht euch das an, Kinder.« Kim Yong Fu war der einzige unserer Ausbilder, der sich weigerte, uns zu siezen. Er deutete mit einem Stäbchen auf die Leinwand. Dort fuchtelte Frau Dr. Krüger wütend mit beiden Armen und beschimpfte einen chinesischen Kollegen.

»Politiker!«, sagte Kim Yong Fu. »Wie wichtig sie sich nehmen! Konfuzius sagt: Ein edler Mensch schämt sich, wenn seine Worte ständig großartiger sind als seine Taten.«

»Sorry«, sagte ich, »wir haben's furchtbar eilig!«

»Ein Augenblick der Geduld kann viel Unheil verhüten!«, rief er uns hinterher.

»Das ist auch Konfuzius«, piepste Berta aus der Rucksacktasche. Kim Yong Fu sah sich verwirrt um und stocherte sich mit einem Stäbchen in den Ohren.

Santi und ich rannten den Flur hinunter und verschwanden hinter einer Tür. Dort warteten wir mit klopfenden Herzen ab, ob man uns verfolgt hatte. Aber es passierte nichts.

Der Hangar war verlassen. Die Lampen glommen im nächtlichen Energiesparmodus. In der Mitte der großen Halle brütete die *Luftkraft 1* still vor sich hin. Wahrscheinlich hatte man die Kanzlerin und Ypsilon mit der *Libelle 1* transportiert.

Wir schlichen auf *Libelle 2* zu. Der Helikopter glänzte feucht, irgendjemand hatte ihn wohl am Nachmittag gewaschen. Mir schoss durch den Kopf, dass das Schicksal in diesem Moment viele Gelegenheiten hatte, sich gegen uns zu stellen. Wenn etwa die Hubschraubertür gesichert war – wie könnten wir dann schnell genug nach Minimalien gelangen? Oder wenn gar kein Hubschrauber da gewesen wäre, was hätten wir dann gemacht?

Womit wir dummerweise nicht gerechnet hatten, war der Wachdienst. Zwei kräftige Kerle in schwarzen Uniformen stürmten auf uns zu.

»Madre de dios!«, fluchte Santi, was auf Spanisch etwa »Ach, du lieber Himmel!« bedeutet.

An unseren Rucksäcken baumelten zwei Stäbe – die Spinnennetzharpunen! Wir tauschten einen Blick, zückten die Waffen und drückten ab.

Die Wächter stolperten, strampelten mit Armen und Beinen und verhedderten sich hoffnungslos in den klebrigen Fäden. Nach zwei Drehungen waren sie komplett eingewickelt.

»Tut uns leid, aber wir müssen die Welt retten!«, entschuldigte ich mich.

Wir hatten Glück: Die Tür der *Libelle 2* war noch nicht einmal eingerastet. Schnell kletterten wir hinein. Ich schnallte den Rucksack mit Berta hinter mir fest.

»Ich habe große Angst, Emma«, sagte die Kleine.
»Alles wird gut, wir müssen nur dran glauben, Schwesterchen.«
Ich drückte meine Daumen und hoffte, es würde nützen.
»Verdammt!«, knurrte Santi. Er deutete auf das Zündschloss. Es war eines dieser Modelle, die nur der Fingerabdruck des Piloten starten konnte.
Unter uns im Hangar rollten die Wachleute Richtung Ausgang. Wenn es ihnen gelang, mit den Füßen den roten Alarmknopf zu betätigen, dann … Besser nicht weiterdenken.

An einem Grenzübergang zu Minimalien, den Prinz Yarvis für das Treffen mit Professor Krüger ausgewählt hatte, hockten zur gleichen Zeit der Thronfolger plus Bodyguard auf einem klapprigen Traktor und lugten durch einen Feldstecher ins Dunkel. Endlich geisterte ein Lichtschein über die steile Felswand an der kurvigen Straße. Ein Wagen quälte sich die Berge hoch.
»Das ist er!«, rief Kevin Kerbholzer.
»Wurde auch Zeit«, sagte Yarvis. Er hüpfte vom Traktor, um die Grenzschranke zu öffnen.
In dem Augenblick, als der Wagen unter der Schranke hindurchfuhr, löste der Prinz den Haltemechanismus. Mit Karacho sauste die Grenzschranke auf die Motorhaube hinunter. Kevin Kerbholzer brach beinahe in Tränen aus. Er hasste es, wenn schöne Dinge ruiniert wurden, und ein grüner englischer Sportwagen gehörte nun mal dazu.
Prinz Yarvis riss die Beifahrertür auf, ohne Professor Krüger

eines Blickes zu würdigen, und schnappte sich den Aluminiumkoffer. Er ließ die Schnallen hochschnellen. Der Koffer war leer bis auf eine Zahnbürste, ein paar Socken, ein Extrahemd und eine Unterhose.

»Wo ist das Malina-Mamaq?« Der minimalische Thronfolger lief rot an.

Der Professor stieg übernächtigt und geschockt aus.

»Wo ist meine Tochter? Wo ist Lilli?«, fragte er drängend. »Es geht ihr doch gut?«

»Mamaq her!«, kreischte Yarvis.

»Aber das haben Sie doch längst, Prinz Yarvis«, stotterte der Professor.

»Ich habe es nicht! Was glauben Sie eigentlich, warum Sie hier sind?!«, brüllte Yarvis mit sich überschlagender Stimme.

»Wenn Sie den Stern nicht genommen haben, wer dann?«, fragte Professor Krüger. Danach sagte er nichts mehr, denn für ihn gingen die Lichter aus.

Der Professor kam in einem kalten Raum mit einem Brummschädel zu sich. Er tastete nach der Beule auf seinem Kopf und schüttelte sich wach. Es roch nach Lack.

»Das hat aber gedauert«, maulte eine Stimme, die ihn an die seiner Tochter Lilli erinnerte. Das war kein Wunder, denn neben ihm befand sich tatsächlich sein entführtes Kind.

Lilli Krüger lehnte mit gefesselten Armen und Beinen an einem Holzfass und hatte verständlicherweise keine gute Laune. Jetzt bemerkte ihr Vater, dass auch seine Füße durch ein Seil miteinander verbunden waren.

Auf einem Hocker kauerte eine junge blonde Frau und lackierte sich die Fußnägel in Ultramarinblau.
»Na, wie sieht das aus?«, fragte sie niemand Bestimmtes.
Auf einem leise geschalteten Fernseher lief tonlos die Liveübertragung aus dem Plenarsaal.
»Lilli!« Der Professor robbte auf seine Tochter zu. »Hat man dir was angetan?«
»Und wie!«, sagte Lilli mürrisch und drückte ihrem Vater einen Kuss auf die Wange. »Das Essen schmeckt so was von widerlich!«
»Weil Kerbi es gekocht hat«, sagte Britney Pommeransch und kicherte. Sie war als Wachpersonal für die Geiseln eingeteilt. »Er hat in der Knastküche gelernt. – Hm, ich sollte vielleicht doch lieber Rot nehmen, was meinst du, von Frau zu Frau?« Sie streckte ihren Fuß in Richtung Lilli Krüger.
»Man könnte den Nagellack auch mischen«, schlug Lilli vor. »Meine Lieblingsfarbe ist Regenbogen. Ungefähr so …«
Sie zog an einer Kette an ihrem Hals und beförderte einen Stern mit regenbogenfarbenem Inhalt ans Licht.
Britney beäugte den Stern stirnrunzelnd. »Ein bisschen heller wäre nicht schlecht«, sagte sie und dachte nach. Sie starrte auf den Stern. Er kam ihr irgendwie bekannt vor. Genau, als der Groschen fiel und sie begriff, dass nichts Geringeres als der Mamaq-Stern um Lillis Hals baumelte, ging die eisenbeschlagene Tür auf.
Prinz Yarvis erschien böse grinsend im Türrahmen des Blaubeerkellers, der heute auch als Verlies diente.
»Dann kommen wir jetzt zum Verhör«, sagte er zähneflet-

schend. Seine Augen funkelten gefährlich. Hinter ihm tauchte Kevin Kerbholzer auf.

»Bärchen?« Britney zupfte Yarvis an seinem Hermelinumhang, den er zur Feier des Tages trug. Er plante, in Kürze aufs Podium zu schreiten und neben seinem Vater Platz zu nehmen.

»Stör mich nicht«, grunzte Yarvis.

»Yarvis!«, donnerte Britney Pommeransch. »Lilli Krüger hat etwas, das dir gefallen wird.«

Mit einem Ruck riss sie Lilli den Mamaq-Stern vom Hals und hielt ihn Yarvis unter die Nase. »Das hier!«, sagte sie triumphierend.

»Aua!«, schrie Lilli.

»*Du* hast den Stern entwendet?«, fragte der Professor entsetzt.

Lilli verschränkte trotzig die Arme vor der Brust.

Kerbholzer kratzte sich am Kopf. »So ähnlich hat der Mamaq-Stern ausgesehen, glaube ich. Stimmt's, Majestät?«

Prinz Yarvis schraubte mit seinen dicken Fingerchen den Verschluss auf und schnupperte entzückt den Mandelgeruch. »Malina-Mamaq.« Tiefe Befriedigung schwang in seiner Stimme mit. Er war seinem Ziel mit einem Mal zum Greifen nah. »Mein Malina-Mamaq.«

»Papa, tu was!«, rief Lilli Krüger. »Ich will meinen Schmuck zurück!«

Aber da hatte Prinz Yarvis zusammen mit Britney und Kevin Kerbholzer schon den Keller verlassen.

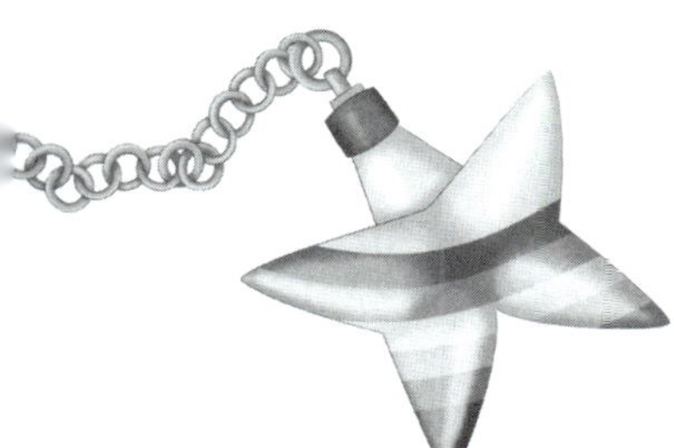

Kapitel 28
Vom schwitzenden Santi, Mamas Seiltanzeinlage und unserem Abflug

Kadett Santiago Garcia Otero hatte seinen *Jugend forscht*-Preis im Programmieren nicht ohne Grund gewonnen. Aber um den Fingerabdruckschutz des Zündschlosses zu knacken, brauchte es seine Zeit. Während grüne Ziffern in rasender Geschwindigkeit über den Bildschirm seines Spyganizers geisterten, versuchte ich, Berta aufzumuntern und mir meinen Schrecken über das schlackernde Puppenkleid nicht anmerken zu lassen. Sie war noch weiter geschrumpft.

Berta versuchte angestrengt, nicht über ihr eigenes Schicksal nachzudenken und uns lieber bei der strategischen Planung zu helfen. »Man wird versuchen, das Malina-Mamaq in einem Getränk zu verabreichen«, sagte sie. Ihr Stimmchen war so dünn geworden, dass ich mich anstrengen musste, sie zu verstehen. »Möglicherweise Blaubeersaft, der ja das minimalische Nationalgetränk ist.«

»Wir werden das verhindern«, sagte ich.

Santi blickte besorgt vom Spyganizer hoch, der noch vor sich hin rechnete. »Und wenn wir's nicht rechtzeitig schaffen?«

»Auf jeden Fall müssen wir dafür sorgen, dass die Kuppel

sich nicht öffnet, damit der Vollmond die Anwesenden nicht erreicht. Dann werden sie nur klug«, antwortete ich und versuchte, mir meine Angst nicht anmerken zu lassen.
Berta gähnte und nickte wieder ein.
Die Wachleute kamen endlich auf die Idee, die Spinnennetzfäden durch Schubbern an einem Wandhaken einen nach dem anderen zu durchtrennen. Während sie das taten, riefen sie uns Flüche zu, von denen selbst die alte Berta noch hätte lernen können.
Santi hämmerte immer neue Befehle in den Spyganizer. Er musste einen Weg finden, die Fingerabdrucksperre des Zündschlosses zu umgehen. Ich trommelte ungeduldig auf meine Knie und beobachtete die Wachleute. In diesem Tempo würden sie noch ein paar Minuten mit ihrer Befreiung beschäftigt sein.
Plötzlich gab der Spyganizer ein lautes Signal von sich und im selben Augenblick sprang der Motor an.
»Geschafft!«, rief Santi triumphierend. Er ließ mich auf den Pilotensitz.
Ich bekam das kalte Grausen. Es wurde ernst! Schnell ging ich die Checkliste durch, die ich für den Flugsimulator auswendig gelernt hatte.
»Alles klar«, quetschte ich hervor. Die Maschine war voll betankt, das Flugwetter gut.
»Mist, wir müssen doch das Dach öffnen!«, rief Santi. Er sprang hinunter in den Hangar und rannte zum Kontrollbord, um den Schalter umzulegen. Im Schneckentempo schob das Dach sich zur Seite. Die ersten Sterne wurden sichtbar. Noch war der Mond nicht aufgegangen.

»Beeil dich!«, rief ich nervös.
Ein Schatten flitzte durch den Hangar, dann landete ein Rucksack haarscharf neben der schlafenden Berta.
»Da bin ich!«, keuchte Shirin. »Von mir aus kann's losgehen!«
Sie bemerkte meinen fragenden Blick und zuckte die Achseln. »Ein Mädchen muss tun, was ein Mädchen tun muss«, sagte sie. »Stimmt doch, oder?«
»Haargenau«, sagte ich nickend. Ich war sicher, dass sie eine Menge Ärger riskiert hatte.
Endlich warf sich Santi auf den Kopilotensitz. Er war über Shirins Anwesenheit genauso glücklich wie ich. Wir stülpten die Kopfhörer auf. Das Paar, das Shirin Berta auf die Ohren packte, war größer als ihr ganzes Gesicht.
Ich startete die Rotoren und schaltete die Scheinwerfer an. »Der Himmel oder sonst wer stehe uns bei«, murmelte ich.
Der Hubschrauber flog wackelig hinaus in die Nacht.
Santi klammerte sich mit angehaltenem Atem krampfhaft am Sitz fest. Er entspannte sich erst, als wir höher stiegen. Vor uns glänzte etwas Dünnes, Längliches. Ich starrte blinzelnd darauf. Was war das? Mit einem Mal sah ich Mama auf dem Seil tanzen. Mit ihrem rosa Schirm und im Kostüm. Sie lächelte mir aufmunternd zu.
Ganz kurz muss ich die Steuerung losgelassen haben.
»Emma! Die Hochspannungsleitung!«, schrie Shirin auf.
Ich riss die *Libelle* im letzten Moment hoch und zog sie über das Seil hinweg. Mein Herz raste. Das war knapp!
Und jetzt spielte der Kompass verrückt. Die Nadel drehte sich wild im Kreis.

»Wo geht's lang?«, fragte ich hektisch.
Berta hauchte Shirin etwas ins Ohr, und Shirin übersetzte mir laut, was sie verstanden hatte: »Das Sternbild des Orion geht in Ostsüdost auf. In gleicher Richtung befindet sich Alcyone. Halte Kurs rechts vom Großen Bären und Orion und Alcyone.«
Ich war sprachlos. Intelligent zu werden, war eine Sache, aber so viel Wissen in einem winzigen Kopf, das war gruselig. Davon abgesehen konnte ich mit der Information leider nichts anfangen.
»Es wäre mir lieber, der Kompass würde funktionieren«, stöhnte ich. Santi erledigte das mit einem Tritt gegen das Armaturenbrett. Unser Ziel lag nordöstlich unserer Position.
Wir waren unterwegs nach Minimalien.
Wir flogen in keinem Simulator.
Wir flogen in echt.

In der Sternwarte von Schloss Minimalien war der Weltwassergipfel in vollem Gange. Auch am zweiten und letzten Konferenztag drängten immer mehr Teilnehmer aus aller Welt in den überfüllten Plenarsaal.
Allen war klar, dass es derzeit kaum ein wichtigeres Thema als Wasser gab. Wasser ist der Saft des Lebens und die Süßwasserreserven des Planeten waren durch den Klimawandel ernsthaft in Gefahr. Einige Länder verfügten über große Bestände, waren aber nicht bereit, sie mit den von Trockenheit bedrohten Weltregionen zu teilen.

Das Ziel der Konferenz war nicht nur eine Bestandsaufnahme der vorhandenen Wassermengen. Es sollte auch eine Einigung darüber erzielt werden, wer die Reserven der ganzen Welt verwalten und verteilen sollte, sodass jedes Land seinen gerechten Teil davon abbekam.

Das Zwergkönigreich Minimalien bot sich aufgrund seiner langjährigen friedvollen Geschichte als Verwalter an. Außerdem eilte König Yonno der Ruf voraus, ein gewissenhafter, umweltbewusster Herrscher zu sein. Über Prinz Yarvis, seinen Thronfolger, machten sich die wenigsten Teilnehmer Gedanken. Nur die, die ihn näher kannten, wie Bundeskanzlerin Dr. Krüger, hatten seinetwegen große Bedenken.

In der Sternwarte, in der die Diskussionen geführt wurden, wimmelte es von Agenten. Ypsilon hatte seine besten Leute an den Ausgängen platziert. Er selbst verfolgte das Geschehen vom Haupteingang aus.

Auf dem Podium saßen König Yonno, Bundeskanzlerin Krüger und fünf weitere Staatschefs und hörten den vortragenden Wissenschaftlern zu. Der für Prinz Yarvis reservierte Platz war bisher leer geblieben.

Auf einer riesigen Leinwand wurden eben erschreckende Bilder gezeigt. »Von 1960 bis heute ist der Wasserspiegel des Aralsees um vierzehn Meter gesunken«, erklärte der Redner, ein freundlicher indischer Wissenschaftler. »Die Wasserfläche ging in dieser Zeit um vierzig Prozent zurück!«

König Yonno blickte stirnrunzelnd heimlich auf die Uhr. Dass sein Sohn nicht da war, missfiel ihm. Als Organisator des Treffens sollte er ein bisschen mehr Interesse zeigen.

Der russische Abgesandte drängte ans Rednerpult und sprach über die Wassermengen, die man benötigt, um ein Kilo Kaffee herzustellen (zwanzigtausend Liter), einen Hamburger zu produzieren (elftausend Liter) und ein Kilo Käse (fünftausend Liter).
Die Kanzlerin sprang auf. »Einspruch!«, rief sie. »Das sind doch völlig aus der Luft gegriffene Milchmädchenrechnungen! Nur in einem Land wie unserem gibt es Wissenschaftler mit Ahnung und Verantwortung, und es wird nichts so heiß gegessen, wie es gekocht wird!«
König Yonno sah seine alte Schulfreundin erschreckt an. Er hatte gedacht, sie stünde auf seiner Seite. Nun wurde ihm klar, dass Dr. Monika Krüger plante, die Weltwasserrechte für ihr eigenes Land zu ergattern.
Der Russe widersprach ihr. »Der Planet trocknet aus, meine Damen und Herren! Auch Sie, Frau Dr. Krüger, können die Augen vor den Problemen nicht verschließen!«
»Bei mir kommt immer noch reichlich Wasser aus der Leitung!«, fauchte sie. Und verstummte sofort. Sie hatte sich eben bis auf die Knochen blamiert. Natürlich wusste die Bundeskanzlerin, dass der Wassermangel ein Problem darstellte. Sie war unkonzentriert und sorgte sich um Lilli. Hoffentlich hatte Knud nicht vergessen, seine Tochter nach dem Schultheater abzuholen!
Laute Buhrufe gingen wie Wellen durch den Saal. Kopfschüttelnd verließ der Russe das Podium. Zum Schluss sagte er noch: »Der Vortrag Ihres Gatten, Herrn Professor Dr. Krüger, hätte Ihnen die Augen geöffnet, werteste Kanzlerin. Seine Abwesen-

heit beweist, wie stark seine Meinung wohl von der Ihren abweicht!«
Die Bundeskanzlerin hatte sich schon lange nicht mehr so schlecht gefühlt. Wo war Knud überhaupt?

Auch nach dem Abendimbiss ging es unter der Kuppel der Sternwarte hoch her. Als sich der kleine Prinz Yarvis den Weg durch die Menge bahnte, bemerkte ihn kaum jemand und auch nicht den glitzernden Stern, den er um den Hals trug.
Vom Haupteingang des Saales aus beobachtete Geheimdienstchef Ypsilon den Versuch des Thronfolgers, sich mit Puffen und Knuffen zum Podium vorzukämpfen. Hätte Ypsilon nicht mit eigenen Augen gesehen, zu welcher Grausamkeit der minimalische Prinz fähig war – man denke nur an die ausgestopften Tiere! –, hätte er ihn als lächerliche Witzfigur empfunden. Doch man musste vor ihm auf der Hut sein.
Die heißen Diskussionen verstummten für einen Moment, als Prinz Yarvis Platz nahm und gegen sein Mikrofon klopfte. Das schickte ein lautes Knacken in die Lautsprecher, dem nichts folgte außer einem spöttischen »Guten Abend, Große der Welt!«.
Ypsilon schob diese seltsame Ausdrucksweise auf eine ihm unbekannte Sitte der Minimalier.
Die Streithähne setzten ihr wortreiches Kreuzfeuer fort. In Glaskabinen schwitzten Dolmetscher und schimpften stellvertretend die Übersetzungen in ihre Mikrofone.
»Keiner schreibt uns vor, wo wir unsere Flüsse stauen!«, schrie ein chinesischer Staatsmann.

»Wir wollen eine friedliche Lösung. Wasser ist für alle da!«, gab eine indische Wissenschaftlerin im Sari zurück.
»Das sagen ausgerechnet Sie, wo Sie uns das Wasser seit Jahrzehnten abgraben!«, tobte ein pakistanischer Politiker.
König Yonno, der den Vorsitz innehatte, musste eingreifen.
»Liebe Freunde, wir sind doch hier, um eine Einigung im Interesse unseres Planeten zu erreichen!«
Die Kanzlerin ruderte wie üblich mit den Armen in der Luft herum. »Aber nur, wenn wir unsere eigenen Quellen an Unternehmen verkaufen dürfen, und da können sich die Vereinten Nationen noch so sehr querstellen!«
»Wenn Sie uns kein Wasser abgeben, drehen wir Ihnen eben den Ölhahn zu!«, rief ein feister Mann, der einen Turban und einen langen gelben Umhang trug.
Ypsilon hörte all dem mit besorgtem Kopfschütteln zu. Er wandte sich an seinen Nachbarn, einen Saalordner in minimalischer Tracht. »Die benehmen sich wie Kleinkinder«, sagte er, »und das ist die Crème de la Crème der Politiker!«
Der Minimalier nickte sorgenvoll. »Dabei steht das Treffen unter einem guten Stern. Jupiter-Saturn-Venus-Merkur-Konstellation! Und heute ist die Glück bringende Nacht des Vollmonds!«
Ypsilon stutzte und kramte in seinem Gedächtnis. Vollmond? Irgendwer hatte ihm erst neulich etwas über den Vollmond erzählt. Wenn er nur wüsste, wo und wann. Hatte Emma ihn nicht erwähnt? Es würde ihm noch einfallen.

Kapitel 29

Von Vollmond, Fallwinden und einer unsanften Landung

Ich achtete darauf, nicht zu hoch und zu schnell zu fliegen. Wir wollten die Flugsicherheit nicht auf uns aufmerksam machen. Auf keinen Fall durfte ich die offiziellen Flugwege kreuzen. Glücklicherweise ging der Mond über dem Horizont auf und tauchte die Landschaft in ein magisches blaues Licht.

Wie ein silbernes Band schimmerte unter uns die Mongel, der Fluss, der in den minimalischen Bergen entspringt und sich Tausende Kilometer weit quer durch den Kontinent seinen Weg zum Meer bahnt. Ich brauchte nur dem Wasserlauf zu folgen. Das hatte auch den Vorteil, dass in Flüssen keine Bäume wachsen, in deren Wipfel sich kleine Hubschrauber verfangen können.

Ich hatte Mühe, die Augen offen zu halten. Mein Kopilot merkte das glücklicherweise und reichte mir aus seinem Rucksack den Wakey-Wakey-Riegel, eine Spezialagentenmischung aus Traubenzucker, Honig, Getreidekörnern, Trockenobst, Minze und getrocknetem Tee. Schon als ich daran schnupperte, kehrten meine Kräfte zurück.

Hinter mir wiegte Shirin die erschöpfte Berta. Meine Schwester dämmerte mit geöffneten Lippen vor sich hin.

Santi versuchte, mit meinem Spyganizer das Signal aus Lilli Krügers Haarreif zu orten.
»Ich habe noch nie gesehen, dass sie ihn ablegt«, sagte ich, um mir selbst Mut zu machen.
Da hörten wir plötzlich eine Männerstimme in den Kopfhörern. Und danach die von Lilli Krüger.
»Ich hätte mich mehr um dich kümmern sollen, Lilli. Glückliche Kinder stehlen nicht.«
»Das ist der Professor!«, rief ich aufgeregt.
»Ich hab mir den Stern nur geborgt«, sagte Lilli pampig. »Was wird Prinz Yarvis mit uns machen?«
»Ich weiß nicht!« Das war wieder Professor Krüger.
»Wenn er dich umbringt, mache ich dir ein total schönes Begräbnis, Dad«, versprach Lilli.
Dann knackte es in der Leitung. Wir flogen durch ein Funkloch und fluchten.
»Yarvis hat also das Mamaq wieder«, sagte Santi zerknirscht.
Berta stöhnte leise.
»Sind wir bald da?«, fragte Shirin. »Ich fürchte, Berta macht es nicht mehr lange. Was ist, Kleines?«
Ich ließ alle Vorsicht außer Acht und flog schneller. Berta krabbelte zwischen den Sitzen nach vorne und griff nach dem Mikrofon, damit wir sie in den Kopfhörern gut verstehen konnten. Erschrocken hielt Santi sie fest.
»Bitte hört mich an«, flüsterte Berta. »Ich fühle meine Kräfte schwinden. Bald werde ich nicht mehr da sein. Macht euch keine Sorgen und keine Vorwürfe. Was ist schon ein Leben? Vor allem so ein kleines wie meines. Emma, wenn ich nicht mehr

bin, wirst du dich um Thera kümmern? Auch eine Vogelspinne braucht Liebe.«

Ich nickte unter Tränen und schaltete den Scheibenwischer ein, was natürlich gar nichts nützte.

»Hör auf zu heulen und konzentrier dich lieber aufs Fliegen!«, fuhr Santi mich an. Er hatte recht. Jetzt war nicht der richtige Moment, um zusammenzubrechen.

Wütend riss ich die *Libelle* hoch und tauchte in eine Wolke. Als wir daraus hervorkamen, lag unter uns Schloss Minimalia, und wir gerieten in einen der berüchtigten Fallwinde, der uns so durchschüttelte, dass wir fast mit unserem Leben abschlossen.

Ich weiß nicht, wie ich die Landung hingekriegt habe. Auf jeden Fall mit mehr Glück als Verstand und viel Schreckensschreien, weil das Gelände unebener war als die Landestellen, die der Simulator immer auswählte.

Nun parkte die *Libelle 2* hinter einer Scheune, ein paar Hundert Meter vom Schloss entfernt. Santi und Shirin häuften Strohballen auf, um den Hubschrauber zu camouflieren. *Camouflieren* gehört unbedingt auf die Liste meiner Lieblingswörter. Es bedeutet, etwas so zu verkleiden, dass man es nicht auf den ersten Blick erkennen kann.

Wir packten Berta zurück in meinen Rucksack und polsterten sie mit Jacken und zwei öligen Kissen aus dem Hubschrauber gut ab. Wenn sie so weiterschrumpfte, dachte ich erschrocken, würde sie bald in meine Handfläche passen.

Wir machten uns auf den Weg. In einer windstillen Ecke an der Schlossmauer betrachteten wir das Hologramm des Gebäudes, vor dem wir uns befanden.

»Wir müssen uns aufteilen«, sagte ich. »Santi, du suchst Lilli und den Professor. Ich versuche, Yarvis aufzuspüren und ihm den Mamaq-Stern abzuknöpfen. Und Shirin, du nimmst Berta mit und baust schon einmal dein Labor auf. Sobald wir zurück sind, musst du mit dem Professor das Gegenmittel entwickeln. Du hast doch alles dabei, was du brauchst?«, fragte ich.

Shirin nickte bloß.

Wir rannten geduckt an der mächtigen Schlossmauer entlang, bis unter eine Schießscharte, wo Santi einen der geheimen Eingänge geortet hatte. Ich blickte in den Himmel: Über den Dachzinnen des Schlosses flatterten die Fahnen aller an der Konferenz teilnehmenden Länder im Wind.

Santi drückte seine Schulter gegen einen Mauerstein. Eine Tür, nicht höher als meine Schultern, schwang auf. Dann umfing uns die kühle, modrige Kälte von Schloss Minimalia.

Weit und breit war niemand zu sehen. Gemeinsam legten wir einige Meter bis zu einer Flurgabelung zurück. Wir erinnerten uns gegenseitig daran, auf keinen Fall die Spyganizer abzuschalten. Ich küsste meine kleine Berta zum Abschied auf die kühle, feuchte Stirn.

»Ich hoffe auf ein Wiedersehen, Emma«, flüsterte die kleinste Schwester der Welt mit tiefem Ernst. »Doch wenn das Schicksal anderes für mich bestimmt hat, dann sollst du wissen, dass ich mich zutiefst für mein früheres Verhalten schäme.«

Das Schluchzen in meiner Brust zu unterdrücken, war nicht einfach. Würde ich Berta, die durch meine Schuld wegschmolz wie Butter in der Sonne, je wiedersehen?

Wir erneuerten unseren Schwur. Dann trennten sich unsere Wege.

Britney war ins Verlies zurückgekehrt und träumte in einem Lehnstuhl zwischen den Blaubeerfässern leise schnarchend von dem Tag, an dem sie Prinzessin von Minimalien werden würde.

Auch Lilli Krüger schlummerte an der Brust ihres Vaters wie ein Baby. Professor Krüger genoss jede Minute, trotz der misslichen Lage, in der er und seine Tochter sich befanden. Er musste an die ersten Jahre mit Monika und Lilli denken. Wie glücklich sie gewesen waren! Wenn er könnte, würde er diesen Zustand wiederherstellen. Er musste nur herausfinden, wie. Reuig gestand er sich ein, dass er nicht ganz schuldlos an der Entwicklung war. Gier und Ehrgeiz hatten ihn genauso gepackt wie Monika. Wie hatten sie beide darüber bloß ihre Tochter vergessen können? Das musste sich unbedingt ändern.

Professor Krüger wurde im Fassen guter Vorsätze jäh vom Hereinpoltern des minimalischen Thronfolgers unterbrochen. Die dösende Britney Pommeransch fiel vor Schreck aus dem Lehnstuhl.

»Der Countdown läuft! Das ist das Fass der Fässer!«, tönte Yarvis und klopfte auf ein Holzfass, das Blaubeersaft enthielt.

Kevin Kerbholzer wuchtete es zur Tür, stellte es auf und nahm den Deckel ab. Der Duft, der aus dem Fass strömte, füllte den ganzen Raum. Yarvis schraubte den Deckel vom Mamaq-Stern, ließ genüsslich einige Tropfen in den Blaubeersaft fallen und rührte mit einem Elefantenstoßzahn um, den Britney ihm gereicht hatte. »Lieber ein Tropfen zu viel«, knurrte er. »Ich habe ja genug von dem Zeug.«

Die Brühe blubberte auf, als finge sie an zu kochen. Der Prinz strahlte wie ein Honigkuchenpferd. Als er den Mund aufmachte, klangen seine Worte zuckersüß, so glücklich war er. »Kerbilein, das rollst du jetzt in die Sternwarte, hörst du? Und du, meine süße Britney, wirst heute unser Mundschenk sein und den Blaubeersaft an unsere Gäste austeilen!« Wie ein kleiner dicker Elf hüpfte Yarvis auf einen Hocker und kitzelte seine Verlobte am Kinn.

»Das werd ich, Yarvis!«, versprach sie. Britney war ebenso aufgeregt wie der Prinz.

»Sie sind ja verrückt!«, rief Professor Dr. Krüger aufgebracht.

»Total durchgeknallt«, sagte Lilli schlaftrunken.

Ihr Vater konnte nicht mehr verhindern, dass Prinz Yarvis Lilli gut gelaunt eine Ohrfeige verpasste. Das war der Ersten Tochter im Staat noch nie passiert.

Kerbholzer rollte das Fass in den Gang. Yarvis folgte ihm pfeifend mit Britney an der Hand. »Mich kriegt keiner mehr klein!«, sagte er verschmitzt beim Hinausgehen.

Dann drehte sich der Schlüssel im Türschloss.

Kapitel 30
Von einer Sackgasse, einem Labyrinth und dem falschen Ort zur falschen Zeit

Die Geheimgänge entpuppten sich als ein kompliziertes Labyrinth, in dem ich ohne die Pläne auf dem Spyganizer verloren gewesen wäre. Einige Gänge waren völlig unbeleuchtet. Zum Glück waren die Lämpchen unserer GGDW-Sneakers ziemlich stark. Ich hätte mir aber auch noch eine Fledermaus-Verscheuch-Vorrichtung gewünscht. Obwohl ich wusste, dass die Tiere einen nicht berühren, weil sie über Ultraschallortung verfügen, war mir ihr Fiepen und ihr plötzliches Auffliegen unheimlich.

Auf dem Spyganizer konnte ich mich selbst als rotes Pünktchen durch die Gänge bewegen sehen. Zwei Stockwerke über mir befand sich mein Ziel, die Sternwarte. Prinz Yarvis würde garantiert bald versuchen, den Teilnehmern des Gipfels das Malina-Mamaq einzuflößen. Ich wusste noch nicht, wie ich das verhindern und ihm das Mamaq abnehmen sollte, aber wenn ich vor Ort war, würde mir etwas einfallen. Hoffentlich.

Ich kam an eine schmale Steintreppe und machte mich an den Aufstieg. Es waren sechsundsechzig Stufen. Leider entpuppte sich die Treppe als eine Sackgasse. An ihrem oberen Ende er-

hob sich eine steile Mauer. Ungefähr zwei Meter über mir befand sich ein Gitterfenster zwischen den Steinblöcken. Einige Löcher in der Mauer zeigten, dass es früher einmal Trittstufen gegeben haben musste, auf denen man zu dem Fenster gelangen konnte.
Mit den Saugnäpfen in den Schuhen stellte die Mauer kein großes Problem dar. Mittlerweile hatte ich Übung in dieser Art des Aufstiegs. Nur das letzte Stück war schwierig, weil die Mauer uneben war. Ich warf ein Seil nach oben und fädelte es durch zwei Streben des Gitterfensters, um mich hinaufzuziehen.
Die Fensterscheiben waren so schmutzig, dass man kaum etwas erkennen konnte. Ich wischte eine Ecke mit einem feuchten Tuch aus meinem Rucksack sauber – die Ausrüster vom GGDW hatten wirklich an alles gedacht! – und blickte in den überfüllten Plenarsaal, über dem sich die Kuppel wölbte.
Zwischen mir und dem Saal befand sich ein schmaler Raum mit einer breiten Glasscheibe. Ich vermutete, dass sie von der Plenarsaalseite aus verspiegelt war, sodass man nur von meiner Seite aus hindurchschauen konnte. In dem Raum befand sich eine lange Theke, darunter Kühlschränke und riesige Getränkebestände. Auf Regalen blitzten Gläser.
Die Tür flog auf und drei Kellner hasteten mit Tabletts herein, bestückten sie mit Getränken und verließen den Raum wieder.
Hektisch studierte ich den Plan. Ich hatte eindeutig den falschen Weg genommen, denn es gab in der Nähe des Haupteingangs einen weitaus besseren Geheimgang. Irgendwo hatte ich mich verlaufen. Aber wenn ich es schaffte, mich unbemerkt

durch das Gitterfenster in den Getränkeraum zu schmuggeln, wären es nur noch wenige Schritte in den Plenarsaal.
Ich hatte keine Wahl – ein Zurück gab es nicht mehr. In meinen Schuhsohlen befand sich ein geräuschlos arbeitender Laserschneidbrenner. Ich machte mich ans Werk und hoffte, dass nicht im falschen Augenblick ein Kellner in den Getränkeraum kam. Ich vergaß in der Aufregung, die Saugnapffunktion der Agentenschuhe zu aktivieren. Und das, obwohl ich Angst hatte, auf die schmale Steintreppe unter mir abzustürzen. Endlich durchtrennte der Schneidbrenner den letzten Gitterstab und das ganze Gitter fiel mir entgegen. Dann entglitt es mir. Mit Karacho ratterte es die sechsundsechzig Stufen hinunter und blieb am Fuß der Treppe liegen. Die Lautstärke des Aufpralls war unbeschreiblich.
Mein Herz pochte bis zum Hals. Aber die Luft im Getränkeraum war immer noch rein. Ich wartete, bis sich mein Puls beruhigt hatte, und dann kroch ich blitzschnell durch die Fensteröffnung und sprang auf den langen Tresen. Ich würde mich hinter einem Stapel Wasserkisten verstecken.
In diesem Augenblick ging die Tür auf. Etwas Dunkles, Rundes rollte herein. Ein Fass! Dahinter glänzte schweißüberströmt das Gesicht von Kevin Kerbholzer. Er starrte mich an, als sähe er einen Geist. Dann grinste er breit.

Kadett Santiago Garcia Otero hatte schon einmal sauberer ausgesehen. Einige der Gänge waren so schmal, dass er sich krie-

chend darin hatte fortbewegen müssen. Emma hatte es da sicher leichter, dachte er. Klein müsste man sein.
Er beobachtete in einer Atempause auf dem Spygarnizer den roten Emma-Punkt, der sich der Sternwarte näherte. Erschrocken erkannte Santi, dass Emma die Abzweigung verpasst hatte. Allerdings würde sie auch auf diesem Umweg zum Ziel kommen. Hoffte er wenigstens.
Hinter der nächsten Kurve musste sich das Verlies befinden, in dem Lilli Krüger und ihr Vater gefangen gehalten wurden. Die Wanze im Haarreif sendete noch immer ein Signal.
Plötzlich hörte Santi ganz in seiner Nähe zwei Stimmen.
»Britney, hast du verstanden, wie wir vorgehen?«, grunzte eine Männerstimme.
»Wir haben das hundertmal geprobt, Bärchen!«
Ein Funkgerät krackelte. Was Santi dann hörte ließ ihm das Blut in den Adern gefrieren.
»Ich hab da was Interessantes, Prinz Yarvis! Die kleine Ratte!«, sagte ein Mann hämisch.
»Das ist ja heute mein Glückstag!«, kicherte der erste Redner. »Kerbi hat Emma Panther!«
Um Santi begann sich alles zu drehen. In seinem Kopf war das reinste Karussell. Um wen sollte er sich jetzt zuerst kümmern? Er musste Lilli und den Professor befreien, aber wenn Emma in der Gewalt von Yarvis war …
Kadett Garcia Otero schloss die Augen und atmete sieben Mal ein und aus, so, wie es ihnen Meister Kim Yong Fu eingetrichtert hatte. Er musste ruhig Blut bewahren und auf Emmas eigene Kraft und Intelligenz vertrauen.

Santis Hände waren eiskalt und klatschnass vor Aufregung, als er vorsichtig um die Ecke lugte. Er sah Prinz Yarvis und seine Verlobte beschwingt durch eine Tür verschwinden.
Kadett Garcia Otero machte einen Hechtsprung zum Verlies. Mit dem Werkzeug aus den Schuhsohlen gelang es ihm schnell, das Türschloss zu knacken. Um die Hände frei zu haben, legte er den Spyganizer ab. Dann lehnte er sich gegen die schwere Tür. Sie ging mit einem Ruck nach innen auf. Fluchend stolperte Santi über die Beine von Professor Krüger und Lilli.
»Hallo«, keuchte er, »ich bin der Befreier.«
»Wer, bitte?«, fragte der Professor überrascht.
Mit fliegenden Fingern löste Santi den Gefangenen die Fesseln.
»Das ist nur Schrumpel Panthers Boyfriend«, sagte Lilli abwertend und rieb sich die Handgelenke.
Professor Krüger glotzte Santi sprachlos an und blieb reglos auf dem Boden sitzen.
»Sie werden gebraucht, Professor Krüger!«, rief Santi drängend. »Emmas Halbschwester hat Mamaq getrunken und jetzt schrumpft sie weg wie ein Luftballon. Und Yarvis will die Gipfelteilnehmer kleinkriegen! Überhaupt alle Großen der Welt!«
Professor Krüger kaute angstvoll auf seiner Unterlippe herum und flüsterte: »Ohgottohgottohgott! Ich weiß bis heute nicht, wodurch Toxi und die Tierchen plötzlich klein geworden sind.«
»Welche Tiere sind klein geworden? Was ist mit Toxi? Papa?! Kann er nicht zur Hundeschau?«, fragte Lilli schrill.
Santi ignorierte sie. »Es sind die Mondstrahlen, Professor«, erklärte er.

Langsam dämmerte Krüger die Wahrheit. Er erinnerte sich an die Fotositzung und an das künstliche Mondlicht, das der Fotograf auf Lillis Wunsch eingesetzt hatte.
»Aber … Menschen schrumpfen nicht«, stammelte er, »das kann einfach nicht sein.«
Als Santi von Bertas Zustand erzählte, brach Professor Krüger in Tränen aus.
»Wegen mir würdest du nie weinen«, motzte Lilli, »aber wegen der Schwester von der Schrumpel heulst du wie ein Krokodil.«
»Emma heißt Emma und nicht Schrumpel!« Santi platzte der Kragen und ihm war ausnahmsweise auch zum Heulen.
Er musste Emma finden, und zwar sofort.

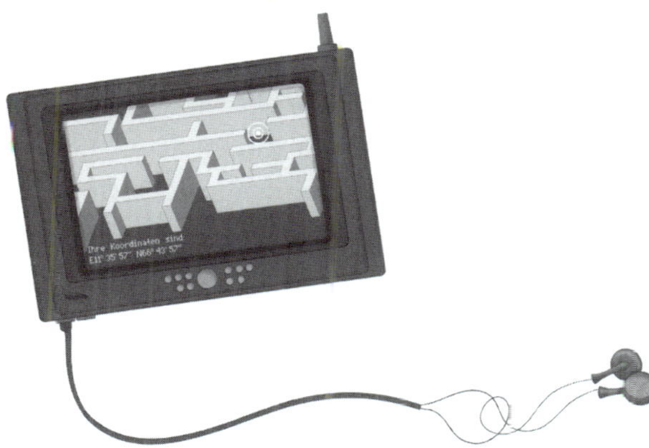

Kapitel 31
Von einem Braunbären, einem Dummbären und einem Alligator

Ich war nicht sicher, wieso es um mich herum dunkel geworden war. Es gab zwei Möglichkeiten: Entweder hatte Kevin Kerbholzer mir einen Schlag über die Rübe versetzt oder ich war vor Angst ohnmächtig geworden. Als ich meinen Kopf befühlte, stieß ich auf keine Beule. Ich war wohl einfach vor Schreck umgekippt.

Ich lag mit dem Rücken auf einer kühlen glatten Fläche und starrte in die toten Augen eines gewaltigen Braunbären, der mit aufgerissenem Maul an einer Wand lehnte. Nach einer Schrecksekunde erinnerte ich mich, wo ich etwas Ähnliches gesehen hatte: im Naturkundemuseum. Der Bär war ausgestopft.

Mein Blick wanderte weiter und blieb an Prinz Yarvis hängen. Der Thronfolger von Minimalien pulte mit einem Zahnstocher in seinen Zähnen herum. Ein schmaler Faden Spucke lief aus seinem rechten Mundwinkel.

»Willkommen in meinem Hobbyraum. Eine ausgestopfte Ratte fehlt mir noch in meiner Sammlung«, schmatzte er in meine Richtung.

Wütend wollte ich hochspringen. Doch außer meinen Zehen

konnte ich nichts bewegen: Mein ganzer Körper war von einem Seil umwickelt. Ich war zusammengeschnürt wie Rollschinken. Von meinem Rucksack fehlte jede Spur.

»Höhöhöhö!« Kevin Kerbholzer lachte, als er merkte, dass ich vergeblich gegen die Fesseln kämpfte.

»Hol den Alligator, Kerbi, statt blöd zu lachen!«, schrie Yarvis.

»Sie kommen mit Ihrem Plan nicht durch, Prinz Yarvis«, sagte ich laut und sehr ruhig. Ich war selbst überrascht, dass meine Stimme nicht zitterte.

Yarvis lief rot an. »Was weißt du schon von meinem Plan, Ratte!«, schrie er.

»Ich weiß, wie es sich anfühlt, klein zu sein«, sagte ich so mitfühlend wie möglich. Mein neuer Versuch zeigte sogar noch größere Wirkung als der erste.

Yarvis fielen beinahe die Augen aus dem Kopf. Er verschluckte sich und wurde von einem Hustenanfall geschüttelt. Britney Pommeransch klopfte ihm auf den Rücken, damit er nicht erstickte.

»Ich habe Asthmaspray in der Hosentasche«, bot ich Yarvis an.

»ICH BRAUCHE KEIN ASTHMASPRAY. UND NICHTS WEISST DU, GAAAAAAR NICHTS!«, kreischte der kleine Prinz nach dem Luftholen.

»Beruhige dich, Bärchen«, bettelte Britney ängstlich. »Du wirst dich doch nicht von einem Kind provozieren lassen!«

Links von mir erschien ein mehrere Meter großer präparierter Alligator. Sein Maul mit den unzähligen scharfen Zähnen war

gefährlich weit aufgerissen. Zu Lebzeiten hatte er sicherlich mit Vorliebe Menschen gefressen.
»Hey!«, protestierte ich, denn auf einmal wurde ich hochgehoben und mit den Beinen voran ins Innere des mausetoten Alligators gestopft. Wäre ich nicht so fest verschnürt gewesen, hätte ich mich mit Händen und Füßen gewehrt.
»Wer mir in die Quere kommt, muss Schwimmen lernen, Emma Panther!«, schrie Prinz Yarvis. »Ab in den Flutraum mit dir!« Ich hatte keine Ahnung, was er damit meinte. Aber es klang nicht gut. Zwei fette Hände klappten das Maul des Alligators über mir zu. Nur durch die Augenhöhlen drang noch ein schwacher Lichtschein zu mir durch.
Ich gab es auf, freundlich zu tun, und schrie, so laut ich konnte. Der Alligator wurde hochgehoben und fortgetragen. Ich fühlte mich wie auf einem Schiff, so sehr schaukelte ich in dem hohlen Reptilkörper hin und her. Die Reise dauerte ein paar Minuten. Dann wurde der Alligator unsanft zu Boden gelassen.
»Schon macht es plätscher-plätscher!«, sang Kevin Kerbholzer. Er musste völlig durchgeknallt sein. Seine Stimme hallte wie die des Bademeisters im Dianabad, wo ich schwimmen gelernt hatte. Egal, wo wir uns befanden: Es musste auf jeden Fall ein ziemlich schmaler, hoher Raum sein.
Vergnügt starrte mich Kerbholzer durch die linke Augenhöhle des Alligators an. Er wartete wohl darauf, dass ich um Gnade winseln würde. Ich presste beide Lippen zusammen und tat keinen Mucks.
»Gleich gibt's nasse Füße, Kerbi!«, warnte der Thronfolger.

Dann hörte ich, wie ein Schalter umgelegt wurde. Es gurgelte und gluckerte.
»Ojojojojoj!« Kerbholzers Auge verschwand und seine Stimme entfernte sich. Einen Moment lang war es still, bis auf das seltsame Gurgeln. Hatte Yarvis etwa einen Wasserhahn aufgedreht? Eine schwere Tür knallte ins Schloss.
»Hals- und Schiffbruch und gute letzte Reise, Emma Panther!«, schrie Yarvis von draußen. »Jetzt kommt mir niemand mehr in die Quere!«
Das Plätschern wurde lauter. Der Kopf des Alligators schien sich zu heben. Es schien fast so, als ob er … schwamm.
Der Raum wurde geflutet.
»MAMA!«, schrie ich, so laut ich konnte.
Dann machte ich mir in die Hose.

Drei Minuten und zwanzig Sekunden später rollte Kerbholzer das Fass Blaubeersaft, das Yarvis mit Malina-Mamaq versetzt hatte, in den Plenarsaal. Dort nahmen einige Kampfhähne eine kurze Auszeit von den hitzigen Wortgefechten und hingen erschöpft in ihren Stühlen.
Eine strahlende Britney balancierte ein Tablett mit Gläsern durch die Reihen und Prinz Yarvis persönlich schöpfte mit einer Kelle den duftenden Saft aus dem Fass und ließ ihn lustvoll in die Gläser platschen.
Die köstliche Erfrischung war allen höchst willkommen. Britney reichte den Ehrengästen auf dem Podium ihre Gläser. Als

eine der Ersten schlürfte Dr. Monika Krüger vom minimalischen Nationalgetränk. König Yonno bedankte sich bei seiner zukünftigen Schwiegertochter. Schön, dass sie sich endlich nützlich machte, dachte der Herrscher und prostete ihr zu.

Kokett lächelnd servierte Britney danach dem chinesischen Redner ein Glas direkt ans Rednerpult. Schon seit zehn Minuten wetterte Herr Li pausenlos in die Runde.

»Der Jangtsekiang ist *unser* Fluss, er fließt durch *unser* Land, und er wird gestaut, wie *wir* es wollen! Wer sich einmischt, landet in unseren Kerkern! – Danke, mein Kind!«

In einem Zug stürzte der Chinese den Blaubeersaft hinunter, leckte sich die Lippen und wollte seine Schimpftirade fortsetzen, als er stutzte und eine kurze Pause machte. Nachdenklich wackelte er mit dem Kopf. Das Mamaq entfaltete langsam seine Wirkung.

»Ich wollte sagen«, stammelte er, »ja, was wollte ich eigentlich sagen? Also, unter Umständen könnten wir Chinesen uns eventuell … möglicherweise … entschließen, die Verwaltung des Flusswassers diesem kleinen entzückenden Land hier zu überlassen, damit alle etwas davon haben.«

Tosender Applaus belohnte ihn für das kluge Einlenken. Auch Geheimdienstchef Ypsilon applaudierte. Dann nahm er aus Britneys Händen ein Glas entgegen und trank.

»Wohl bekomm's!«, sagte Yarvis' Verlobte kichernd. »Es ist genug für alle da!«

Mit einem Siegerlächeln machte Prinz Yarvis sich neben seinem Vater auf dem Podium breit.

»Prost!«, rief er gut gelaunt ins Mikrofon und hob sein Glas, natürlich ohne zu trinken.
Alles verlief ganz nach Wunsch.

Wenige Minuten später herrschte im Sitzungssaal ausgelassene Stimmung. Berauscht vom klug machenden Malina-Mamaq, fielen sich ehemalige Feinde in die Arme und schworen einander, sich in Zukunft netter zu verhalten.
Auf einem Tischchen lag ein aufgeklappter Ordner mit dem Vertrag, der die Weltwasserrechte regelte. Noch war nichts unterschrieben, denn erst mussten alle Konferenzteilnehmer am Rednerpult ihre Meinung kundgetan haben.
Prinz Yarvis trommelte ein wenig gelangweilt auf seine Knie. Wie lange sollte das Gelaber denn noch dauern? In wenigen Stunden wollte er mit Britney an einen warmen Südseestrand fliegen, um dort Minimaliens Herrschaft über das Weltwasser zu feiern. Niemand ahnte, dass der Prinz vorhatte, danach gut erholt seinen Vater vom Thron zu stoßen und dann die Wasserpreise so hochzuschrauben, dass Gold und Geld die minimalischen Schatzkammern zum Überlaufen brachten.
Sobald die Verträge unterschrieben und die Anwesenden geschrumpft waren, wäre alles in Butter und er wäre der reichste und größte Herrscher der Welt. Er würde als Yarvis der Große in die Geschichtsbücher eingehen.
Yarvis wurde jäh aus seinen Träumen gerissen, denn Frau Dr. Krüger trat ans Rednerpult. Man sah ihr die Wirkung des Malina-Mamaqs sofort an: Sie wirkte blitzgescheit.
»Meine Damen und Herren«, begann die Bundeskanzlerin,

»wir werden die Probleme nur gemeinsam lösen! Das Wasser an gierige Wirtschaftsunternehmen zu verkaufen, wäre ein großer Fehler! Es wäre aber auch ein Fehler – verzeih, König Yonno –, seine Verwaltung einem einzigen Land zu überlassen! Auch wenn es sich um ein friedliches, neutrales Land wie Minimalien handelt. Denn wer weiß schon, was die Zukunft bringt?«

Alle Augen richteten sich auf Prinz Yarvis. Der meinte, sich verhört zu haben. Er lief tomatenrot an.

»Mich bringt die Zukunft! Mich!«, kreischte er.

»Eben«, sagte König Yonno. Er betrachtete seinen einzigen Sohn mit Sorge. »Monika – äh, Frau Dr. Krüger – hat leider völlig recht.«

»Diese Schnepfe ist doch krank im Kopf!«, schrie Yarvis.

Der König erhob sich. »Deshalb erkläre ich an dieser Stelle in meiner Eigenschaft als König: Minimalien verzichtet auf die Rolle des Verwalters. Wir sollten die Vereinten Nationen mit der gerechten Verteilung der Bestände beauftragen! Darauf wollen wir mit Blaubeersaft anstoßen! Yökl-Yökl-Yepp!«

Prinz Yarvis sprang auf den Tisch und kläffte wütend in die Menge. »Er weiß nicht, was er sagt! Das ist Alterswahnsinn!«

Der tosende Applaus und die Yökl-Yepp-Rufe übertönten Yarvis und brachten die Fenster zum Klirren. Danach reihten sich die Abgesandten auf, um den wichtigsten Vertrag der Welt zu unterzeichnen.

Yarvis stürmte mit Schaum vor dem Mund zu Kerbholzer, der sich angeregt mit zwei norwegischen Politikern unterhielt. »Kerbi, du Trottel! Tu was!«, brüllte der Thronfolger.

Mit erstauntem Blick wandte sich der Bodyguard zu ihm um. »Hoheit, könnte es nicht sein, dass die Bundeskanzlerin ebenso wie Ihr verehrter Herr Vater eine bahnbrechende Einsicht hatten, im Hinblick auf die friedliche Zukunft des Planeten?«

»Er hat von dem Saft getrunken, Bärchen«, flüsterte Britney Yarvis ins Ohr. »Hör nicht auf ihn!«

»Dann führen wir den Plan eben allein durch!«, fauchte Yarvis. »Alle Mann in Stellung!«

Kapitel 32

Von einem grünen Gefängnis, der Wahrheit über Strudel und einem Abschied

Bis auf das Plätschern war es totenstill im Flutraum. Im Inneren des Alligators dagegen rauschte das Blut in meinen Ohren so laut, wie ich es noch niemals gehört hatte. Mein Herz pochte gegen die Rippen, und in meinem Magen gluckerte der Wakey-Wakey-Riegel, der sich dort schon viel zu lange befand. Das Zeug war schwer verdaulich. Das sollte ich bei Gelegenheit unseren Ausbildern mitteilen.

Mama hat mir das Schwimmen beigebracht, als ich vier Jahre alt war. In einem See, warm wie das Wasser in einer Badewanne. Sie hat mir vom Meer erzählt, das noch viel größer sein soll. Von Strudeln und von Strömungen, die einen dort erfassen können, wenn man nicht achtgibt. Die Strudel sind so stark, dass sie den besten Schwimmer bis auf den Meeresgrund ziehen können. Wenn man mit Händen und Füßen dagegen ankämpft, ertrinkt man schnell, hat sie mir erklärt. Wenn man sich dagegen nicht wehre und ruhig die Luft anhalte, würde einen der Strudel wieder ausspucken wie einen Kirschkern. Mit der Strömung sei es genauso. Sie halte nur diejenigen gefangen, die nicht mit ihr mitströmten.

Deshalb beschloss ich in meinem grünen Gefängnis, dass ich auch im Inneren eines ausgestopften Alligators Ruhe bewahren würde. Ich würde nicht herumzappeln, sondern einfach abwarten. Und ich würde mir einreden, dass es gar keinen gemütlicheren Platz auf der Welt gäbe als diesen. Ich durfte bloß keinen Gedanken an die Gefahr verschwenden und keinen an Berta.

Das war schwer. Fast unmöglich sogar.

Der Alligator schwebte träge auf der Wasseroberfläche.

Ich befand mich in seinem Inneren ja in einem großen Hohlraum. Solange kein Wasser eindrang, drohte mir keine Gefahr. Durch die Augenöffnungen bekam ich genügend Sauerstoff zum Atmen. Nur wenn ich einen Asthmaanfall bekam, konnte mir die Luft knapp werden. Ein Grund mehr, nicht in Panik zu geraten.

Noch wollte ich nicht darüber nachdenken, was passieren würde, wenn sich der Raum vollständig mit Wasser gefüllt hatte. Ich wollte mir *nicht* vorstellen, wie zwei dünne Wasserstrahlen durch die Augenlöcher des Alligators hereinströmen würden. Nein!

Stattdessen nutzte ich meine geringe Körpergröße und meine Biegsamkeit. Ich krümmte mich im Zeitlupentempo zusammen. Von außen hätte man keine Bewegung wahrgenommen, aber ich spürte, dass meine Fesseln ganz leicht nachgaben. Mit den Zähnen erreichte ich ein Ende des dünnen Seils. Ich zog daran. Es saß bombenfest.

Es kam mir vor wie eine Ewigkeit, bis ich es endlich durchgebissen hatte. Vorsichtig bewegte ich die Arme und schlüpfte aus

dem Seilgewirr. Der Alligator geriet gefährlich ins Schwanken. Wie ich es befürchtet hatte, drang sofort Wasser durch die Augenhöhlen ein.
Ich hielt die Luft an, bis sich die Wellen gelegt hatten.
Dann arbeitete ich mich innerhalb des Alligators nach oben vor zum Maul und versuchte, den Oberkiefer aufzustemmen. Ich erschrak furchtbar, als er hochschnellte. Anscheinend waren die Kiefergelenke mit einem Federmechanismus versehen.
Ein Schwall abgestandener Luft strömte herein. Besser Luft als Wasser! Ich drehte mich auf den Bauch und robbte mich Zentimeter um Zentimeter zu den scharfen Zähnen vor, bis ich meine Hände ins Wasser halten konnte.
Gaaanz langsam paddelte ich mich und das Krokodil an die Längswand des rechteckigen Raums. Das Wasser war kräftig gestiegen und füllte bereits drei Viertel des Schachts.
Über mir, in der Wand eingelassen, befand sich die Steuerungsanlage mit beschrifteten Knöpfen und Hebeln: *Gegenstromanlage. Wasserzulauf ein und aus. Absaugen. Umwälzen.*
Vorsichtig streckte ich meinen Arm aus. Es fehlten noch mindestens zwanzig Zentimeter nach oben, um die Anlage zu erreichen. Mit unverminderter Geschwindigkeit strömte das Wasser in den Raum und verringerte den Abstand zur Decke, unter der ich ertrinken würde, wenn ich mich nicht schleunigst von hier verabschiedete. Zumindest musste es mir gelingen, den Wasserzufluss zu stoppen.
»Ist man in kleinen Dingen nicht geduldig, bringt man die großen Vorhaben zum Scheitern«, sagte ich zu mir selbst. Das war

von Konfuzius und von Meister Kim Yong Fu. Obwohl: Aus dem Flutraum zu entkommen, war kein kleines Ding.
Das war eine Riesensache.
In meiner Erinnerung dauerte es zwei Ewigkeiten und eine Stunde, bis das Wasser meinen Alligator und mich auf die Höhe des Schaltkastens gehoben hatte. Um die Gedanken an Berta, Yarvis, das Mamaq und den Vollmond zu verscheuchen, hatte ich mir einen Namen für den Alligator ausgedacht und ihm eine Geschichte angedichtet. Er hieß Vertigo. Vertigo kam aus einem Tümpel in Nordaustralien und war als Baby von seiner Mutter getrennt worden. Weil der kleine Vertigo nichts zu fressen bekam, musste er schon als Jugendlicher die Beine von Touristinnen anknabbern, wurde später von einer Betäubungspistole getroffen und kam in den Zoo, aus dem Yarvis ihn freikaufte, um ihn heimtückisch zu ermorden.
»Vertigo, es ist Zeit, dich zu verlassen, du musst jetzt tapfer sein«, flüsterte ich meinem grünen Behälter zu, als die Zeit reif war. Ich hockte mich auf seine Unterkiefer – ich steckte ja immer noch zur Hälfte in seinem Bauch – und zog mich mit einem Ruck hoch. Vertigo kam gefährlich ins Trudeln.
»Hilfe!«, schrie ich und verlor das Gleichgewicht. Im Fallen streifte ich den rechten äußeren Knopf des Schaltkastens.
Es war der Absaugknopf.
Ich schluckte Wasser und strampelte, um an der Oberfläche zu bleiben. Meine Jeans sogen sich furchtbar schnell voll und wollten mich nach unten ziehen. Vertigo wirbelte ohne mich im Kreis, immer schneller und schneller, dann wurde er wie von Geisterhand an die gegenüberliegende Wand getrieben,

wo er sich mit hängendem Unterkiefer senkrecht aufstellte. Einen Lidschlag später ging er unter. Da, wo sich eben noch der grüne Alligator befunden hatte, tanzte ein wilder Strudel.
»See you later, Alligator«, murmelte ich, weil Papa das oft sagte. Das ist aus einem uralten Lied, das er sehr mag.
Der Wasserspiegel sank mit rasender Geschwindigkeit.
»Hilfe!«, rief ich wieder. Ich strampelte verzweifelt mit Armen und Beinen, aber es gab an den glatten Wänden rein gar nichts, woran ich mich hätte festhalten können. Dann erfasste mich der Sog und zog mich unter Wasser. Ich riss die Augen auf.
Vor mir, in der rechten unteren Ecke des Raums, gähnte ein Loch, groß genug, dass Vertigo hindurchgepasst hatte. Er war verschwunden.
Ich schaffte es, mich zur Wasseroberfläche hochzustrampeln, einen tiefen Atemzug zu nehmen und die Luft anzuhalten, ehe ich unfreiwillig wieder untertauchte. Sicherheitshalber kniff ich die Augen zusammen und schloss mit meinem Leben ab.
Danke, Leben, dachte ich. Du warst kurz, aber – bis auf die Sache mit Mama, mit Berta und dass ich nicht wachse und die peinliche Verliebtheit in Santi – richtig schön. Mach's gut, Planet. Viel Glück. Gott, wenn es dich gibt, kümmere dich um Berta.
Dann saugte das Loch mich ein.

Während er hinter Santi durch die engen Geheimgänge des Schlosses rannte, kritzelte Professor Krüger chemische Formeln auf einen Block. »Dieser Verbrecher hat nur ein paar Tropfen von der Gesamtmenge Mamaq verwendet. Um ein vernünftiges Gegenmittel herzustellen, braucht man etwa fünfzehn Milliliter, schätzomativ«, keuchte er. »Das ist nur etwa ein Achtel von dem, was noch in dem Stern ist.«

»Warte!« Lilli stolperte entsetzt hinter ihrem Vater her. Hätte er sie tatsächlich beinahe vergessen?

Sie hasteten ein Stockwerk höher. Im Halbdunkel des Flurs tastete Santi nach seinem Spyganizer. Er war weg! Er musste ihn verloren haben, nachdem er die Tür des Blaubeerkellers geöffnet hatte.

Im Foyer vor dem Observatorium schoben mehr als ein Dutzend Geheimdienstleute Wache.

»Nicht dahin!«, rief Santi. Er lotste den Professor zum Seitenflügel, wo Shirin ihr Labor aufgebaut hatte.

Lilli dachte einen Moment nach. Dann lief sie auf Sensendengler zu, dem ein Stein vom Herzen fiel, als er Lilli unversehrt und schlecht gelaunt wie immer auf sich zukommen sah. Sein Job war gerettet! Er hatte sich schon eine Strategie zurechtgelegt, wie er die Geschichte ihrer Entführung als Ausgeburt wildester Fantasie darstellen würde, falls Lilli auf die Idee kam, sie jemandem zu erzählen.

Santi und Professor Krüger gelangten zu der mittelalterlichen Küche, die seit Jahren nicht benutzt worden war. Der Staub stand zentimeterhoch auf dem kalten Steinfußboden. Shirin hatte die winzige Berta zwischen zerschlissenen Geschirrhandtüchern in eine Suppenschüssel gebettet.

»Wo hast du denn gesteckt?«, rief sie, als Santi durch die Tür hereingetrampelt kam. »Sind Sie Professor Krüger?«

»Ich glaube schon«, stammelte der, denn er betrachtete geschockt die schlafende Berta. Er riss sich los und prüfte mit einem Blick Shirins Versuchsanordnung.
»Perfekt aufgebaut, junge Dame. Aber wir brauchen das Mamaq, und zwar gleich!«
»Ich tue, was ich kann!«, schrie Santi und wollte schon wieder aus der Tür rennen. Dann stutzte er. Aus einem Wasserrohr, das nutzlos aus der Wand ragte, war etwas auf den Boden geplumpst. Santi bückte sich und hob es auf. Es war ein Schuh. Aber nicht irgendein Schuh. Es war der Schuh von Emma Panther.
Zwei Minuten später rannten Santi und Dr. Krüger im Stechschritt auf eine kreischende Lilli, Sensendengler und den kopfschüttelnden Ypsilon zu. Der war sich mit Sensendengler einig, dass die Fantasie mit Lilli Krüger durchging. Die Geschichte über eine Entführung, die sie ihm da auftischte, konnte unmöglich stimmen.
»Kadett Garcia Otero!«, rief Ypsilon überrascht. Was hatte Santi hier in Minimalien verloren?
»Sie müssen sofort etwas tun!«, schrie Professor Krüger atemlos, bevor Santi reagieren konnte. »Yarvis hat Emma Panther in seiner Gewalt und das vermaledeite Malina-Mamaq hat er auch, und die Schwester von Emma Panther ist geschrumpft, so wie meine Tiere, hoffentlich ist das unglückliche Kind noch zu retten!«
»Papa, sag ihnen, dass ich entführt war!«, kreischte Lilli, aber keiner beachtete sie.
Ypsilon wurden die Knie weich. »Emma? Was ist mit Emma? Wo ist Berta?«

»Bei Shirin in der Küche! Das ist Emmas Schuh!«, stieß Santi hervor und hielt Ypsilon den Schuh unter die Nase.
»Sensendengler! Müller! Stein!«, befahl Ypsilon angstvoll. »Sie suchen auf der Stelle nach Kadettin Panther!« Sein rechtes Auge zuckte nervös.
»Dieses Mamaq existiert tatsächlich?« Ypsilon war nicht sicher, ob er das wirre Geplapper des Professors verstanden hatte.
»Es ist in einem Stern und Yarvis hat ihn«, haspelte Santi.
»Es war mein Stern, du Weichhirn!«, maulte Lilli.
Der Professor zuppelte nervös an Ypsilons Jackett.
»Prinz Yarvis muss sofort verhaftet werden. Gehen Sie nicht zurück in die Sternwarte! Lassen Sie sie evakuieren! Das Dach wird sich öffnen, und wenn der Vollmond hereinscheint, werden alle schrumpfen, die vom Blaubeersaft getrunken haben!«
Ypsilon riss sich los und hastete in den Saal zurück. Ihn beschlich ein Gefühl des Grauens. Im Saal wirkte alles völlig normal. Und doch konnte Ypsilon die Gefahr förmlich mit Händen greifen. Jedes Wort seiner Kadetten war wahr gewesen. Oder täuschte er sich? Ihm wurde schwindlig. Er musste die geschrumpfte Berta in Augenschein nehmen, und zwar gleich. Und er machte sich Sorgen um Emma.
Ein schnappendes Geräusch ließ den Geheimdienstchef herumfahren: Sämtliche Türen zum Plenarsaal waren in diesem Augenblick gleichzeitig ins Schloss gefallen. Er rüttelte an der Tür, die er gerade eben noch ohne Probleme durchquert hatte. Sie war verriegelt.
»Sensendengler!«, bellte Ypsilon in seinen Spyganizer. »Sensendengler, bitte kommen!«

Doch es herrschte Funkstille. Anscheinend hatte jemand einen Störsender aktiviert. Hilflos schaute sich Ypsilon im Saal um. Niemand außer ihm schien etwas bemerkt zu haben.
Dann erschien wie von Geisterhand Prinz Yarvis auf dem Podium. Er trat ans Rednerpult und deutete in die Kuppel.

Kapitel 33
Von Röhrenrutschen, Vertigos Bruchlandung und meinem Aufstieg ins Freie

Die meisten Menschen lieben Wasserparks. Die mit den langen Röhren, durch die man jauchzend in ein Schwimmbecken rutschen kann. Ich gehöre nicht dazu. Meine Haut verträgt kein Chlorwasser, es macht mir rote juckende Pickel auf dem Rücken und auf dem Bauch, und durch eine enge Röhre zu jagen, finde ich auch nicht prickelnd.
An diesem denkwürdigen Tag in Minimalien wünschte ich mir, ich hätte Röhrenrutschen für Olympia trainiert. Mein Luftvorrat würde nicht mehr lange reichen. Während ich wie ein Brummkreisel durch das nasse Dunkel gewirbelt wurde, erinnerte ich mich an den Burggraben und ein Rohr, das ich bei unserer Ankunft am Schloss gesehen hatte: Es ragte in Höhe eines vierstöckigen Hauses aus der Schlossmauer. Wenn das der Ort war, aus dem das Flutraumwasser geschossen kam, konnte ich das unmöglich überleben.
Plötzlich fühlte ich einen stechenden Schmerz in meiner Schulter und gleich darauf noch einen: Die Strömung warf mich gegen eine Seite des Rohrs, in dem sich etwas befand, das ich mit den Fingern umklammern konnte: eine eiserne Sprosse!

Mit letzter Kraft hielt ich mich fest. Der Druck der Strömung auf meinen Schultern war enorm, als ich das letzte bisschen Luft in meinen Lungenflügeln mobilisierte und eine zweite Sprosse zu greifen bekam. Und eine dritte!

Mit einem Mal war mein Kopf aus dem Wasser. Ich zitterte am ganzen Körper, holte tief Luft und heulte vor Erschöpfung.

Unter mir rauschte das Wasser mit vollem Karacho weiter nach unten, um am Ausgang des Rohrs in den Burggraben zu prasseln.

Ich blinzelte und sah etwas Grünes an einem Vorsprung unter mir schimmern: So hatte Vertigo bestimmt nicht enden wollen, zerrissen in seine Einzelteile.

Es gab keine Zeit zu verlieren. Über der höchsten Sprosse sah ich die Öffnung eines waagerechten, trockenen Rohrs. Ich kletterte nach oben und robbte hinein. Irgendwo in der Nähe musste das Rohr einen Ausgang haben. Woher sonst stammte die frische Luft?

Ich gelangte an eine Abbiegung und musste mich entscheiden: geradeaus weiter oder steil nach oben, eine weitere Sprossenleiter hoch. Über mir schimmerte ein Stück blauer Himmel. Ich entschloss mich, nach oben zu klettern.

Nicht an Berta denken. Nicht an Berta denken. Nicht an Berta denken.

Dann war ich mit einem Mal auf dem Dach, zwischen den wehenden Fahnen. Ich hatte keine Zeit, um mich auszuruhen. Keuchend rannte ich zur hervorstehenden Kuppel der Sternwarte, in die hier und da kleine Fenster eingelassen waren.

Die Kuppel stand einen Spaltbreit offen. Mir fiel das Herz in die Hose. Yarvis war dabei, seinen Wahnsinnsplan wahr zu machen.

Im Inneren der Sternwarte starrte Ypsilon gebannt auf Prinz Yarvis, um dessen Hals der Mamaq-Stern baumelte. Noch immer hatte er seinen rechten Arm erhoben und deutete zur Kuppel der Sternwarte hinauf. Neben dem Thronfolger stand Britney Pommeransch und lächelte huldvoll in die Menge, ganz so, als wäre sie bereits Königin. König Yonno flüsterte kopfschüttelnd mit Bundeskanzlerin Dr. Monika Krüger.

»Werte Anwesende!«, rief der minimalische Thronfolger ins Mikrofon.

Das Stimmengewirr im Saal verstummte. Yarvis räusperte sich genüsslich.

»Grooooße und ach so kluge Männer und Frauen der Welt!«, fuhr er fort. »Da sich dieses Treffen nun seinem friedlichen Ende zuneigt, will ich Sie nach minimalischer Sitte mit einem Himmelsschauspiel beglücken! Wo andere Staaten Feuerwerke ausrichten, präsentiert Minimalien Ihnen die reine Größe – hahaha! – der Natur. Der Anblick der leuchtenden Sterne und des strahlenden Vollmonds soll Ihnen bewusst machen, wie *winzig* man sich im Angesicht des Universums fühlen kann! – Kerbholzer! Dach!«

Alle Welt starrte nach oben auf die Kuppel. Zaghafter Applaus regte sich. »Dach!«, schrie Yarvis. Er hatte vergessen, dass Kevin Kerbholzer durch den Genuss des mit Malina-Mamaq vergif-

teten Blaubeersaftes zu klug geworden war, um seinen Befehlen noch zu gehorchen.
»Wenn man nicht alles selber macht!«, fauchte Yarvis. Er stürmte zu dem Pult, das sich hinter dem Podium befand. Der größte Hebel bediente das Dach der Sternwarte. Yarvis musste mit aller Kraft drücken, bis er sich umlegte.
Mit einem blechernen Quietschen schob sich das Dach einen ersten Spalt weit zur Seite. Silbernes Licht zeichnete einen schmalen Streifen auf den Boden des Saals.
»Nicht!«, schrie Ypsilon und stürmte nach vorn. Aber er hatte nicht mit Britney Pommeransch gerechnet, die dem Geheimdienstchef undamenhaft einen Holzstuhl auf den Schädel krachen ließ. Ypsilon fiel um wie ein Stein und wurde bewusstlos.
»Weiter, Bärchen!«, schrie Britney und rannte Yarvis zu Hilfe. »Du kriegst sie klein!«
Das Mondlicht streifte die ersten Delegierten. Während Britney das Dach Stück für Stück öffnete, kehrte Prinz Yarvis pfiffelnd aufs Podium zurück und nahm zwischen seinem Vater und der Bundeskanzlerin Platz.
Eigentlich hätte bei dem Schauspiel, das sich ihren Augen bot, Panik unter seinen Sitznachbarn ausbrechen müssen. Stattdessen waren König Yonno, Bundeskanzlerin Dr. Monika Krüger, der britische Premierminister und der russische Nobelpreisträger Dimitri völlig erstarrt.
»Großartig, nicht?«, höhnte Yarvis vergnügt. Er amüsierte sich königlich und deutete lachend in die linke Saalecke, die in Mondlicht getaucht war. Dort schnurrten unter den Augen der

entsetzten Weltelite etwa fünfzehn Delegierte zusammen wie Weintrauben in der Sonne.

Erst hatten sie die Größe von Zwölfjährigen. Kurz darauf wirkten sie wie Achtjährige, die die abgelegten Kleider ihrer älteren Geschwister auftrugen, und bald wie Kindergartenkinder.

»Weiter öffnen!«, schrie Yarvis Britney zu.

Immer mehr Kongressteilnehmer fielen den Mondstrahlen zum Opfer.

»Noch mehr Dach!«, kreischte der kleine Prinz übermütig.

Die meisten Anwesenden trauten ihren Augen nicht und dachten, sie säßen einem optischen Trick auf, einer genialen Darbietung zu Ehren des feierlichen Anlasses. Einige klatschten sogar noch, während sie selbst schrumpften, aber ihr lautes Gelächter verstummte rasch.

Als ihre Schrumpfung vollendet war, wirkten sie wie überdimensionierte Gartenzwerge und stolperten und fielen über Hosenbeine und Rocksäume. Wild schreiend krabbelten sie übereinander.

Die Kanzlerin erwachte aus ihrer Schreckstarre. »Was geht hier vor?«, rief sie donnernd. »Yonno, was geschieht hier?«

König Yonno schlug die Hände vors Gesicht. »Ich weiß es nicht!«, jammerte er. »Ich habe keine Ahnung! – Yarvis?«

Prinz Yarvis grinste verschmitzt und flüsterte vertraulich: »Wenn das hier vorbei ist, Papachen, dann habe ich das Sagen!! Denn im Vergleich zu all den Zwergen bin ich der Allerallergrößte!«

Ypsilon war wieder zu sich gekommen. Unter Umgehung der Mondlichtzonen robbte er nach vorn und ergriff ein Mikrofon. »Alarm!«, brüllte er hinein, in der Hoffnung, dass die Sicherheitskräfte außerhalb des Saals ihn hören würden. »Nicht gewaltsam sprengen! Warten Sie auf meine Anweisungen!«
Verwirrt stolperte Kevin Kerbholzer durch den Schatten auf sein früheres Idol Prinz Yarvis zu. Der klug gewordene Bodyguard plante, Yarvis zur Vernunft bringen. »Das ist nicht rechtens, Majestät!«, sagte er mit erhobenem Zeigefinger.
Yarvis hüpfte vom Podium. Er ergriff den Gehstock eines greisen Delegierten und stieß ihn seinem Leibwächter in die Nabelgegend.
»Geh ein Stückchen zurück, Kerbilein. Schön machst du das! Da lang! Dahin, wo der liebe Mond scheint!«
Von Grauen gepackt, wich Kevin Kerbholzer zurück. Wie hatte er bloß all die Jahre für diesen Irren arbeiten können? Er stolperte und fiel der Länge nach hin, mitten ins Mondlicht. Unter Yarvis' höhnischem Gelächter schrumpfte er wie ein Ballon, dem man die Luft herausgelassen hatte.
Der Prinz versetzte ihm einen Tritt. »Du bist entlassen, Kerbi! Einen Zwerg als Beschützer kann kein König brauchen! – Britney! Mehr Mond!«
Nun begriffen auch die Letzten, dass ihnen ernsthafte Gefahr drohte. Nur im Schatten war man sicher. Schon drängten sich alle an den Seitenwänden zusammen.
Wie Rumpelstilzchen sprang Prinz Yarvis zwischen den Kleingewordenen hin und her, scheuchte sie, lachte wie toll und brüllte: »Jetzt bin *ich* der Größte! Der Allergrößte!« Der chi-

nesische Staatsmann, der Yarvis nur noch bis zu den Knien reichte, hielt sich jammernd am Hermelinmantel des minimalischen Thronfolgers fest. Mit einer verächtlichen Bewegung schüttelte der jetzt relativ riesige Prinz von Minimalien ihn ab.

Dr. Monika Krüger und König Yonno retteten sich mit einigen anderen unter den Podiumstisch, ehe das Mondlicht sie erreichen konnte. »Ich habe einen Wahnsinnigen zum Sohn«, murmelte König Yonno erschüttert. Die Kanzlerin konnte dem nicht widersprechen.

Kapitel 34
Von Heldentaten, ausgleichender Gerechtigkeit und einem todesmutigen Sprung vom Dach

Ich lag auf dem Flachdach, das an die Kuppel der Sternwarte grenzte, und starrte durch den breiten geöffneten Spalt der Kuppel in den Saal hinunter. Von den Bergen wehte ein warmer Wind herüber und fuhr in meine Kleider. Am liebsten wäre ich einfach hier oben geblieben und hätte mich im Mondlicht ausgeruht. Aber dafür blieb wirklich keine Zeit. Die ersten Anwesenden im Saal waren schon geschrumpft. Ihre Gesichter konnte ich aus der Entfernung nicht erkennen.

Das Kuppeldach quietschte und ächzte, als es sich ein Stück mehr öffnete. Mit jedem weiteren Zentimeter brachte es denen, die Malina-Mamaq im Blut hatten, das Verderben. Wenigstens hatten sie hoffentlich keine Überdosis bekommen, so wie Berta, und würden nicht ewig weiterschrumpfen.

War Berta noch am Leben? Ich hätte alles dafür gegeben, jetzt bei ihr zu sein. Aber noch wollte ich nicht aufgeben. Außerdem ging es jetzt auch noch um zahllose andere Menschen, die Mütter waren und Väter oder Onkel und Tanten, die aus Asien kamen, aus Afrika, aus Europa, aus Amerika, die schwarz waren, braun, hell, rötlich oder gelb, Christen oder Moslems,

Buddhisten oder Juden oder Hindus, die dick waren oder dünn … Irgendwie hatte ich mir das vorher nie so richtig klargemacht.

Ganz kurz kam ich mir vor wie Robin Hood, der Rächer der Enterbten oder wie er sich nannte. Der hatte auch immer solche edlen Gedanken. Im nächsten Moment schämte ich mich schon für meine Hochnäsigkeit.

Ich war keine Heldin. Heldinnen würden sich beim Hinunterstarren in den Plenarsaal nicht fast schon wieder in die Hose machen. Aber sogar die Nichtgeschrumpften waren von oben betrachtet so winzig, dass ich ihre Gesichter nicht auseinanderhalten konnte. Auf halber Höhe waren quer durch den Saal Drahtseile gespannt, an denen verschiedene Flaggen hingen. Zu meiner Linken schob sich das Kuppeldach ruckelnd ein weiteres Stück auf.

Ich schaute mich um. In einer Ecke des Flachdaches stand ein Holzwassereimer, an dem ein dickes Hanftau hing. An seinem Ende befand sich ein Haken. Ich zog das Tau durch meine Jeansgürtelschlaufen und packte mit der rechten Hand das Ende mit dem Haken.

Ich stand auf und trat an den Kuppelspalt. Beinahe hätte ich das Gleichgewicht verloren. Das wäre mein sicheres Ende gewesen! Vor Schreck schnappte ich nach Luft, es rasselte in meiner Brust und mein Puls raste mit sich selbst um die Wette.

Ich hatte mein Asthmaspray nicht im Bauch von Vertigo verloren, nicht im reißenden Wasser, nicht beim Klettern aus dem Rohr über die Eisensprossen. Aber ausgerechnet jetzt rutschte es mir nach dem ersten Sprühstoß aus der Hand und raste dreißig Meter tief hinunter in den Saal.

In dem Tohuwabohu merkte nur eine Person, dass ein Asthmaspray vom Himmel gefallen war, ein eleganter Mann, den ich sogar von hier oben erkannte: Ypsilon! Er bückte sich, hob das Spray auf und bekam garantiert gerade den Schock seines Lebens, als er zu mir hinaufblickte.

Dass sich Ypsilon im Saal befand, gab mir neue Zuversicht. Es war fast, als würde Mama auf mich warten. Das Pfeifen in meiner Brust ließ nach. Achtung – fertig – los!

Ich warf den Haken und gleich beim ersten Versuch biss er sich an dem Drahtseil mit den französischen Flaggen fest. Ich durfte bloß das andere Ende des Taus nicht loslassen, denn damit wollte ich mich auf den Boden des Saals hinunterschwingen wie Tarzan, wenn es denn so weit reichte.

Gerade als ich loslegen wollte, kreischte direkt neben mir eine Eule und streifte mich mit einer Schwinge. »Hilfe!«, schrie ich zu Tode erschrocken. Das Tauende rutschte mir zwischen den Fingern durch und schwang ohne mich in die Mitte des Saals. So ein Mist! Es war weit weg. Viel zu weit. Unerreichbar. Es sei denn … Ich würde springen müssen. Einatmen. Ausatmen. Einatmen. Ausatmen.

Ich kauerte mich hin und dachte an Berta. An Mama. Und daran, was nach dem Tod wohl kam.

Es gab keinen Weg mehr zurück. Nur noch den nach vorn.

»Mama, steh mir bitte bei«, wisperte ich.

Ich nahm all meinen Mut zusammen.

Und sprang.

Im Foyer starrten Kadett Santiago Garcia Otero, Kadettin Özman, gemischtes Sicherheitspersonal und einige Teilnehmer des Gipfels, die sich zu ihrem Glück zum Zeitpunkt des Türenverriegelns auf den Toiletten befunden hatten, auf die Monitore. Die zeigten gnadenlos das Drama im Plenarsaal.
Sensendengler, Stein und Müller durchforsteten unterdessen die Labyrinthe des Schlosses auf der vergeblichen Suche nach Kadettin Emma Panther.
Santi und Shirin, die Berta unter der Obhut des Professors und Lillis in der mittelalterlichen Küche zurückgelassen hatten, warteten auf eine Gelegenheit, in den Plenarsaal zu gelangen und Prinz Yarvis das Mamaq abzujagen. Die Zeit verstrich quälend langsam.
Plötzlich stieß Shirin Santi mit ihrem Ellbogen in die Seite. Sie deutete auf einen kleinen Eckmonitor, dem kaum jemand Beachtung schenkte. Er zeigte die Glaskuppel, eine normalerweise langweilige Angelegenheit. Eben aber war etwas von oben bis auf eines der dicken Drahtseile geflogen, die den Raum durchspannten. Nun starrte auch Santi darauf. War das ein Vogel? Das huschende Etwas richtete sich auf. Es war nur ein Schattenriss, den man auf dem Bildschirm erkennen konnte, aber er sah ganz aus wie ein Mädchen mit Panthermütze.
»Emma!« Die Kadetten sprangen gleichzeitig hoch. Als sie das Hanfseil erkannten, das in der Mitte des Saals von der Decke baumelte, war ihnen klar, was Emma vorhatte.

»Qué pasada! Es muss einen Weg dahinein geben!«, sagte Santi. »Emma braucht uns doch!«
Shirin bemerkte die Lüftungsklappe in der Holzvertäfelung der Wand zum Plenarsaal als Erste. Mit vereinten Kräften ließ sie sich eindrücken.
Kadettin Özman und Kadett Garcia Otero krochen in dem Augenblick in der Sternwarte aus der Klappe, als Kadettin Panther in fünfzehn Metern Höhe den ersten Schritt auf dem Seil wagte.

Kapitel 35
Von Schwertern, Degen, meinem großen Auftritt und der Freude über schlechtes Benehmen

Ich brauchte vier Anläufe, bis ich endlich einen Fuß aufsetzte, so große Angst hatte ich. Das Seil schwang unter meiner Bewegung sanft auf und ab. Ich musste mich erst wieder daran gewöhnen. Mama hat mir das Gehen auf dem Seil beigebracht, als ich zwei Jahre alt war. Anfangs war es nur wenige Zentimeter über dem Boden befestigt, und ein weicher Teppich fing mich auf, wenn ich hinunterpurzelte. Je größer ich wurde, umso weiter vom Fußboden war das Seil entfernt, aber immer hatte sich unter mir eine Matratze oder später ein Netz befunden.

Irgendwann habe ich das Seiltanzen gelassen, weil ich wusste, ich würde es niemals so gut können wie Mama. Ich wollte lieber richtig turnen, statt nur durch die Luft zu wandern. Mama wäre sicher stolz auf mich, dachte ich, als ich jetzt in schwindelerregender Höhe auf dem Seil balancierte. Dann rief ich mich zur Ordnung. Ich durfte nicht an Mama denken und auch nicht an Berta. Ein Schritt nach dem anderen. Und *one breath at a time*, hatte Ypsilon einmal auf Englisch gesagt: ein Atemzug nach dem anderen. Außer Ypsilon hatte mich noch niemand bemerkt. Ich fragte mich, ob er wohl auch von dem Mamaq getrunken hatte.

Ich legte eine Pause ein und beobachtete die Vorgänge unter mir. Die Kuppel war bereits mehr als zur Hälfte geöffnet. Der Mond beschien gnadenlos zwei Drittel des Saales. Nicht alle Anwesenden hatten vom Malina-Mamaq getrunken. Das war die einzige Erklärung für die schlimmen Szenen, die ich beobachten konnte: Einige Staatsgrößen schoben ihre Feinde heimtückisch in die Mondstrahlen und stießen gespielte Schreckensrufe aus, während sie sich insgeheim ins Fäustchen lachten, weil sie ihren Gegnern beim Schrumpfen zusehen durften. Prinz Yarvis hockte mit verschränkten Beinen auf dem Podiumstisch und lachte sich kringelig.

Vielleicht lag es an Ypsilons dauerndem Hochstarren, dass einige Anwesende auf mich aufmerksam wurden. Finger zeigten in meine Richtung. Dann sah ich zwei vertraute Gestalten aus einer Ecke hervorhuschen: Shirin und Santi! Wo war Berta? Mir schossen sofort Tränen in die Augen. Das konnte ich jetzt gar nicht gebrauchen.

»Da oben ist jemand!«, kreischte einer der Geschrumpften mit hoher Stimme. Ich konnte das hören, weil es plötzlich mucksmäuschenstill geworden war.

Prinz Yarvis fuhr herum wie von der Tarantel gestochen und starrte zu mir hinauf. Dann schüttelte er seine Faust und sprang wie ein Flummi vom Tisch. Rücksichtslos stieg er über die geschrumpften Politiker und Wissenschaftler hinweg. Wo wollte er hin?

Erst jetzt bemerkte ich zwei jahrhundertealte rostige Ritterrüs-

tungen links und rechts vom Eingang. An den Hüften trugen sie Schwerter. Yarvis riss eines davon an sich, stürmte zurück aufs Podest und fuchtelte damit wild in meine Richtung.
Als Ypsilon nicht eingriff, war mir klar, dass er vom Mamaq getrunken haben musste. Um Yarvis außer Gefecht zu setzen, hätte er aus dem Schatten heraus quer durch den Saal sprinten müssen und damit durchs Mondlicht. Kadettin Özman und Kadett Garcia Otero rannten dagegen los wie zwei Pfeile.
Prinz Yarvis von Minimalien mochte es gar nicht, wenn jemand ihm in die Suppe spuckte. In seiner Wut entwickelte er ungeahnte Kräfte: Er nahm Anlauf, hüpfte vom Podium auf das Gerüst mit den Podiumsscheinwerfern, krabbelte mitsamt dem riesigen Schwert daran hoch und flitzte hurtig eine Notleiter hinauf, die zur Filmvorführkabine führte.
Ich war so verdattert, dass ich in der Mitte des Seils stehen blieb. Erschreckt erkannte ich, was er vorhatte. Bevor ich reagieren konnte, war es zu spät.
»Das war's mit deinem Leben, Emma Panther!« schrie der aufgebrachte Prinz. Er holte mit dem scharfen Schwert aus und durchtrennte das Drahtseil, auf dem ich balancierte.
Zum Nachdenken blieb keine Zeit. Ich ließ mich fallen und mit mehr Glück als Verstand packten meine Hände im Flug das Drahtseil. Meine Handflächen brannten wie Feuer, als ich mindestens fünf Meter daran hinunterglitt. Beinahe knallte ich mit dem schwingenden Seil gegen die Wand, konnte mich aber im letzten Augenblick mit den Füßen abstoßen.
»Krieg mich doch!«, schrie ich und segelte auf Yarvis zu, der verdutzt an der obersten Sprosse der Notleiter hing. Auf ge-

nau der richtigen Höhe rammte ich ihm meine Beine in den Bauch.
Es muss furchtbar wehgetan haben, denn die Augen traten dem kleinen Prinzen fast aus dem Kopf. Er machte einen unfreiwilligen Purzelbaum und knallte in hohem Bogen von der Treppe hinunter auf den Boden.
Das Schwert segelte in die wild wuselnde Menge der geschrumpften Abgesandten. Es war ein Wunder, dass dabei niemandem der Kopf abgetrennt wurde.
Prinz Yarvis lag auf dem Rücken wie ein fetter Käfer. Ich rutschte noch ein Stück am Seil hinunter, bevor ich es losließ und zwei Meter tiefer federnd direkt neben dem minimalischen Thronfolger landete.
Ehe Yarvis sich wieder aufrappeln konnte, kam mir Santi zu Hilfe. Er hatte dem zweiten Rittergerüst einen Degen aus dem Eisenhandschuh entwunden und warf mir die Waffe elegant zu.
»Emma, pass auf!«, schrie Ypsilon angstvoll.
Mit einem gezielten Streich durchtrennte ich das Band an Yarvis' fettem Hals und schnappte mir den Mamaq-Stern.
»Und hopp!«, rief ich. Schwungvoll schleuderte ich den Stern mit dem Malina-Mamaq Shirin zu, die hinter Santi aufgetaucht war.
Aus vollem Lauf bremste sie ab. Mir blieb fast das Herz stehen, aber sie erwischte den Stern gerade noch am obersten Zacken, bevor er auf dem harten Fußboden zerschellen konnte.
»Ich hab ihn!« Shirin verschwand schneller durch die Lüftungsklappe, als man Qué pasada sagen kann.

Prinz Yarvis von Minimalien schäumte. Dass ich einen Degen in der Hand hatte, schien ihn überhaupt nicht zu beeindrucken.

Ich übte meinen Pantherblick und verengte die Augen zu Schlitzen. Dann ließ ich meine Pupillen unbeweglich auf Yarvis ruhen. »Grrrr!«, knurrte ich. Das hatte ich noch nie gemacht und es war nicht wirklich beabsichtigt. Es ist mir einfach so herausgerutscht.

Unter dem Podiumstisch lugte die Bundeskanzlerin hervor. »Das ist Emma Panther!«, rief sie stolz. »Meine Emma!«

Der bedauernswerte König Yonno saß mit hängenden Schultern neben ihr und vergrub sein Gesicht in den Armen.

Prinz Yarvis blitzte mich hasserfüllt an. »Das hast du dir so gedacht, Emma Panther«, knurrte er und richtete sich wieder auf. »Aber nichts da! Du kannst mir gar nichts anhaben! Noch ist Lilli Krüger in meiner Gewalt und der Professor dazu! – Na, werte Bundeskanzlerin, Größte der Großen, was sind Ihnen das Töchterchen und der Gatte denn so wert? Wollen Sie der kleinen Ratte nicht befehlen, die Waffe aus der Hand zu legen?«

Frau Dr. Krüger rang nach Luft. Vor Schreck hielt sie sich an König Yonnos Krone fest. »Was ist mit Lilli?«, stammelte sie.

»Nichts ist mit Lilli!«, rief Santi. »Sie ist bei Shirin, Berta und dem Professor!«

»Das ist eine Lüge!«, schrie Prinz Yarvis.

In diesem Moment trommelte Lilli an die Tür des Plenarsaals. »Ich bin hier, Mama!«, kreischte sie. »Komm raus! Wir haben ein Superschrumpel!«

Yarvis war so überrascht, dass ich ihn mit zwei Griffen wieder auf den Rücken legen konnte. Ich setzte ihm die Degenspitze auf die Brust. Zum ersten Mal konnte ich einen Anflug von Angst im Gesicht des minimalischen Thronfolgers erkennen. Auch Britney kapierte, dass er verloren hatte. Sie rannte empört auf Yarvis zu.

»Wieso sind die frei? Ja, bist du denn noch zu retten?«, keifte sie.

Plötzlich ertönte Ypsilons wunderschöne tiefe Stimme aus dem Schatten. »Britney Pommeransch, Sie machen jetzt sofort das Dach zu und die Tür auf!«, befahl der Geheimdienstchef. »Sonst schneidet Emma Panther Prinz Yarvis die Kehle durch!«

Ich schluckte. Ypsilon wusste genauso gut wie ich, dass ich keiner Fliege etwas zuleide tun kann. Nur Britney konnte sich dessen nicht sicher sein. Sie schaute zweifelnd zu mir herüber. Erst hatte ich den Eindruck, dass Yarvis' Kehle ihr ziemlich egal war. Aber dann überlegte sie es sich doch anders. Wenn sie die Seiten wechselte, kam sie eventuell straffrei davon.

»Du bist ein Idiot, Yarvis«, sagte sie verächtlich und rannte durch das Mondlicht zum Dachhebel. Knarzend begann die Kuppel, sich zu schließen. Mit einem Code öffnete Britney die Verriegelung der Türen, die mit einem Mal aufsprangen.

Prinz Yarvis von Minimalien war besiegt.

Ich war klatschnass, durchgeschwitzt und erschöpft, als Santi mich umarmte.

»Du bist das tollste Mädchen der Welt«, raunte er mir ins Ohr.

Aber ich konnte nur noch an Berta denken. Meine Beine waren wie Gummi. Ich warf den Degen weg und torkelte zwischen

mehr als achtzig geschrumpften Frauen und Männern aus der Sternwarte hinaus.
»Emma!«, rief Ypsilon mir hinterher. Ich winkte ihm kurz zu und stutzte. Ich hielt einen Moment inne. Denn er sah mich an wie … wie Mama.
»Mir nach!«, rief Sensendengler, der die Suche nach mir längst aufgegeben hatte. Er machte sich gemeinsam mit Lilli wichtig. Die beiden führten die kleinen Staatsgrößen im Gänsemarsch zur mittelalterlichen Küche, wo Kadettin Özman und Professor Krüger bereits den Inhalt des Mamaq-Sterns auf verschiedene Röhrchen verteilt und mit ihren Versuchen begonnen hatten.
Die Bundeskanzlerin hastete ihrer Tochter hinterher.
»Ich bin so froh, dass dir nichts passiert ist, Lilli!«, flüsterte sie.
»Dir war doch total egal, dass ich entführt worden bin«, schimpfte Lilli.
»Entführt?« Die Bundeskanzlerin schaute mich perplex an. »Davon habe ich gar nichts mitbekommen«, sagte sie hilflos.
»Ich auch nicht«, log ich. Trotz der Eile konnte ich mir diese Gelegenheit nicht entgehen lassen, es Lilli zumindest ein bisschen heimzuzahlen.

»Du bist wieder da, Emma«, hauchte Berta, als wir in der Schlossküche ankamen. Mein Herz setzte aus, als sie die Augen schloss. Ich dachte: Das ist nun der letzte Atemzug meiner Schwester. So winzig war sie.
Doch zum Glück kam es nicht so.
Es dauerte genau vierunddreißig Minuten, bis Professor Krüger

und Shirin ein durchsichtiges Elixier auf zwei Spritzen zogen. Die mittelalterliche Küche war bis auf den letzten Platz gefüllt, aber es war totenstill, als ich Berta ihre Dosis in den winzigen Mund träufelte. Würde das Gegenmittel funktionieren?

Zehn Minuten lang passierte gar nichts. Dann schlug meine Halbschwester die Augen auf und rülpste. Sie starrte auf ihre Finger. Der Mittelfinger ihrer rechten Hand zuckte, dann wuchs er. Mini-Berta krümmte ihn verwundert und funkelte ärgerlich in die Gegend.

»Was'n hier los? Was glotzt ihr so?«, sagte sie klar und deutlich und reckte uns unfein ihren Mittelfinger entgegen. Ich hätte nie gedacht, dass ich über Bertas miserables Benehmen jemals so glücklich sein würde wie in diesem Augenblick.

Shirin, Santi und ich fielen uns in die Arme. Diesmal heulten wir alle drei.

Ypsilon, Professor Krüger, die Bundeskanzlerin, König Yonno und sogar Lilli versorgten die anderen Geschrumpften mit dem Anti-Mamaq. Sensendengler, Müller und Stein bewachten Prinz Yarvis und Britney Pommeransch. Die beiden waren Rücken an Rücken so aneinandergefesselt, dass Yarvis sich nicht einmal die Ohren zuhalten konnte, um Britneys Gekeife zu entgehen.

»Du bist wirklich der Größte, Yarvis!«, kreischte sie. »Der größte Trottel, der größte Idiot und der allergrößte Versager!«

Kapitel 36
Von dem Anti-Mamaq, alten Gewohnheiten und einer dicken Beule

Niemals hätte ich gedacht, dass Berta so schnell zu ihrer normalen Größe zurückfinden würde. Als wir nach der Rückkehr aus Minimalien mit Papa am Frühstückstisch saßen, wirkte meine große Halbschwester wie immer. Zumindest fast.

»Das Basketballcamp war nicht so dein Ding, Berta?«, fragte Papa.

»Was für 'n Camp denn? Ach so, das Camp«, sagte sie verwirrt. »Äh … ich hatte halt Heimweh.«

Das Gegenmittel von Shirin und Professor Krüger hatte einige Nebenwirkungen, vor allem auf das Gedächtnis. Mit voller Absicht hatte der Professor dem Anti-Mamaq einige Bestandteile beigemischt, die böse Erinnerungen zum Großteil auslöschten. Das, was noch im Gehirn übrig blieb, fühlte sich wohl an wie einer dieser Träume, die man schon fast vergessen hat.

»Schrumpel, wo is'n meine blaue Jacke?«, fragte sie, nachdem sie zwei Brötchen, ein Croissant und drei Scheiben Toast verdrückt hatte. »Die haste doch nicht wieder zu heiß gewaschen?«

Ich verdrehte die Augen und ging in die Besenkammer mit dem

halbhohen Türrahmen, in der wir den Wäschekorb mit der Schmutzwäsche verstecken. Die Tür ist so niedrig, dass Papa und Berta sich bücken müssen, um hindurchzupassen. Nur ich konnte immer aufrecht darunter stehen.

»Die ist garantiert hier drin!«, rief ich noch über die Schulter zurück. Dann saß ich auf dem Po und hielt mir den schmerzenden Kopf. Ich war voll gegen die Oberkante der kleinen Tür gerannt.

Berta dachte offensichtlich, dass ich kurz vorm Überschnappen war. Ich lachte und weinte nämlich gleichzeitig. Sie tippte sich an die Stirn. »Die hat ein Rad ab! Haut sich den Schädel an und freut sich.«

Papa kapierte es sofort. »Na, wenn da nicht eine gewachsen ist!«, sagte er strahlend. Er hob mich hoch und wirbelte mich vor Freude im Kreis.

Es war der Wahnsinn.

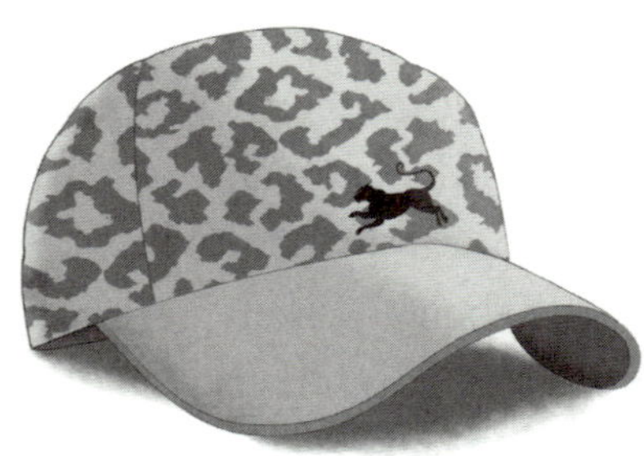

Kapitel 37

Von Falschmeldungen, dem untergetauchten Kerbholzer und Santis Liebesgeständnis

Die Zeitungen waren voll vom erfolgreichen Ausgang des Weltwassergipfels. Niemand erwähnte auch nur mit einer Zeile die seltsamen Vorkommnisse. Diejenigen, die geschrumpft waren, hatten durch das Gegenmittel die Erinnerung daran verloren. Und die, die den Blaubeersaft nicht getrunken und deshalb auch kein Anti-Mamaq eingenommen hatten, hüteten sich, darüber zu reden. Es würde ihnen auch keiner glauben.

Der GGDW hatte uns »wegen interner Aufarbeitung der Geschehnisse« für einige Tage beurlaubt. Da bekamen sicherlich einige ihr Fett weg und das sollte anscheinend nicht vor uns Junioragenten geschehen. Wir drei würden die Leviten schon noch gelesen bekommen. Uns drohte garantiert der Rausschmiss. Und zwar am Montag.

Am Sonntagabend trafen Shirin, Santi und ich uns in der Gruft und rätselten, wie unser Leben ohne GGDW weitergehen würde. Es war schlimm, dass wir auch unsere Schulplätze in der Elitenwald verlieren würden. Sie war immerhin die beste Schule weit und breit.

Traurig breiteten wir die Reste unserer Ausrüstung aus. Einen

Großteil – darunter zwei voll funktionsfähige Spyganizer und meinen Rucksack – hatten wir im Schloss verloren. Etliches war kaputtgegangen: Die *Libelle 1* war durch meine harte Landung beschädigt (Ypsilon hatte uns mit einem Bus abholen und zurückbringen lassen), die Schuhe waren nur noch für den Müll zu gebrauchen und zwei der Spinnennetzwaffen hoffnungslos verbogen.

Schon früh verabschiedete sich Shirin von uns. Wie üblich musste sie dringend heim, vor allem, weil sie eigentlich sowieso Hausarrest hatte. Bevor wir den Friedhof ebenfalls verließen, begleitete mich Santi noch zu Mamas Grab. Er hielt respektvoll Abstand, als ich meiner Mutter haarklein erzählte, was mir widerfahren war. Obwohl sie es sicher schon wusste.

»Danke, Mama«, sagte ich zum Schluss, »auch dafür, dass ich gewachsen bin. Und überhaupt für alles.«

Bis heute glaube ich, dass Mama mich beschützt hat, sonst hätte ich das alles in Minimalien nicht überlebt.

Santi begleitete mich zum Feuerwehrhaus. Er umarmte mich zum Abschied.

»Ich bin heilfroh, dass alles gut ausgegangen ist, Emma«, flüsterte er mir ins Ohr. »Es wäre furchtbar gewesen, wenn meine große Liebe in einem ausgestopften Alligator ertrunken wäre.«

Er konnte es nicht lassen. Und ich auch nicht.

»Qué pasada!«, sagte ich.

Wir lachten uns kringelig, bis eine Feuerwehrsirene uns übertönte, ein Wagen an uns vorbeijagte und Papa mich zum Essen rief.

Am nächsten Morgen fanden wir uns alle drei pünktlich am Baum ein und fuhren hinunter in den Keller. Schweigend stiegen wir in unsere Kadettenoveralls und machten uns bereit für unsere Entlassung, die uns ganz bestimmt erwartete.

Als wir den Umkleideraum verließen, war der Flur plötzlich menschenleer. Auf dem Boden war eine rätselhafte Konfettispur, die in Form eines Pfeils Richtung Hangar zeigte.

Ich kräuselte die Nase. Was hatte das zu bedeuten? Als sich der Raum in meiner Brust mal wieder verengte, reichte mir Santi schnell ein Asthmaspray, das er jetzt immer in Reserve bei sich trug. Heute wurde der Agent des Jahres gekürt, das hatten wir völlig vergessen! Wenn wir Pech hatten, bekamen wir unsere Standpauke also gleich vor versammelter Mannschaft.

Im Hangar saßen die erwachsenen Kollegen in feinen Anzügen auf Stühlchen vor dem Podest und warteten darauf, dass die Bundeskanzlerin persönlich den Preisträger verkündete. Sie kam wie üblich erst in letzter Sekunde.

In der ersten Reihe waren drei Stühle frei.

»Die sind für Sie, Kadetten!«, raunte uns Ypsilon zu, der mal wieder wie aus dem Nichts aufgetaucht war.

Frau Dr. Krüger setzte sich die Brille auf und räusperte sich umständlich. »Der Agent des Jahres wird …« Die Bundeskanzlerin blickte in die Runde. Sie wollte die Spannung so lang wie möglich halten. »In diesem Jahr …«

Einige Agenten hüstelten aufgeregt. Zwei Stühle links neben mir zappelte Georg »Sensi« Sensendengler in nervöser Vorfreude.

»Officer …«

Officer Stein sprang bereits hoch und wollte auf die Bühne rennen. Doch da überlegte die Bundeskanzlerin es sich anders.
»Ich meine natürlich: Chefagent Georg Dengelsenser! Wir ehren ihn heute für seine fünfhundert Pluspunkte, die er sich durch unermüdlichen Einsatz in der Erziehung des Nachwuchses, durch seine Gutherzigkeit, sein Mitgefühl, seine Fairness und seinen Sachverstand redlich verdient hat.«
Nach einem Moment des Schweigens brachen einige Agenten in Buhrufe aus. Damit es für Sensi nicht ganz so peinlich wurde, applaudierten wir höflich. Vielleicht würde er es uns eines Tages danken.
Ypsilon kam auf die Bühne, nickte Frau Dr. Krüger höflich zu und wandte sich an uns. Wir fassten einander bange an den Händen.
»Jetzt kommt der Rausschmiss«, murmelte Santi.
»Das war's dann wohl«, flüsterte ich.
Shirin sagte gar nichts.
»Bei dieser Gelegenheit«, sagte Ypsilon und deutete auf uns, »möchte ich die drei begabtesten, klügsten, flinksten und großartigsten Agenten in Ausbildung nicht unerwähnt lassen: Kadett Santiago Garcia Otero, Kadettin Shirin Özman und Kadettin Emma Panther. Sie erhalten den A.I.A.-Ehrenwimpel für außergewöhnliche Klugheit und Tapferkeit!«
Meister Kim Yong Fu führte uns auf die Bühne, wo wir jeweils einen Wimpel angesteckt bekamen.
»Außerdem werden ihre jeweils achthundertdreißig Minuspunkte in Pluspunkte verwandelt«, fuhr Ypsilon fort, während

er uns der Reihe nach die Hand schüttelte. »Gratulation, Kadetten!«
Tosender Beifall brandete auf. Nur Sensendengler zog eine Grimasse. Und das, obwohl er eben Agent des Jahres geworden war!
Santi machte einen Scherenluftsprung. »Qué pasada! Vielen Dank!«, rief er.
Shirin verbeugte sich tief. »Süper, danke!«, murmelte sie.
Und ich?
Ich warf meine Panthermütze in die Luft.
Und heulte.

ENDE

Nachwort für die, die es immer genau wissen wollen

Eigentlich will ich zum gegenwärtigen Zeitpunkt nicht allzu viel verraten von dem, was demnächst alles geschehen wird. Ich weiß es nämlich schon. Es hat etwas mit dem ersten offiziellen Auftrag zu tun, den wir von Ypsilon bekommen haben. Mehr sage ich aber nicht.

Nur über Berta möchte ich noch ein paar Worte verlieren, damit sich keiner Sorgen ihretwegen macht.

Meine Halbschwester wusste auch später nichts mehr von ihrem Schrumpfen. Genauso wenig erinnerte sie sich an ihren Besuch in Minimalien, an das Drama, das sich abgespielt hatte, nicht daran, dass Santi, Shirin und ich etwas mit dem GGDW zu tun hatten, und nicht an ein Gegenmittel. Wie denn auch?

Nur ab und zu, da sah sie mich so komisch an. Beinahe … nett. Sie hatte schon auf der Heimfahrt aus Minimalien ihren Lieblingsschokoriegel mit mir geteilt, und mehrfach hat sie mir seither erlaubt, ihr bei den Matheaufgaben zu helfen.

Und weil das mit der Freundschaft zwischen Thera, der Vogelspinne, und mir doch nicht so ganz klappte, fand ich statt des Terrariums ein nigelnagelneues Aquarium in unserem Zim-

mer, und Berta hatte von ihrem Taschengeld einige Guppys gekauft.
Außerdem hat sie die Spraydosen in den Sondermüll getan und besucht einen Malkurs.
Das war's jetzt aber wirklich.
(Ein kleines bisschen bin ich übrigens noch immer in Santi verliebt. Qué pasada!)

Meine Agentenausrüstung

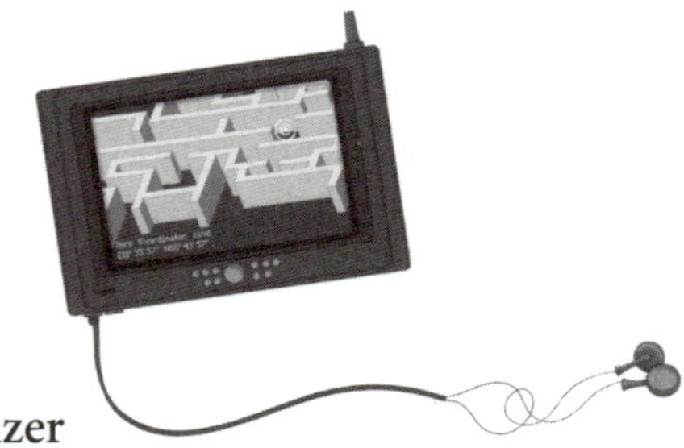

Der Spyganizer

ist ein absolut geniales Multifunktionsgerät: Videoaufnahmen machen, Hologramme aufrufen, ins Internet gehen, lästige Schutzobjekte belauschen … es gibt fast nichts, was der Spyganizer nicht kann! Sogar telefonieren, wenn es sein muss.

Die Turnschuhe »Geckopower«

haben mehr Geheimfächer als Ypsilons Büroschrank. In ihnen verstecken sich alle möglichen Dinge: Schere, Kleber, Taschenlampe und so weiter. Außerdem kann man mit der Saugnapffunktion die Wände hoch und runter laufen und mit den Sprungfedern gemeinen Verbrechern hinterherhüpfen. Man kann sogar den Spyganizer damit aufladen.

Der Powerpack
sieht aus wie ein völlig normaler Rucksack mit vielen Seitentaschen. Aber der Antrieb hat es in sich! Deshalb wäre es ein schlimmer Fehler, den Propeller in geschlossenen Räumen zu starten.

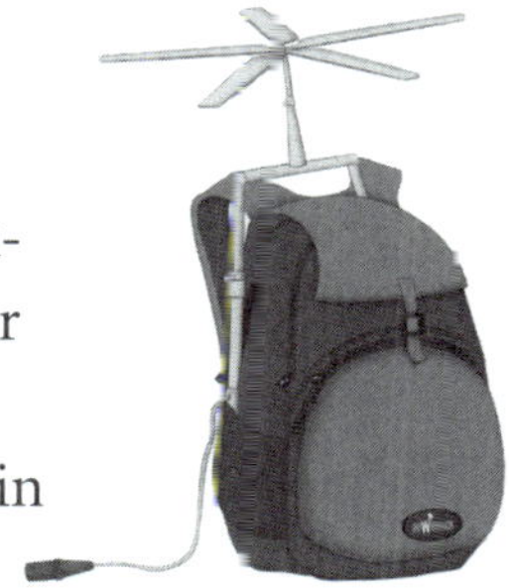

Der Wakey-Wakey-Riegel
besteht aus einer streng geheimen Spezialmischung und macht selbst völlig übermüdete Geheimagenten munter. Manchmal so munter, dass man als Junioragent nachts senkrecht im Bett steht.

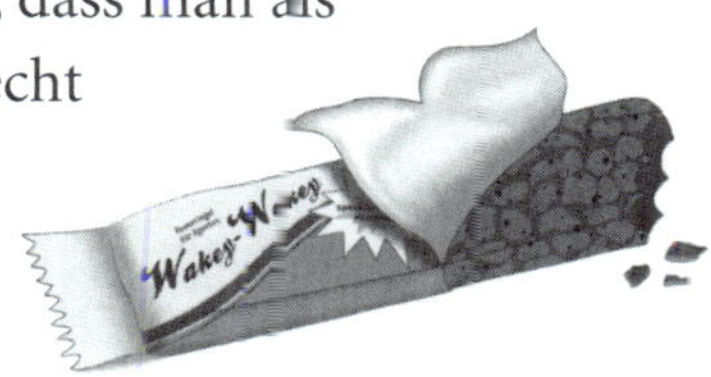

Die Spinnennetzharpune
wiegt so viel, dass sie mich jedes Mal fast umwirft. Dafür setzt sie aber mit ihrem klebrigen Netz selbst gestandene Agenten und Wachleute außer Gefecht.

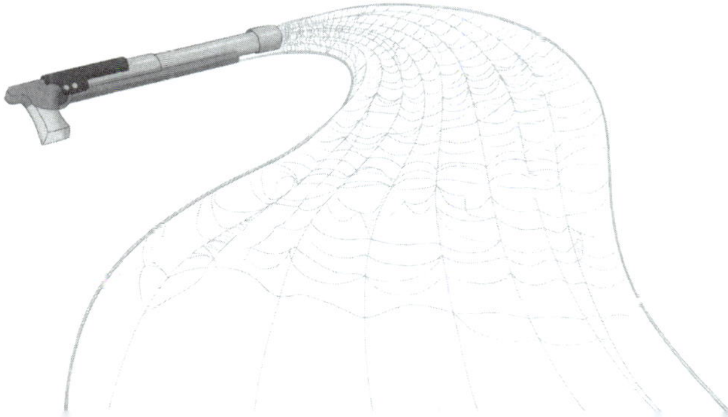

Der Schlangengürtel
verwandelt durch seinen Hypnosestrahl Gegner und neugierige Halbschwestern auf Knopfdruck in lebende Statuen. Davon abgesehen, sieht er richtig cool aus.

Das Agentenhandbuch
erklärt die einzelnen Bestandteile der Ausrüstung. Außerdem enthält es jede Menge Regeln, Hinweise und Agentengesetze, die außer Kadettin Özman keiner von A-Z gelesen hat, obwohl wir sie wirklich, wirklich dringend auswendig lernen sollten.

Auf ins Abenteuer!
Drei Freunde und ein Mord

Richard Newsome
Das Milliarden-Trio
und der indische Diamant
384 Seiten · Ab 11 Jahren
ISBN 978-3-7891-4330-4

Plötzlich Milliardär! Nach dem Tod seiner Großtante ist Gerald der reichste Junge der Welt. Dann aber stellt sich heraus, dass sie ermordet wurde. Ob die Tat mit dem Raub des Noor-Jehan-Diamanten zusammenhängt? Bald stoßen Gerald und seine Freunde auf eine heiße Spur.

»Hat das Zeug dazu, die legendären »Drei ???« abzulösen!«
(literaturmarkt.info)

Oetinger

Weitere Informationen unter: ***www.oetinger.de***